生命是孤独的旅程

贾平凹 著

中国友谊出版公司

图书在版编目（CIP）数据

生命是孤独的旅程 / 贾平凹著. — 北京 : 中国友谊出版公司, 2017.10（2017.12 重印）

ISBN 978-7-5057-4175-1

Ⅰ. ①生… Ⅱ. ①贾… Ⅲ. ①散文集—中国—当代 Ⅳ. ① I267

中国版本图书馆 CIP 数据核字（2017）第 225084 号

书名 **生命是孤独的旅程**
作者 贾平凹
出版 中国友谊出版公司
发行 中国友谊出版公司
经销 新华书店
印刷 北京嘉业印刷厂
规格 787×1092 毫米 16 开
19 印张 214 千字
版次 2017 年 11 月第 1 版
印次 2017 年 12 月第 2 次印刷
书号 ISBN 978-7-5057-4175-1
定价 39.80 元
地址 北京市朝阳区西坝河南里 17 号楼
邮编 100028
电话 （010）64668676

目录 Contents

第一章 人生因孤独而丰盛

日记，就记梦。梦醒夜半，不可睁目，慢慢坐起回忆静伏入睡，梦复续之。梦如前世生活，或行善，或凶杀，或作乐，或受苦，记其迹体验心境以察现实，以我观我而我自知，自知乃于嚣烦尘世则自立。

第二章 与生活悄然邂逅

这样，在街头上看一回人的风景，犹如读一本历史，一本哲学，你从此看问题，办事情，心胸就不那么窄了，目光就不那么短了，不会为蝇头小利去钩心斗角，不会因一时荣辱而狂妄和消沉。人既然如蚂蚁一样来到世上，忽生忽死，忽聚忽散，短短数十年里，该自在就自在吧，该潇洒就潇洒吧，各自完满自己的一段生命，这就是生存的全部意义了。

第三章 生命中的温暖相逢

一个人太好了，往往倒显不出他的好处来，这如同我们对于空气，太习惯了一呼一吸，便疏忽了我们是在不停地一呼一吸。

第四章 在岁月里从容前行

为什么活着，怎样去活，大多数人并不知道，也不去理会，但日子就是这样有秩或无秩地过着，如草一样，逢春生绿，冬来变黄。

<

第五章 那些安妥灵魂的物事

人可以无知，但不可以无趣，这是从旁观的眼光看的，与无趣之人对坐，如坐牢狱。人可以无爱，但不可以无好，这是从自身的眼光看的，无好之人活着，活着如同死了。人有好，人必有趣，有趣之人则肯定有神至而灵，是性情中人。

第一章 人生因孤独而丰盛

日记，就记梦。

梦醒夜半，不可睁目，慢慢坐起回忆静伏入睡，梦复续之。

梦如前世生活，或行善，或凶杀，或作乐，或受苦，

记其迹体验心境以察现实，以我观我而我自知，自知乃于嚣烦尘世则自立。

我不是个好儿子

在我四十岁以后，在我几十年里雄心勃勃所从事的事业、爱情遭受了挫折和失意时，我才觉悟了做儿子的不是。母亲的伟大不仅在于生下血肉的儿子，还在于她并不指望儿子的回报，不管儿子离她多远又回来多近，她永远使儿子有亲情，有力量，有根有本。人生的车途上，母亲是加油站。

母亲一生都在乡下，没有文化，不善说会道，飞机只望见过天上的影子。她并不清楚我在远远的城里干什么，唯一晓得的是我能写字，她说我写字的时候眼睛在不停地眨，就操心我的苦："世上的字能写完？！"一次一次地阻止我。前些年，母亲每次到城里小住，总是为我和孩子缝制过冬的衣物，棉花垫得极厚，总害怕我着冷，结果使我和孩子都穿得像狗熊一样笨拙。她过不惯城里的生活，嫌吃油太多，来人太多，客厅的灯不灭，东西一旧就扔，说："日子没乡下整端。"最不能忍受我们打骂孩子，孩子不哭，她却哭，和我闹一场后就生气回乡下去。母亲每一次都高高兴兴来，每一次都生了气回去。回去了，我并未思念过她，甚至一年一年的夜里不曾梦着过她。母亲对我的好使我不觉得了母亲对我的好，当我得意的时候我忘记了母亲的存在，当我有委屈了就想给母亲诉说，当着她的面哭一回鼻子。

母亲姓周，这是从舅舅那里知道的，但母亲叫什么名字，十二岁那年，一次与同村的孩子骂仗——乡下骂仗以高声大叫对方父母名字为最解气的——她父亲叫鱼，我骂她鱼，鱼，河里的鱼！她骂我：蛾，蛾，小小的蛾！我清楚了母亲是叫周小蛾的。大人物之所以是大人物，是名字被千万人呼喊，母亲的名字我至今没有叫过，似乎也很少听老家村子里的人叫过，但母亲不是大人物却并不失却她的伟大，她的老实、本分、善良、勤劳在家乡有口皆碑。现在有人讥讽我有农民的品性，我并不觉得羞耻，我就是农民的儿子，母亲教育我的忍字，使我忍了该忍的事情，避免了许多祸灾发生，而我的错误在于忍了不该忍的事情，企图以委曲求全却未能求全。

七年前，父亲做了胃癌手术，我全部的心思都在父亲身上。父亲去世后，我仍是常常梦到父亲，父亲依然还是有病痛的样子，醒来就伤心落泪，要买了阴纸来烧。在纸灰飞扬的时候，突然间我会想起乡下的母亲，又是数日不安，也就必会寄一笔钱到乡下去。寄走了钱，心安理得地又投入到我的工作中了，心中再也没有母亲的影子。老家的村子里，人人都在夸我给母亲寄钱，可我心里明白，给母亲寄钱并不是我心中多么有母亲，完全是为了我的心理平衡。而母亲收到寄去的钱总舍不得花，听妹妹说，她的钱没处放，一卷一卷塞在床下的破棉鞋里，几乎让老鼠做了窝去。我埋怨过母亲，母亲说："我要那么多钱干啥？零着攒下了将来整着给你。你们都精精神神了，我喝凉水都高兴的，我现在又不至于喝着凉水！"去年回去，她真的把积攒的钱要给我，我气恼了，要她逢集赶会了去买个零嘴吃，她果然一次买回了许多红糖，装在一个瓷罐儿里，但凡谁家的孩子去她那儿了，就三个指头一捏，往孩子嘴一塞，再一抹。孩子们为糖而来，得糖而去，母亲笑着骂着"喂不熟的狗"，末了就呆呆地发半天愣。

母亲在晚年是寂寞的，我们兄妹就商议了，主张她给大妹看管孩子，有孩子占心，累是累些，日月总是好打发的吧。小外甥就成了她的尾巴，走到哪儿带到哪儿。一次婆孙到城里来，见我书屋里挂有父亲的遗像，她眼睛就潮了，说："人一死就有了日子了，不觉是四个年头了！"我忙劝她，越劝她越流下泪来。外甥偏过来对着照片要爷爷，我以为母亲更要伤心的，母亲却说："爷爷埋在土里了。"孩子说："土里埋下什么都长哩，爷爷埋在土里怎么不再长个爷爷？"母亲竟没有恼，倒破涕而笑了。母亲疼孩子爱孩子，当着众人面要骂孩子没出息，这般大了夜夜还要噙着她的奶头睡觉，孩子就羞了脸，过来捂她的嘴不让说。两人绞在一起倒在地上，母亲笑得直喘气。我和妹妹批评过母亲太娇惯孩子，她就说："我不懂教育嘛，你们怎么现在都英英武武的？！"我们拗不过她，就盼外甥永远长这么大。可外甥如庄稼苗一样，见风生长，不觉今年要上学了，母亲显得很失落，她依然住在妹妹家，急得心火把嘴角都烧烂了。我想，如果母亲能信佛，每日去寺院烧香，回家念经就好了，但母亲没有那个信仰。后来总算让邻居的老太太们拉着天天去练气功，我们做儿女的心才稍有了些踏实。

小时候，我对母亲的印象是她只管家里人的吃和穿，白日除了去生产队出工，夜里总是洗萝卜呀，切红薯片呀，或者纺线，纳鞋底，在门闩上拉了麻丝合绳子。母亲不会做大菜，一年一次的蒸碗大菜，是父亲亲自操作的，但母亲的面条擀得最好，满村出名。家里一来客，父亲说：吃面吧。厨房一阵案响，一阵风箱声，母亲很快就用箕盘端上几碗热腾腾的面条来。客人吃的时候，我们做孩子的就被打发着去村巷里玩，玩不了多久，我们就偷偷溜回来，看着客人是否吃过了，是否有剩下的。果然在锅底里就留有那么一碗半碗。在那困难的年月里，纯白面条只是用来待客，没有客人的时候，中午可以吃一顿苞谷糁面，母亲差不多是先给父亲捞一碗，然后下些浆水和菜，连菜带面再给我们兄妹捞一碗，最后她的碗里就只有苞谷糁和菜了。那时少粮缺柴的，生活苦巴，我们做孩子的并不愁容满面，平日倒快活得要死，最烦恼的是帮母亲推磨子了。常常天一黑母亲就收拾磨子，在麦子里掺上白苞谷或豆子磨一种杂面，偌大的石磨她一个人推不动，就要我和弟弟合推一个磨棍。月明星稀之下，走一圈又一圈，昏头晕脑地发迷怔。磨过一遍了，母亲在那里筛箩，我和弟弟就趴在磨盘上瞌睡。母亲喊我们醒来再推，我和弟弟总是说磨好了，母亲说再磨几遍，需要把麦麸磨得如蚊子翅膀一样薄才肯结束。我和弟弟就同母亲吵，扔了磨棍怄气。母亲叹叹气，末了去敲邻家的屋子，哀求人家：二嫂子，二嫂子，你起来帮我推推磨子！人家半天不吱声，她还在求，说：“咱换换工，你家推磨子了，我再帮你……孩子明日要上学，不敢耽搁娃的课的。”瞧着母亲低声下气的样子，我和弟弟就不忍心了，揉揉鼻子又把磨棍拿起来。母亲操持家里的吃穿琐碎事无巨细，而家里的大事，母亲是不管的，一切由当教师的星期天才能回家的父亲做主。在我上大学的那些年，每次寒暑假结束要进城，头一天夜里总是开家庭会，家庭会差不多是父亲主讲，要用功学习呀，真诚待人呀，孔子是怎么讲，古今历史上什么人是如何奋斗的，直要讲两三个小时。母亲就坐在一边，为父亲不住吸着的水烟袋卷纸媒，纸媒卷了好多，便袖了手打盹。父亲最后说：“你妈还有啥说的？”母亲一怔，方清醒过来，父亲就生气了：“瞧你，你竟能睡着？！”训几句。母亲只是笑着，说：“你是老师能说，我说啥呀？”大家都笑笑，说天不早了，睡吧，就分头去睡。这当儿母亲却精神了，去关院门，关猪圈，检查柜盖上的各种米面瓦罐是否盖严了，防备老鼠进去，然后就收拾我的行李，然后一个人去灶房为我包天明起来吃的素饺子。

父亲去世后，我原本立即接她来城里住，她不来，说父亲三年没过，没过三年的亡人会有阴灵常常回来的，她得在家顿顿往灵牌前贡献饭菜。平日太阳暖和的时候，她也去和村里一些老太太抹花花牌，她们玩的是两分钱一个注儿，每次出门就带两角钱三角钱，她塞在袜筒。她养过几只鸡，清早一开鸡棚，一一要在鸡屁股里揣揣有没有蛋要下，若揣着有蛋，半晌午抹牌就半途赶回来收拾产下的蛋。可她不大吃鸡蛋，只要有人来家坐了，却总热惦着要烧煎水，煎水里就卧荷包蛋。每年院里的梅李熟了，总摘一些留给我，托人往城里带，没人进城，她就一直给我留着。“平爱吃酸果子”，她这话要唠叨好长时间，梅李就留到彻底腐烂了才肯倒去。她在妹妹家学练了气功，我去看她，未说几句话就叫我到小房去，一定要让我喝一个瓶子里的凉水，不喝不行，问这是怎么啦，她才说是气功师给她的信息水，治百病的，“你要喝的，你一喝肝病或许就好了！”我喝了半杯，她就又取苹果橘子让我吃，说是信息果。

我成不成为什么专家名人，母亲一向是不大理会的，她既不晓得我工作的荣耀，我工作上的烦恼和苦闷也就不给她说。一部《废都》，国之内外怎样风雨不止，我受怎样的赞誉和攻击，母亲未说过一句话。当知道我已孤单一人，又病得入了院，她悲伤得落泪，要到城里来看我，弟妹不让她来，不领她，她气得在家里骂这个骂那个，后来冒着风雪来了，她的眼睛已患了严重的疾病，却哭着说：“我娃这是什么命啊？！”

我告诉母亲，我的命并不苦的，什么委屈和劫难我都可以受得，少年时期我上山砍柴，挑百十斤的柴担在山砭道上行走，因为路窄，不到固定的歇息处是不能放下柴担的，肩膀再疼腿再酸也不能放下柴担的，从那时起我就练出了一股韧劲。而现在最苦的是我不能亲自伺候母亲！父亲去世了，作为长子，我应该为这个家操心，使母亲在晚年活得幸福，但现在既不能照料母亲，还反倒让母亲为儿子牵肠挂肚，我这做的是什么儿子呢？把母亲送出医院，看着她上车要回去了，我还是掏出身上仅有的钱给她，我说，钱是不能代替孝顺的，但我如今只能这样啊！母亲懂得了我的心，她把钱收了，紧紧地握在手里，再一次整整我的衣领，摸摸我的脸，说我的胡子长了，用热毛巾焐焐，好好刮刮，才上了车。眼看着车越走越远，最后看不见了。我回到病房，躺在床上开始打吊针，我的眼泪默默地流下来。

1993 年 11 月 27 日草于病房

生活的一种

——答友人书

院再小也要栽柳，柳必垂。晓起推窗，如见仙人曳裙侍立；月升中天，又似仙人临镜梳发。蓬屋常伴仙人，不以门前未留小车辙印而憾。能明灭萤火，能观风行。三月生绒花，数朵过墙头，好静收过路女儿争捉之笑。

吃酒只备小盅，小盅浅醉，能推开人事、生计、狗咬、索账之恼。能行乐，吟东坡“吾上可陪玉皇大帝，下可陪卑田院乞儿”，以残墙补远山，以水盆盛太阳，敲之熟铜声。能嘿嘿笑，笑到无声时已袒胸睡卧柳下。小儿知趣，待半小时后以唾液蘸其双乳，凉透心臆即醒，自不误了上班。

出游踏无名山水，省却门票，不看人亦不被人看。脚往哪儿，路往哪儿，喜瞧峋岩钩心斗角，倾听风前鸟叫声硬。云在山头，登上山头云却更远了，遂吸清新空气，意尽而归。归来自有文章作，不会与他人同，既可再次意游，又可赚几个稿费，补回那一双龙须草鞋钱。

读闲杂书，不必规矩，坐也可，站也可，卧也可。偶向墙根，水蚀斑驳，瞥一点而逮形象，即与书中人、物合，愈看愈肖。或听室外黄鹂，莺莺恰恰，能辨鸟语。

与人交，淡，淡至无味，而观知极味人。可邀来者游华山“朽朽桥头”，敢亡命过之将“××到此一游”书于桥那边崖上者，不可近交。不爱惜自己性命焉能爱人？可暗示一女子寄求爱信，立即复函意欲去偷鸡摸狗者不交。接信不复冷若冰霜者亦不交，心没同情岂有真心？门前冷落，恰好，能植竹看风行，能养菊赏瘦，能识雀爪纹。七月长夏睡翻身觉，醒来能知“知了”声了之时。

养生不养猫，猫狐媚。不养蛐蛐儿，蛐蛐儿斗殴残忍。可养蜘蛛，清晨见一丝斜挂檐前不必挑，明日便有纵横交错，复明日则网精美如妇人发罩。出门望天，天有经纬而自检行为，朝露落雨后出日，银珠满缀，齐放光芒，一个太阳生无数太阳。墙角有旧网亦不必扫，让灰尘蒙落，日久绳粗，如老树盘根，可作立体壁画，读传统，读现代，常读常新。

要日记，就记梦。梦醒夜半，不可睁目，慢慢坐起回忆静伏入睡，梦复续之。梦如前世生活，或行善，或凶杀，或作乐，或受苦，记其迹体验心境以察现实，以我观我而我自知，自知乃于嚣烦尘世则自立。

出门挂锁，锁宜旧，旧锁能避蟊贼破损门；屋中箱柜可在锁孔插上钥匙，贼来能保全箱柜完好。

1995 年 12 月 25 日

辞　宴

——答友人的一封信

六月十六日粤菜馆的饭局我就不去了。在座的有那么多领导和大款。我虽也是局级，但文联主席是穷官、闲官，别人不装在眼里，我也不把我瞧得上，哪里敢称作同僚？他们知道我而没见过我，我没有见过人家也不知道人家具体职务，若去了，他们西装革履我一身休闲，他们坐小车我骑自行车，他们提手机我背个挎包，于我觉得寒酸，于人家又觉得我不合群，这饭就吃得不自在了。要吃饭和熟人吃着香，爱吃的多吃，不爱吃的少吃，可以打嗝儿，可以放屁，可以说趣话骂娘，和生人能这样吗？和领导能这样吗？知道的能原谅我是懒散惯了，不知道的还以为我对人家不恭，为吃一顿饭惹出许多事情来，这就犯不着了。酒席上谁是上座，谁是次座，那是不能乱了秩序的，且常常上座的领导到得最迟，菜端上来得他到来方能开席，我是半年未吃海鲜之类了，见那龙虾海蟹就急不可耐，若不自觉筷先伸了过去如何是好？即便开席，你知道我向来吃速快，吃相难看，只顾闷头吃下去，若顺我意，让满座难堪，也丢了文人的斯文；若强制自己，为吃一顿饭强制自己，这又是为什么来着？席间敬酒，先敬谁，后敬谁，顺序不能乱，谁也不得漏，我又怎么记得住？而且又要说敬酒词，我生来口讷，说得得体我不会，说得不得体又落个傲慢。敬领导要起立，一人敬全席起立，我腿有疾，几十次起来坐下又起来我难以支持。我又不善笑，你知道，从来照相都不笑的，在席上当然要笑，那笑就易于皮笑肉不笑，就要冷落席上的气氛。更为难的是，我自患病后已戒了酒，若领导让我喝，我不喝拂他的兴，喝了又得伤我身子，即使是你事先在我杯中盛白水，一旦发现，那就全没了意思。官场的事我不懂，写文章又常惹领导不满，席间人家若指导起文学上的事，我该不该掏了笔来记录？该不该和他辩论？说是不是，说不是也不是，我这般年纪了，在外随便惯了，在家也充大惯了，让我一副奴相去逢迎，百般殷勤做妓态，一时半会儿难以学会。而你设一局饭，花销几千，忙活数日，图的是皆大欢喜，若让我去尴尬了人家，这饭局就白设了，我怎么对得住朋友？而让我难堪，这你又于心不忍，所以，还是放我过去，免了吧。几时我来做东，回报你的心意，咱坐小饭馆，一壶酒，两个人，三碗饭，四盘菜，五六十分钟吃一顿！如果领导知道了要请我而我未去，你就说我突然病了，病得很重，这虽然对我不吉利，但我宁愿重病，也免得我去坏了你的饭局而让我长久心中愧疚啊。

谈　人　生

人生多不幸，幸运的是活着。

对人生我确实不是特别乐观，但是你还得活下去，你总不能成天愁眉苦脸的。

我当年第二个孩子出生的时候，我就不主张再生孩子。我说大人都活得累，你何必再生个孩子，不光是你把她养起来，咱也要受很多罪，孩子长大了也是，将来要活受罪。你说现在这孩子，七岁就得上学，自从七岁以后一直到死，她就没有一天能过得轻松，受那个罪干啥？当时我心里说，要生个孩子，还不如去种一棵树，树还无忧无虑的，种棵树总比你生个孩子要强。但是世俗吧，你不要孩子又不行，你还得过这种日子，那就过这种日子吧，那就只好这样受罪吧。小孩你要监管他，长大以后，上学、就业、结婚、生子……那事情是多得一塌糊涂，咱这一生就为那些奋斗了，不说奋斗了，就挣扎了一辈子吧，生下那个娃又继续……

但是你想一想，人类本来就是这样过来的。就像农村有句话说的是，年儿好过，月儿好过，日子难过。这每一天它都难过，这每一天每一天都得要过去。你说现在我活得多痛快？我倒不觉得活得多痛快呢。但是死活总得要过下去，对人来说，小段小段的，它有它的欢乐在里头。换一个角度来讲吧，我看过托尔斯泰的一句话，他的意思是：“我们都诞生于爱。”父母是在激情中创造了我们的生命。他是从爱的角度来探索，我们活着的这个世界是充满爱心的，我们就来自爱。

可现在基本上好多年轻人要孩子，他不是爱，他是爱的附加品。他那是没办法的，无奈的结果。原来都是为了传宗接代，现在倒不谈这个传宗接代了。我老讲，传宗接代那个意义对现代人来讲已经淡漠了。比如说，问你爷爷是谁、叫啥，一般人都不知道他爷爷叫啥，更不知道他爷爷那个父亲叫啥，你连你爷爷的名字都不知道，你怎么给他传宗接代？所以说传宗接代对他爷爷或者对他父亲来说，是毫无意义的事情。一般人都是为了自己活着，要一个孩子还是想为自己带来笑声、欢乐、玩耍，解脱这个苦闷，但是孩子长大以后，就开始为孩子奔波。现在好多父母都是为了孩子最后能有出息，瞎耗功夫。我看到那些，自己简直是觉得很可悲。

人这一生就是很矛盾、很无奈地跟着人家朝着这个方向走。所以我在想，咱们或许就是芸芸众生，随大溜儿，别人怎么走你就得怎么走，你不走就不行。我总想，自己一转眼都五十多了，五十年都过去了，你还能活多少呢？好像没干出个啥东西，马上就老了。

你看就包括这世界上多伟大多厉害的人物，他一生也就干了一两件事情，更多的人是一两件事也没干成。看电视上采访戈尔巴乔夫，作为一个个体生命来讲，每个人都是悲剧的，不管当年多显赫……他作为一个领导人来讲，或者在历史上有重要的一笔可以记载他，但是他作为个体生命来说，是很悲凉的，这辈子很可悲的。他一个月只拿两美元的退休金，叫现在咱一般人都想象不来。平常他在位的时候，咱把他当成伟人，与咱们多么遥远，其实他也就是凡人。

每个人都有可悲、悲凉的一面。其实任何人，不管他是干啥的，原来说一家不知一家难，你要他说起自己的事情，他都和咱是一样的。关键在于你如何去走前面的路。

西大三年

一九七二年四月二十八日，汽车将一个十九岁的孩子拉进西大校内，这孩子和他的那只绿皮破箱就被搁置在了陌生的地方。

这是一个十分孱弱的生命，梦幻般的机遇并没有使他发狂，反而使他陷入巨大的忧郁和孤独，他只能小心翼翼地睁眼看世界。他数过，从宿舍到教室是五百二十四步，从教室到图书馆是三百零三步。因为他老是低着头，他发现学校的蚂蚁很多。当眼前有了好些各类鞋脚时，他就踽踽地走了，他走的样子很滑稽，一只极大的书包，沉重使他的一个肩膀低下去，一个肩膀高上来。

他唯有一次上台参加过集体歌咏，其实嘴张着并没有发声。所以，谁也未注意过他，这正合他的心境。他是一个没有上过高中的乡下人，知识的自卑使他敬畏一切人，他悄无声息地坐在阅览室的一角，用一个指头敲老师的家门，默默地听同窗的高谈阔论。但是，旁人的议论和嘲笑并没有使他惶恐和消沉，一次政治考试分数过低，他将试卷贴于床头，早晚让耻辱盯着自己。

他当过宿舍的舍长，当然尽职尽责，遗憾的是他没有蚊帐，夏夜的蚊子轮番向他进攻。实在烦躁到极致，他反倒冷静了，想：小小的蚊子能吃完我吗？这蚊子或许是叮过什么更有知识的人的。那么，这蚊子也是知识化了的蚊子，它传染给我的也一定是知识吧。冬天里，他的被子太薄，长长的夜里他的膝盖以下总是凉的，他一直蜷着睡，这虽然影响了他以后继续长高，但这样却练就了他善于聚集内力的功夫。

他无意于将来要当作家，只是什么书都看，看了就做笔记，什么话也不讲。当黄昏一人独行于校内树林子里,面对了所有杨树上那长疤的地方，认定那是人之眼，天地神灵之大眼，便充裕而坚定，长久高望树上的云朵，总要发现那云活活地是一群腾龙跃虎。

他的身体先还较好，虽然打篮球，别人因他个子小不给传球而从此兴趣消失殆尽。虽然他跳不过鞍马，虽然打乒乓球尽败于女生，但是，当一次献血活动,被抽去300CC之后又将血费购买书了。不久就患了一场大病，再未恢复过来。这好，他却住了单间，有了不上操、不十点熄灯的方便了，但创作活动也于此开始。当今有人批评他的文章多少有病态意味，其实根因也正在此。

最不幸的是肚子常饥，一下课就去站长长的买饭队，叮叮当当敲自己的碗筷，而一块玉米面发糕和一勺大混菜，总是不品滋味地胡乱扒下。他有他的改善生活口，一首诗或一篇文章写出，四角五分钱的价格，他可以去边家村食堂买一碗米饭和一碗鸡蛋汤。因为饭菜的诱惑，所以他那时写作极勤。但他的诗只能在班壁报上发表。

他忘不了的是授过他知识的每一位老师，年长的，年轻的。他热爱每一个同学，男性的，女性的。他梦里还常梦到图书馆二楼阅览室的那把木椅，那树林子中一块怪模怪样的石头，那宿舍窗外的一棵粗桩和细枝组合的杨树，以及那树叶上一只裂背的仅是空壳了的蝉。

整整十五年后，他才敢说，他曾经撕过阅览室一张报纸上的一块文章，而且是预谋了一个上午。他掏三倍价为图书馆赔偿的那本书，说丢了那是谎言，其实现在还保藏在他的书柜里。他是在学校偷偷吸烟。他是远远看见一个留辫子的女学生而曾作过一首自己也吃惊的情诗。

一九七五年的九月，他毕业了，离开校门，他依旧提着那只绿皮破箱，又走向了另一个陌生的地方。

说　棣　花

棣花是十六个自然村。

白家垭的白亮傍晚坐在厦子屋门槛上吃饭，正低头在碗里捞豆儿，啪的一下，院子里有了一条鱼，鱼在地上蹦跶。白亮以为谁从河里钓了鱼给他扔进来，就说：谁呀？！没有回应，开了院门出来看，一个人背身走到巷口了，夕阳照着，看不清那是谁，但那人似乎脚不着地，好像在水上漂，又好像是被什么抬着，转过巷头那棵柳树就不见了。

白亮想是不是三海，他给三海家垒过院墙，三海一直感激他，钓了鱼就送了他一条？但三海害病睡倒一个月了，哪里能去钓鱼？是白路的二儿子水皮？水皮整天去钓鱼哩，钓了鱼就拿到公路上卖给过往的司机，咋能平白无故地给他一条呢？！

白亮回到院子再看鱼，鱼身上没有鳞片，有一小片云，如一撮棉花，知道了鱼是从天上掉下来的。

天上有银河，银河里还真有水、水里有鱼？或者，是鹳从棣花河叼了鱼飞过院子，不小心松了口，把鱼掉了下来？

白亮觉得是好事，还往天上看了许久，会不会也能掉下馅饼。但天上没有馅饼，起了悠悠风，风把一片杨树叶子吹了来，贴在他脸上，盖了一只眼。他把鱼捡回屋炖了。

第二天，白亮到河里担水。河边的浅水里一只猫和一条鱼搏斗，鱼可能是游到了浅水滩上，猫就去叼，鱼摆着尾打水花，猫几次都跌坐在水里。白亮放下桶去撵猫，却发现那鱼身上长了毛和翅膀，正疑惑，鱼游进深水里不见了。

鱼怎么长毛和翅膀呢？

白亮更看见了奇怪的事，几乎就在那条鱼游进深水后，突然在河上流的百米远，一群鱼从水里跃出来，竟然就飞到空中，而同时空中又有一群鸟飞下来一只一只入了水。然后，轮番从天上到河里，从河里到天上，一会儿是鱼，一会儿是鸟，循环往复。

从此以后，白亮行为做事和人不一样。比如，和邻居为庄基红过脸，邻居骂他是吃草长大的，他说，是呀，吃草长大的。村里人事后说，你咋能让他那样骂你？他说就是吃草长大的呀，菜不是草吗，米和面还不是草籽磨的？他走路也不像以前的姿势了，胳膊前后甩得很厉害，像是狗刨式的，在河里游泳。别人笑他，他说：你以为空气不是水？

贾塬村的五福练气功，练了三年，就练成了。他让一些妇女闭眼站着，然后在五步之外发功，问：有凉飕飕的风吗？妇女说：啊，啊，是凉飕飕的。棣花人都知道了五福有气功,让五福用气功治病。五福治病不治头痛脑热，他觉得那不是病，喝碗姜汤焐焐汗就好了，他只治癌症。棣花患癌症的人多，没钱去省城医院动手术，而五福发功治病不收费的，说：给我传个名就行。

五福治病很讲究地点，一般都在村后的崖底，崖底有一棵百年老柏，他趴在树上要采一会儿气，再叫病人坐了，开始推开手掌，要把一股子气发出去。一九九八年七月十四，他正发功，天上起了风，风是狂风，一下子把他吹起，啪地甩到半崖壁上。风过去了，他从崖壁上掉下来，人已经成了肉泥饼子。

东街有个二郎庙，庙前就是魁星楼，庙和楼中间的场子很大，棣花人习惯叫那是庙场子。拴劳住在庙场子后边，人丑，家又贫，但他有一个好被单子。整个夏天，拴劳都不在家里睡，嫌家里热，又有蚊子，天黑就披着被单子去庙场子了。他在庙场子扫一块净地,盖着被单睡下了，第二天一早，却总是从魁星楼上下来。魁星楼很高，攀着楼墙的砖窝可以上到第三层，上面风畅快。村里人都说拴劳半夜里披着被单就飞上楼了，传得神乎其神，但问拴劳，拴劳只是笑，没承认，也没否认过。

后来，拴劳去西安讨好生活了，走时就带着被单子，一走三年再没回来。不知怎么，村里都在议论，说拴劳在西安以偷窃为生，能飞檐走壁，因为他有被单子。

到了 2003 年，到处闹“非典”，棣花十六个自然村组织了防护队，严防死守，不准从西安来的人进村。拴劳偏偏就回来了，防护队一声喊地撵他，撵到棣花西头的砭崖上，砭崖下就是河。有人说：不敢再撵了，再撵就掉到河里了。又有人却说：没事，他能披被单子飞天哩。防护队举着棍棒还往前撵，拴劳就从砭崖上跳下去了。

拴劳跳下去不知是死了还是活着，反正从此再没回来过，也没有他的消息。

冬季里，砭崖上出现了许多蝙蝠，有人说是不是拴劳变成了蝙蝠，因为蝙蝠的翅膀张开来像是披着一块小被单子。立即有人反对这种联想：怎么可能呢，蝙蝠的被单是黑的，拴劳的被单是白的。

巩家涧村的上槽在给自行车充气的时候受了启发，就整天练着用手抓空气。抓一把，就扔出去砸旁边的狗，但狗总是没反应。这一天他又在练习，听到巷口有人叫他，上槽上槽，叫得生紧。抬头看时巷口起了烟，灰腾腾的，先是一股冲过来，到跟前了却是一只狗。再是一疙瘩烟已经到头顶上了，他拿了笤帚便打，竟然打着了，掉下来一只扑鸽。扑鸽在地上扑腾了一阵，又飞走了。后来有两团烟互相交融纠结地过来，他想着：这是啥？定睛盯着，两团烟是他大他妈，背着两篓子红薯，惊得他张嘴叫不出声了。

他大说：十声八声喊不应你？到地里背红薯去！

上槽瓷着眼看着他大他妈，还用手扇了一下，他大他妈不是烟呀，烟一扇就散的。

他大说：你咋啦？

上槽说：哦，我眼睛雾得很。

他大说：年轻轻的雾啥眼？

上槽要放下笤帚，笤帚突然软起来，一溜烟从指头缝里飘了去。而且看巷口外的路上，烟雾更浓，烟里有乱七八糟的人声。平日在夜里，夜即便黑得像漆，他坐在院门口，村道里一有脚步声，他也就知道这是谁来了。现在他听出说话的有二爷，有来喜伯和他老婆，有春草、蝉婶子。但他能听见声音就是看不到人，人都是一片子烟，或浓或淡，是絮状也是条状。

上槽就跟着那片烟走，一会儿看见他们有人形了，一会儿又都是烟。

上槽最后是从巷口走到巷外的土路上，一直到了河滩地，背了那里挖出来的一篓红薯。往回走时，却不知道怎么回去了，因为他发现村子的那个方向并没有村子，所有的房子、树，连同土路，除了烟，都不见了。上槽立了好久，那烟像蘑菇一样隆起，在空中酝酿翻腾，忽然扑塌下去，渐渐地又变成房子、树，还有直直的一条土路，土路上蹦跶着蚂蚱。

上槽把他看到的情景告诉给村人，村人全是一个口气，说你眼睛有毛病了。上槽就觉得自己眼睛肯定有毛病了，不出半年，眼睛便瞎了。

中街村刘家的儿子名字没起好，叫刘榆。榆树总是拗着长，这刘榆也三十年了一直和他大拗劲。他大说，今日太阳出来了，把被子拿出来晒晒，他却去给鸡垒窝。他大说：今年自留地里栽些辣苗吧，他偏种了土豆。

他大活到五十六岁时得了鼓症，临死时想把自己坟修在村后的牛头坡上，棣花的坟地都在牛头坡上，只是花销大，他说：我死了，别铺张浪费，就埋到河滩的自家地吧。刘榆想，几十年了和大都拗着，这一次得听大一次。他大死后，果然就把大埋在河滩自家地里。第三年，河里发大水，冲了河滩地，刘榆他大的坟也冲没了。

河里原来产一种白条鱼，发大水后新生了昴哧鱼，之所以是昴哧鱼，这鱼自呼其名，昴哧昴哧叫，像是叹气。

野猫洼村出了个懒人，叫宽心，一辈子没结婚。他死的时候，眼睛都闭上了，嘴还张着，来照料他的邻居就看见一股白气从嘴里出来，一溜一溜地从窗格中飘去了。撵出来看，白气没有散，飘到那棵椿树顶上了，成了一片云，扇子大的一片，往西再飘。

云飘到西街村，好像停了一下，像思考的样子。阳光将云的影子投在老田家的屋顶上，但很快又走了，经过了后塬村，又经过了巩家湾，最后在崖底村葛火镰家的院子上空不动了。

葛火镰家养着一头公猪，公猪专门给棣花所有的母猪配种的，这一天正好骆驼项村的陆星星拉了母猪来配，云的影子就罩在母猪身上，白猪变成了黑猪。陆星星往天上一看，一片云像个手帕掉下来，他还下意识地躲了一下身子，似乎那云要砸着他。但云没砸着他，而且什么也没有了，他就把母猪牵回了家。

母猪后来生崽，往常母猪一生一窝崽，这回只生了一个崽。这崽样子还可爱，就是不好好长，已经半年了，又瘦又小，与猫常在一处玩。陆星星说：你是猪呀你不长?！它还是不长，到了年底，仅仅四五十斤，还生了一身红绒毛。

第二天早上，棣花流行猪瘟，死了八头猪，其中就有这头猪。猪死时，陆星星也发现有一股白气从猪嘴里溜出来，往空里飘了。在空里成了一片云，这云片更小，只有手掌大。

云飘过北源村上空，起了一阵小风，云就往南飘，又飘回野猫洼村。野猫洼村的芦苇园也飘芦絮，云和芦絮搅在一起，分不清是一疙瘩芦絮还是云。末了,一只蜂落在丁香树的花瓣上,芦絮就挂在树枝上,而云却没了。

丁香花谢后生了籽，籽落在地上的土缝里，来年生出一棵小丁香树。这小树长了两年还是个苗子，放牛的时候，牛把苗子连根拔出来嚼了。苗子一拔出来，又有一丝白气飘了，但在空中始终没变成云，铜钱大的一团白气。白气移过了院墙，院墙外的水渠沟里有许多蚊子，后来就多了一只蚊子。

这蚊子能飞了，有一夜飞到打麦场上，那里睡了乘凉的人，蚊子专叮人腿，啪地挨了一掌，就掌死了，再没有云，连一点白气都没有。

雷家坡村其实没有姓雷的，是两大族姓，一个姓雨，一个姓田。姓田的都腿短脖子粗，姓雨的高个窄脸，但姓田的男人多，姓雨的女人多，姓田的就控制着村子。

棣花北五十里地的洛南县有煤窑，早年姓田的一个男子在那里当矿工，后来承包了一个煤窑，逐渐做大，成了有钱的老板，便把村里姓田的男人都带去挖煤，姓田的人家就过上了好日子。姓雨的人家还穷着，女人们就只好到棣花的保姆培训班上报名，她们长得好看，性情也柔顺，培训完后西安的保姆中介公司挑去了七八个，全送去了一些高级领导干部的家里。

2000 年春节，挖煤的回来了，都有钱，先集体在县上住了一晚宾馆才回村，而那些保姆没有回来。姓雨的说挖煤的在县宾馆住了一夜，吃肉喝酒，还招了妓女，离开后，妓女尿了三天黑水。

春节一过，姓田的男人又去了煤窑，正月二十四那天，井下瓦斯爆炸，没有一个活着出来。而就在这天，七八个保姆回到村里，她们给村里人说，都曾经跟着主人去过广州或北京，坐的飞机，飞机上有厕所，拉屎尿尿就漏在空中，在空中什么都没有了。

每年四月初八棣花的庙会上要耍社火，中街村准备两台芯子，一台是走兽和地狱，一台是飞禽和天堂。正做着，有人担心这是暗喻雷家坡村，会惹是非，后来就取消了。

药树梁村在棣花的西北角，除了独独一棵大药树外，坡上枣树很多，枣树每一年都有被雷击的。被雷击过的枣木有灵性，县城关镇的阴阳先生曾来寻找雷击枣木做法器，而药树梁村的人出来口袋里也都有枣木刻成的小棒槌，说能避邪护身。

在三年前夏天，有良在坡上放牛，天上又响炸雷，有良赶着牛就下坡，雷这回没击枣树，把有良击了，但没有击死，脊背上有了一片文字。说是文字，又不是文字，棣花小学的老师也认不得，那是十八个像字的字，分三行，发红，像被手抓出的，却不疼不痒。

有良在当年的秋末瘫了，手脚收缩，做不了活，吃饭行走也不行了，整天得坐在家里的藤椅上，让端吃送喝。但有良知道啥时刮风下雨，有一天太阳红红的，他说一会儿有冰雹哩，谁也不信，但一锅旱烟没吃完，冰雹就噼里啪啦下来了。

还有一回，已在半夜里，有良叫醒家人，说天上掉石头呀，快到院里去。家人知道他说话应，都起来到院子，一直坐到天亮，没有什么石头，才要回屋时，突然天空一团火光，咚的一声，有东西砸在屋顶。过了一会儿进去看了，屋地上果然有一块石头，升子大，把屋顶砸了个洞，地上也一个坑。

西街村的韩十三梦多，一入睡就做梦，醒来又能记得梦的事。他三岁时梦到的都是他成了个老头，胡子又白又长，常拿了一把木剑到一个高墙上去舞。他把梦说给旁人，人都笑他：高墙上能舞剑？但觉得他每天都做梦，梦醒又给人说梦，很好玩的，见了便问：碎仔，又做啥梦了？韩十三就说他在一个地方走，路很长很宽，两边都是房子，房子特别高，一层一层全是玻璃，路上有车，车多得像河水，一个穿白衣裳的人像神婆子一样指手画脚。村人有走过西安的，觉得这像是西安，就又问：那是街道，街上还有啥？韩十三说：路边都是树，树上长星星。

往后，随着年龄增长，韩十三的梦越来越离奇，但全是城里的事。他在小学时，就梦见自己在一家饭店里炒菜，戴很高很高的帽子，他不炒土豆丝，也不炒豆芽，炒的尽是一些长得怪模怪样的鱼和虾。到了中学时，他梦见自己拿着八磅锤、锯，还有刷墙的磙子，他在给人家刷墙时，那女主人送给他了一件制服，但也骂过他。

这样的梦做了三年，中学毕业后没有考上大学，就一直在村里劳动，还当过村会计，又烧过砖瓦窑，娶妻生子。梦还在做，梦到了城里，才知道早先梦到了人在高墙上舞剑，那墙是城墙，从城墙上能看见不远处的钟楼，钟楼的顶金光闪闪。那时，村里人有去西安打工的，他问：西安有个钟楼吗？回答说有，又问：城墙上能开车吗？回答说能。韩十三就决定也去西安打工。

到了西安，西安的一切和他曾经的梦境一样，他甚至对那里已十分熟悉，还去了他当厨师的酒店，酒店门口是有两个石狮子，右边的一个石狮子眼睛上涂着红。但是，韩十三初到西安，没有技术也没有资金，他只好去捡破烂。捡破烂第一天就赚了三十元，这让他非常高兴，想着一天赚三十元，十天就是三百元，一个月九百元呀！第二天，他起得很早上街了。却被一辆运渣土的卡车撞倒，而司机逃逸，一个小时后才被人发现往医院送，半路上把气断了。

这一年他三十岁。

墓前立了个碑子，上面刻了生于1980年，逝于2010年。但不久，刻字变了，是生于1980年，逝于2040年。村人不知这刻字怎么就变了。

棣花乡政府设在中街村，是一个大院子，新修的高院墙，新换的大铁门，但门卫还是那个旧老汉。老汉姓夜，从年轻起人叫他不叫老夜，嫌谐音是老爷，就叫他老黑。

老黑从一九五八年就在这里当门卫，那时乡政府是公社，今年老黑八十岁，眼不花，耳不聋，身体特别好，乡政府还雇他当门卫。棣花的人其实寿命都不长，差不多每个人家都有着遗憾，比如有些人，日子恓惶了几十年，终于孩子大了，又给孩子娶了媳妇，再是扒了旧屋，盖了一院子新房，家里粮食充足，吃喝不愁，说：这下没事了，该享清福呀！可常常是没事了才两年，最多五年，这人就死了。但老黑活到八十岁，还精神成这样，很多人便请教他健康长寿的秘诀。老黑说，他是每个大年三十晚上，包完饺子了，就制订生活计划的。他的生活计划已经制订到一百二十岁，每一岁里要干什么，怎么去干，都一一详细列出。中街药铺的跛子老王看过老黑一百岁那年的计划，过后给人说，老黑这一年的计划是五月份给孙子的孙子结婚，结婚用房得新盖，他要资助三千元。再是把院子里的井重新淘一下，安个电水泵。再再是，那一年应该是乡政府要换届，要来新的乡长了，这是陪过的第四十五位乡政府领导，他力争陪过七十位。

乡政府院子西墙外有一棵老楸树，这树不是乡政府的，是刘反正家的。棣花再没有这么大的树了。黄昏的时候，中街村的人喜欢在树下说闲话，当然说到这树活得久，说老黑也活得久，有一个叫宽喜的人，就也学着老黑定计划，计划他也要活过一百岁。

宽喜只活了六十二岁就死了。

而中街村还有一个人，叫牛绳，牛绳的日子艰难，整天说啥时死呀，死了就不泼烦了。他来问老黑：宽喜也心劲大着要长寿，咋就死了，你这计划是不是不中用？老黑说：宽喜是县上干部，退休没了事，阎王爷哪会让没事干的人还活在世上？定计划是定着做不完的事哩，不是为了活而活的。宽喜想活他活不了，你想死也死不了，因为你上有老下有少，你任务没完成哩你咋死？

这话说过半年，有一天夜里，老黑在院门口坐着，听见楸树咯吱咯吱响，好像在说：唉，走呀，我走呀。

第二天，刘反正得了脑溢血死了，他儿子伐了楸树给他大做了棺材。

乡政府大院门口从此没了那棵树，而老黑还在，新一任的乡长才来了七天，老黑每晚要给新乡长说着一段棣花的历史。

2010 年 7 月 7 日写

从棣花到西安

秦岭的南边有棣花，秦岭的北边是西安，路在秦岭上约三百里。世上的大虫是虎，长虫是蛇，人实在是个走虫。几十年里，我在棣花和西安生活着，也写作着，这条路就反复往返。

父亲告诉过我，他十多岁去西安求学，是步行的，得走七天，一路上随处都能看见破坏的草鞋。他原以为三伏天了，石头烫得要咬手，后来才知道三九天的石头也咬手，不敢摸，一摸皮就粘上了。到我去西安上学的时候，有了公路，一个县可以每天通一趟班车，买票却十分困难，要头一天从棣花赶去县城，成夜在车站排队购买。班车的窗子玻璃从来没有完整过，夏天里还能受，冬天里风刮进来，无数的刀子在空中舞，把火车头帽子的两个帽耳拉下来系好，哈出的气就变成霜，帽檐是白的，眉毛也是白的。时速至多是四十里吧，吭吭唧唧在盘山路上摇晃，头就发昏，不一会儿有人晕车，前边的人趴在窗口呕吐，风把脏物又吹到后边窗里，前后便开始叫骂。司机吼一声：甭出声！大家明白夫和妻是荣辱关系，乘客和司机却是生死关系，出声会影响司机的，立即全不说话。路太窄太陡了，冰又瓷溜溜的，车要数次地停下来，不是需要挂防滑链，就是出了故障，司机爬到车底下，仰面躺着，露出两条腿来。到了秦岭主峰下，那个地方叫黑龙口，是解手和吃饭的固定点。穿着棉袄棉裤的乘客，一直是插萝卜一样挤在一起，要下车就都浑身麻木，必须揉腿。我才搬起一条腿来，旁边人说：那是我的腿。我就说：我那腿呢？我那腿呢？感觉我没了腿。一直挨到天黑，车才能进西安，从车顶上卸下行李了，所有人都在说：嗨，今日顺利！因为常有车在秦岭上翻了，死了的人在沟里冻硬，用不着抬，像掮椽一样掮上来。即使自己坐的车没有翻，前边的车出了事故，或者塌方了，那就得在山里没吃没喝冻一夜。

二十世纪九十年代初，这条公路改造了，不再是沙土路，铺了柏油，而且很宽，车和车相会没有减速停下，灯眨一下眼就过去了。过去车少，麦收天沿村庄的公路上，农民都把割下的麦子摊着让碾，狗也跟着撵。改造后的路不准摊麦了，车经过唰的一声，路边的废纸就扇得贴在屋墙上，半会儿落不下。狼越来越少了，连野兔也没了，车却黑日白日不停息。各个路边的村子都死过人，是望着车还远着，才穿过路一半，车却瞬间过来轧住了。棣花几年里有五个人被轧死，村人说这是祭路哩，大工程都要用人祭哩。以前棣花有两三个司机，在县运输公司开班车，体面荣耀，他们把车停在路边，提了酒和肉回家，那毛领棉大衣不穿，披上，风张着好像要上天。沿途的人见了都给笑脸,问候你回来啦？所有人猫腰跟着，偷声换气地乞求明日能不能捎一个人去省城。可现在，公路上啥车都有，连棣花也有人买了私家车，才知道驾驶很容易的，几乎只要是个狗，爬上车都能开。那一年，我父亲的坟地选在公路边，母亲说离公路近，太吵吧，风水先生说：这可是好穴哇，坟前讲究要有水，你瞧，公路现在就是一条大河啊！

我每年十几次从西安到棣花，路经蓝关，就可怜了那个韩愈，他当年是“雪拥蓝关马不前”呀，便觉得我很幸福，坐车三个半小时就到了。

过了2000年，开始修铁路。棣花人听说过火车，没见过火车，通车的那天，各家在通知着外村的亲戚都来，热闹得像过会。中午时分，铁路西边人山人海，火车刚一过来，一人喊：来了——！所有人就像喊欢迎的口号：来了来了！等火车开过去了，一人喊：走了——！所有人又在喊口号：走了走了！但他们不走,还在敲锣打鼓。十天后我回棣花，邻居的一个老汉神秘地给我说：你知道火车过棣花说什么话吗？我说：说什么话？他就学着火车的响声，说：棣花——！不穷！不穷！不穷不穷，不穷不穷！我大笑，他也笑，他嘴里的牙脱落了，装了假牙，假牙床子就笑了出来。

有了火车，我却没有坐火车回过棣花，因为火车开通不久，一条高速路就开始修。那可是八车道的路面呀，洁净得能晾了凉粉。村里人把这条路叫金路，传说着那是一捆子一捆子人民币铺过来的，惊叹着国家咋有这么多钱啊！每到黄昏，村后的铁路上过火车，拉着的货物像一连串的山头在移动。村人有的在唱秦腔,有的在门口咿咿呀呀拉胡琴，火车的鸣笛不是音乐，可一鸣笛把什么乐响都淹没了。火车过后，总有三五一伙端着老碗一边吃一边看村前的高速路，过来的车都是白光，过去的车都是红光,两条光就那么相对地奔流。他们遗憾的是高速路不能横穿，而谁家狗好奇，钻过铁丝网进去，竟迷糊得只顺着路跑，很快就被轧死了，一摊肉泥粘在路上。我第一回走高速路回棣花，没有打盹，头还扭来转去看车窗外的景色,车突然停了,司机说：到了。我说：到了？有些不相信，但我弟就站在老家门口，他正给我笑哩。我看看表，竟然仅一个半小时。从此,我更喜欢从西安回棣花了,经常是我给我弟打电话说我回去,我弟问：吃啥呀？我说：面条吧。我弟放下电话开始擀面，擀好面，烧开锅，一碗捞面端上桌了，我正好车停在门口。

在好长时间里，我老认为西安越来越大，像一张大嘴，吞吸着方圆几百里的财富和人才，而乡下，像我的老家棣花，却越来越小。但随着312公路改造后，铁路和高速路的相继修成，城与乡在拉近了，它吞吸去了棣花的好多东西，又呼吐了好多东西给棣花，曾经瘪了的棣花慢慢鼓起了肚子。棣花已经成了旅游点，农家乐小饭馆到处都有，小洋楼一幢一幢盖了，有汽车的人家也多了，甚至荒废了十几年的那条老街重新翻建，一间房价由原来的十几元猛增到上万元。以前西安的人来，皮鞋印子留在门口，舍不得扫；如今西安打一个喷嚏，棣花人就问：咱是不是要感冒啦？他们啥事都知道，啥想法也都有。而我，更勤地从西安到棣花，从棣花到西安。我不再以出生在山里而自卑，车每每经过秦岭，看山峦苍茫，白云弥漫，就要念那首诗：啊，给我个杠杆吧，我会撬动地球。给我一棵树吧，我能把山川变成绿洲。只要你愿意嫁我，咱们就繁衍一个民族。

就在上一个月，又得到一个消息，还有一条铁路要从西安经过棣花，秋季里动工。

2009 年 5 月 7 日写

四　方　城

今冬无事，我常骑了单车在城中闲逛。城市在改造，到处是新建的居民楼区，到处也有正被拆除的废墟，我所熟悉的那些街、那些巷，面目全非，不见了那几口老井和石头牌楼，不见了那些有着砖雕门楼和照壁的四合院，以及院中竹节状的花墙和有雕饰的门墩。怅怅然，从垃圾堆里寻到半扇有着菱花格的木窗和一个鼓形的柱脚石，往回走，街上又是车水马龙，交通堵塞，真不知是该悲还是该喜。

天黄昏到家，胡武功却在门口蹲着。问：找我吗？他说：找你。入屋吃酒，他从皮夹克衫里往外掏东西，他的夹克衫鼓鼓囊囊，竟掏出百余幅的照片来要我看。原来武功他们同我一样，是这个城的闲人，有兴趣在城里闲逛，而且多年前就这么闲逛了。但是，我闲逛了也就闲逛了，他们闲逛了却抓拍了这么多照片！于是我便对他那夹克衫感了兴趣，探手再去掏，果然又掏出一个照相机来。我说：你们做了布袋和尚嘛！

照片全摊在床上，如同一瞬间时间凝固，西安城的巷巷道道，人人事事，一下子平面摆在面前。我嗒然忘失自我，也不知在了何处。片刻，扭头看窗外，窗前老槐上正有寒鸦，拍窗它不惊，开窗以酒盅投掷，仍也不起，疑心它必在偷看了我们，是痴是僵。我对西安是熟知的，一张张看着，已不知今夜是从四堵城墙的哪一个门洞进去，拐过了几街几巷，又要从哪一个门洞出来。只急急寻找四合院中四分五裂的隔墙和篱笆中的人家，那早晨排队而入的公厕呢？那煤呢？那盛污水的土瓮呢？老爷子的马扎凳、小孩子的摇篮车呢？小小的杂货店里老板娘正在点钱。蹬三轮车的小贩在张口叫卖。巷口的谁家有了丧事，孝子贤孙为吹鼓手的耳上夹烟。城墙根织沙发床的人回过头来，一脸惊恐，原来是不远处爆玉米花的人又爆出了一锅。风雨中红灯一片的夜市上，手持了大哥大的小姐与收破烂的民工同坐一桌吃起饺子了。来去匆匆的上班人群中，有老头坐在隔离礅上茫然四顾。那放风筝的孩子，风筝挂在了树上，一脸无奈。那电杆下扎堆的人指手画脚，观棋而语一定不是些君子。挂满广告条幅的商场门口，是谁摸奖摸中了，一人仰笑，数人顿足。坐在时装店塑料模特脚下的艺人拉二胡，眼睛闭着，是自己陶醉，还是原本就是瞎子？擦皮鞋的老妪蹲在墙角，牵长毛狗的小姐一边走一边照镜。

从仅容一身的巷道里跑过来的是谁？镜糕摊前那位洋人在说什么？股票交易厅外又是拥满了人，邮局门口代书写信件、状词的三张桌子怎么空了一人……一座转型时期的古城里，芸芸众生在生活着。生活中有他们的美丽和丑陋，有他们的和谐与争斗。我看了这张又急切翻看那张，喃喃地问：我在哪儿，哪一张有我呢？

举起杯来，向胡武功敬酒。我说，以这么大的热情和朴实无华的镜头，这么真实地记录一个城市的百姓生活，在中国摄影史上还并不多见吧。而在这些作品中，从人与城的关系、人与人的关系、人和城与时代的关系里，你们竟能表现出如此丰富的历史性、哲理性和艺术性！

我们都是西安城的市民，我们荣幸地生活在这个城里又津津乐道这座城，但正如河水，看到的河水又不是了看到的河水，在这瞬息万变的年代，谁能是真正意义上的西安记录员呢？摄影是一门能将复杂处理成简单，而又能在简单中透出复杂的艺术，如果这批照片结集，最能清点二十世纪末的西安的面目。今天的西安人或熟知西安的人，我们同历史将从古城走出去，明天的人或不熟悉这个时期西安的人又将会凭此集再走回古城啊！

我这么对胡武功说着，屋外已大风吼窗，胡武功酒红上脸，开始讲他们四人数年里的奔波，说是在去年的冬季，也就是今日同一个黄昏，他们在北门口拍摄，阴雪四集，寒风酸牙，后在一个小酒店里也是吃酒的，吃酒全为取暖，四人不觉哑笑，真该是“为乐未几，苦已百倍”。听他喋喋不休讲去，我脑子里却生想：去年寒夜，今夜谈起，今夜情景，谁又会知道呢？歪头看胡武功，胡武功说着说着，头一沉，趴在那里却睡着了，是酒力发作还是太疲倦，鼾声微起，一双鞋，是那种穿得很烂又脏的旅游鞋，已掉在床下，呈出个 × 状。

1996 年 11 月 20 日

写给母亲

人活着的时候，只是事情多，不计较白天和黑夜。人一旦死了日子就堆起来：算一算，再有二十天，我妈就三周年了。

三年里，我一直有个奇怪的想法，就是觉得我妈没有死，而且觉得我妈自己也不以为她就死了。常说人死如睡，可睡的人是知道要睡去，睡在了床上，却并不知道在什么时候睡着的呀。我妈跟我在西安生活了十四年，大病后医生认定她的各个器官已在衰竭，我才送她回棣花老家维持治疗。每日在老家挂上液体了，她也清楚每一瓶液体完了，儿女们会换上另一瓶液体的，所以便放心地闭了眼躺着。到了第三天的晚上，她闭着的眼再没有睁开，但她肯定还是认为她在挂液体了，没有意识到从此再不醒来，因为她躺下时还让我妹把给她擦脸的毛巾洗一洗，梳子放在了枕边，系在裤带上的钥匙没有解，也没有交代任何后事啊。

三年以前我每打喷嚏，总要说一句：这是谁想我呀？我妈爱说笑，就接茬说：谁想哩，妈想哩！这三年里，我的喷嚏尤其多，往往错过吃饭时间，熬夜太久，就要打喷嚏。喷嚏一打，便想到我妈了，认定是我妈还在牵挂我哩。

我妈在牵挂着我，她并不以为她已经死了，我更是觉得我妈还在，尤其我一个人静静地待在家里时，这种感觉就十分强烈。我常在写作时，突然能听到我妈在叫我，叫得很真切，一听到叫声我便习惯地朝右边扭过头去。从前我妈坐在右边那个房间的床头上，我一伏案写作，她就不再走动，也不出声，却要一眼一眼看着我，看得时间久了，她要叫我一声，然后说：世上的字你能写完吗，出去转转么。现在，每听到我妈叫我，我就放下笔走进那个房间。心想我妈从棣花来西安了？当然是房间里什么也没有，却要立上半天，自言自语我妈是来了又出门去街上给我买我爱吃的青辣子和萝卜了。或许，她在逗我，故意藏到挂在墙上的她那张照片里，我便给照片前的香炉里上香，要说上一句：我不累。

整整三年了，我给别人写过了十多篇文章，却始终没给我妈写过一个字，因为所有的母亲，儿女们都认为是伟大又善良，我不愿意重复这些词语。我妈是一位普通的妇女，缠过脚，没有文化，户籍还在乡下，但我妈对于我是那样地重要。已经很长时间了，虽然再不为她的病而提心吊胆了，可我出远门，再没有人啰啰唆唆地叮咛着这样叮咛着那样，我有了好吃的好喝的，也不知道该送给谁去。

在西安的家里，我妈住过的那个房间，我没有动一件家具，一切摆设还原模原样，而我再没有看见过我妈的身影。我一次又一次难受着又给自己说，我妈没有死，她是住回乡下老家了。今年的夏天太湿太热，每晚在湿热中醒来，恍惚里还想着该给我妈的房间换个新空调了，待清醒过来，又宽慰着我妈在乡下的新住处里，应该是清凉的吧。

三周年的日子一天天临近，乡下的风俗是要办一场仪式的，我准备着香烛花果，回一趟棣花了，但一回棣花，就要去坟上，现实告诉着我妈是死了，我在地上，她在地下，阴阳两隔，母子再也难以相见，顿时热泪肆流，长声哭泣啊。

2010 年 8 月 16 日

孤独地走向未来

好多人在说自己孤独，说自己孤独的人其实并不孤独。孤独不是受到了冷落和遗弃，而是无知己，不被理解。真正的孤独者不言孤独，偶尔做些长啸，如我们看到的兽。

弱者都是群居着，所以有芸芸众生。弱者奋斗的目的是转化为强者，像蛹向蛾的转化，但一旦转化成功了，就失去了原本满足和享受欲望的要求。国王是这样，名人是这样，巨富们的挣钱成了一种职业，种猪们的配种更不是为了爱情。

我见过相当多的郁郁寡欢者，也见过一些把皮肤和毛发弄得怪异的人，似乎要做孤独者，这不是孤独，是孤僻，他们想成为六月的麦子，却在仅长出一尺余高就出穗孕粒，结的只是蝇子头般大的实。

每个行当里都有着孤独人，在文学界我遇到了一位。他的声名流布全国，对他的诽谤也铺天盖地，他总是默默，宠辱不惊，过着日子和进行着写作，但我知道他是孤独的。

“先生，”我有一天走近了他，说，“你想想，当一碗肉大家都在眼睛盯着并努力去要吃到，你却首先将肉端跑了，能避免不被群起而攻之吗？”

他听了我的话，没有说是或者不是，也没有停下来握一下我的手，突然间泪流满脸。

“先生，先生……”我撵着他还要说。

“我并不孤独。”他说，匆匆地走掉了。

我以为我要成为他的知己，但我失败了，那他为什么要流泪呢，“我并不孤独”又是什么意思呢？

一年后这位作家又出版了新作，在书中的某一页上我读到了“圣贤庸行，大人小心”八个字，我终于明白了，尘世并不会轻易让一个人孤独的，群居需要一种平衡，嫉妒而引发的诽谤、扼杀、羞辱、打击和迫害，你若不再脱颖，你将平凡；你若继续走，走，终于使众生无法赶超了，众生就会向你欢呼和崇拜，尊你是神圣。神圣是真正的孤独。

走向孤独的人难以接受怜悯和同情。

第二章

与生活悄然邂逅

这样，在街头上看一回人的风景，犹如读一本历史，一本哲学，你从此看问题，办事情，心胸就不那么窄了，目光就不那么短了，不会为蝇头小利去钩心斗角，不会因一时荣辱而狂妄和消沉。人既然如蚂蚁一样来到世上，忽生忽死，忽聚忽散，短短数十年里，该自在就自在吧，该潇洒就潇洒吧，各自完满自己的一段生命，这就是生存的全部意义了。

吃　面

陕西多面食，耀县有一种，叫盐汤面，以盐为重，用十几种大料熬调料汤，不下菜，不用醋，辣子放汪，再漂几片豆腐，吃起来特别有味。盐汤面是耀县人的早饭，一下了炕，口就寡，需要吃这种面，要是不吃，一天身上就没力气。在县城里的早晨，县政府的人和背街小巷的人都往正街去，正街上隔百十米就有一家面馆，都不装修，里边摆两三张桌子，门口支了案板和大环锅,热气白花花的像生了云雾。掌柜的一边吹气一边捞面，也不吆喝，特别长的木筷子在碗沿上一敲，就递了过去。排着长队的人，前头的接了碗走开，后头的跟上再接碗，也都不说话，一人一个大海碗，蹲在街面上吃，吃得一声价儿响。吃毕了，碗也就地放了，掌柜的婆娘来收碗，顺手把一张餐纸给了吃客，吃客就擦嘴，说：“滋润！”

这情景十多年前我见过。那时候，我在县城北的桃曲坡水库写小说，耀县的朋友说请我吃改样饭，我从库上下来吃了一次，从此就害上了瘾。在桃曲坡水库待了四十天，总共下库去吃过六次，水库到县城七八里路，要下一面塬坡，我都是步行去的，吃上两碗。一次，返回走到半坡，肚子又饥了，再去县城吃，一天里吃了两次。

后来回到西安，离耀县远了，就再没吃过盐汤面。西安的大饭店多，豪华的宴席也赴了不少，但那都是应酬，要敬酒，要说话，吃得头上不出汗。吃饭头上不出汗，那就没有吃好。每每赴这种宴席时，我就想起了盐汤面。

今年夏天，我终于对一位有小车的朋友说：咱到耀县吃盐汤面！洗了车，加了油，两个小时后到了耀县，当年吃过的那些面馆竟然还在，依旧是没装修，门口支着案板和环锅。我一路上都在酝酿着一定要吃两碗，结果一碗就吃饱了，出了一头汗。吃完后往回走，情绪非常好，街道上有人拉了一架子车玫瑰，车停下来我买了一枝。朋友说：“我以为你是贵人哩，原来命贱。”我说：“咋啦？”他说：“跑这么远，过路费都花五十元，就吃一碗面呀？”我说：“有这种贱吗？开着车跑几个小时花五十元过路费十几元油费就为吃一碗面啊！”

那面很便宜，一元钱一碗，现在涨价了，一碗是一元五角钱。

2005 年 8 月 28 日

不能让狗说人话

西安城里，差不多的人家都养了狗，各种各样的狗。每到清晨或是傍晚，小区里、公园中、马路边，都有遛狗的，人走多快，狗走多快，狗走多快，人走多快。狗是家里成员了，吃得好，睡得好，每天洗澡，有病就医，除了没姓氏，名字也都十分讲究。据说城里人口是八百万了，怎么可能呢，没统计狗呀，肯定到了一千万。

这个社会已经不分别阶级了，却有着许多群系，比如乡党呀，同学呀，战友呀，维系关系，天罗地网的，又新增了上网的炒股的学佛的爬山的，再就是养狗的。有个成语是狐朋狗友，现在还真有狗友了。约定时间吧，狗友们便带着狗在广场聚会，狗们趁机蹦呀叫呀，公狗和母狗交配，然后拉屎，跷起一条后腿撒尿。狗的主人，都是些自称爸妈的，就热烈地显摆起他家的狗如何地漂亮、乖呀，能献殷勤而且多么地忠诚。

忠诚是人们养狗的最大原因吧。人是多么需要忠诚呀，即使最不忠诚做人的人，他也不喜欢不忠诚的人和动物。因此，这个城里，流浪的狗并不多见，偶尔见到的只是一些走失的狗，而走失的狗往往就又被人收养了。流浪的多是些寻不着活干的人，再就是猫。猫有媚态，却不忠诚，很多猫都被赶出家门了。

曾有三个人给我说过这样的事，一个是他们夫妇同岳母生活在一起了十多年，在儿子上了中学后，老人去世了。这几年他养了一只狗，有一天突然发现狗的眼神很像岳母的眼神，从此，总觉得狗就是他岳母。另一个人，他说他父亲已经去世七八年了，但他越来越觉得家里的狗像他父亲，尤其那走路的姿势，嘴角一抽一抽的样子。还有一个，他家的狗眼睛细长，凡是家里人说话，或是做什么事情，狗就坐在墙角，脑袋向前倾着一动不动，而眼睛一眨一眨地盯着，神气好像是它什么都看着了，什么都听着了。他就要说：到睡房去，去了把门撞上！狗有些不情愿，声不高不低咕哝着，可能在和他犟嘴，但狗能听懂人话，人却听不懂狗话，狗话只是反复着两个音：汪汪。

我突然想，狗如果能说人话了呢？

刚一有这想法，我就吓出一身冷汗，天呀，狗如果能说人话，那恐怖了，每日都有惊天新闻，这个世界就完全崩溃啦！试想想，外部有再大的日头，四堵墙的家里会发生什么呢，老不尊，少不孝，恶言相向，拳脚施暴，赤身性交，黑钱交易，行贿受贿，预谋抢窃，吸大烟，藏赃物，制造假货，偷税漏税，陷害他人，计算职位，日鬼捣棒槌，堂而皇之的人世间有太多不可告知外界的秘密就全公开了。常说泄露天机，每个人都有他的天机，狗原来是最容易泄露天机者，它就像飞机上的黑匣子，就像掌握核按钮的那些大国的总统，令人害怕了。狗其实不是忠诚，是以忠诚的模样来接近人的各个家庭里窃取人私密的特工呀。好的是，这个社会，之所以还安然无恙，仅仅是狗什么都掌握着，它只是不会说人话。

上帝怎么会让狗说人话呢，不会的，能说人话它就不是狗了，也没有人再肯养狗。

是的，不能让狗说人话，永远不能让狗说人话。

2010 年 9 月 6 日晚

龙　民

西安人最得意城市建在龙脉上，北门之外的高坡至今仍叫龙首村，老陈修建桃花源和东晋桃源两个休闲山庄的时候看重的就是龙首村至渭河滩之间的风水，因为他属相为龙，出身于农民。龙是中国的图腾，历来的皇帝虽然尊龙，自视真龙天子，但龙的文化其实是农民创造并且被农民延绵不绝地继承着，所以老陈介绍他是农民时说成是龙民。从两个山庄的起名上，你就可以窥见中国农民乌托邦式的理想色彩，它们修建的起因当然为着商业目的，但修建的过程中强烈地渗透着要给西安的建筑上留一份文化遗产的精神，其屋舍构造，池渠布局，道路走向，甚至一堵墙、一棵树、一块石头的安放，都具象在大象之中，经意于不经意之处，区别着宫廷式和好莱坞式，在现代文明的基础上充分展示农耕文化；正因为如此，山庄造成之后，游人蜂拥而至，不仅经济收入可观，其本身就成了一处园林景观。历史上，西安的北郊原上曾做过皇家的围猎苑，如今这里成了西安市民游乐的后花园。

我第一次到山庄，是朋友请去吃饭。肠胃其实有个感情问题，那一顿农家饭使我吃得鼓腹而歌。老陈那一次热情作陪，他是两天两夜因别的事未合眼了，但毫不见倦意，他的副总连连感叹他的过人精力，我却发现了他的秘密，他非常能吃，高高一大盘的包子一口气吃个精光。席间，他绝口不张扬他的财力，谈文化方面的事，不白气，无附庸风雅的酸腐味，其独特的思维和生动诙谐的农民语言使我们一时瞠目结舌。他也是个矮个子，甚至比我还矮，又都是农家出身，同一属相，有着大致相同的经历，我们就有了比别人更多一层的亲近感，自那次认识之后，往来就成了常事，而我们文化界的许多活动也便吵吵嚷嚷地在山庄里举办了。

己卯岁的腊月，老陈又四下打电话捎信招呼朋友了，要我们去看新栽立的一块巨石上该写上什么字，耕种的几十亩麦田新种长势是如何地好，戏楼上更换了对联，又安置了一台石磙碾子，饲养的猪已经体重膘肥。我们自然是在寒风中赶去了，看完了，看累了，坐下来吃茶，他问在场的都谁属龙相，没想呼啦啦好多人举了手。“龙子龙孙这么多哇！”他说，“马上就要进入龙年了，咱们怎么搞庆典呀？！”原来他早有个在山庄造两千条龙的设想，而要听听朋友们的意见的。龙年闹龙，这是中国人集体无意识的事，何况在有龙脉的西安，在乌托邦色彩浓烈的山庄，有自称龙民的老陈牵头，一帮属龙相的人莫不击拳叫好。热烈地讨论之后，决定要搞就搞出气势，搞出艺术，作为山庄的一项新的建设。于是各类人才又一次聚集在山庄，把从古至今皇宫的民间的各种龙的形象图案收集一起，能工巧匠们就紧锣密鼓地忙活起来了。在新的龙年里，可以想见中国的每一个城镇和乡村，必定都有着龙的庆典活动，舞龙灯、唱龙歌，祈祷着龙年的政治清明、经济繁荣，欢度着自己的祥和日子，但我却放胆地认定，在桃花源和东晋桃源的山庄里，龙的庆典活动将更具特色，因为它不像皇宫把龙当作神权的象征，也不像一般的活动仅仅是为了祈祷，如有病的有难的想一笔生意赚钱一桩求爱成功一次赌博得赢而去菩萨像前烧香磕头，山庄里的庆典是其农耕文化的必然所为，像焰对于火，光气对于珠宝。

离开了山庄，我想起了我曾去江南的苏州、杭州等地的那一次游历。那里有许多园林，园林原本都是当时的一些盐商的私家建筑，这些巨商有了钱要造园子，讲究的就是高雅和特色，专门邀请当世的艺术家来设计，比如大画家石涛就设计过一处园子。正是当初盐商有钱，又不是粗俗挥霍之徒，趣味高雅，目光久远，又有大艺术家参与，这些园子就变成了现在的中华民族的一份文化遗产。老陈如今做的工作的意义也就在这里吧。

缘　　分

一九九五年七月，周涛邀我和宋丛敏去新疆，支使了郭不、王树生陪吃陪住陪游。先在乌鲁木齐一礼拜，还要再往西去，王树生因事难以远行，就只剩下郭不。郭不说：没事，我有的是拳脚，什么地方不能去的？！三人便换了长衫，将钱装在裤衩兜里，坐飞机便到了喀什。

依周涛原定的计划，在喀什由喀什公安处接待。但一下飞机，有一个女的却找到我们，自我介绍叫郭玉英，丈夫是南疆军区的检察长，是接到周涛的电话来迎接的，问我们将住在什么宾馆。我们还不知道公安处的安排，郭玉英说："喀什就那么些大，到时候我来找，话说死，明日下午两点我来接你们去军区！"到了喀什，住在一家宾馆，宋丛敏就忙得鬼吹火。他是曾在这里工作过，给一个熟人打了电话，这个熟人竟联络了十多个熟人，于是，我和郭不又随着他不停地接待拜会，又去拜会他人。第二天的下午两点，专等着那个郭玉英，可两点钟没有来，直过了两个小时，估计郭玉英寻不着我们，正好是礼拜日，她去公安处了不好打听，我们又未留下她的电话，只好以后再说吧。四点二十，宋从敏的旧友老曾来了电话，一定要让去他家，说馕已买下了，老婆也和了面，晚上吃揪面片。我们应允了，老曾说五分钟后他开车来接。刚过三分钟，门被敲响，惊奇老曾这么快的，开了门却是郭玉英。郭玉英满头大汗，说她在城里一个宾馆一个宾馆地找，找了两个多小时的。正说着，老曾就来了，这就让我们很为难，不知该跟谁走。郭玉英说："当然去军区，老曾你得紧远路客吧。"老曾无可奈何，就给家里挂电话，让老婆停止做揪面片，相跟着一块去军区。

军区在疏勒县，郭玉英的丈夫并不在家，郭玉英让我们吃着水果歇着，她去找检察长，约莫五分钟吧，一个军人抱着一块石头进屋，将石头随手放在窗下，说他姓侯，抱歉因开会没能去城里亲自迎接。我们便知道这是侯检察长了。接着郭玉英也进来，也是抱一块石头，径直放到卧室去。我是痴石头的，见他们夫妇都抱了石头回来，觉得有意思，便走到窗下看那石头，不看不知道，一看就大叫起来。这石头白色，扁圆状，石上刻凿一尊菩萨的坐像。我忙问："哪儿找的？"老侯说："从阿里弄的。"我说："你也收藏石头？"他说："给别人弄的。"老侯似乎很平静，说过了就招呼我们去饭馆吃饭。我把石头又抱着看了又看，郭不悄悄说："起贪婪心啦？！"我说："我想得一块佛画像石差不多想疯了，没想在这儿见着！"郭不笑笑，再没有说话。

在饭桌上，自然是吃酒吃菜，我不喝酒，但大家却都喝得高兴，也没那些礼节客套，一尽儿随形适意。老侯是言语短却极实在人，对我们能到他这里来感到高兴，说新疆这里也没什么好送的，只是英吉沙小刀闻名于世，他准备了几把。郭不就给老侯敬酒，说，老侯，你真要送个纪念品，我知道贾老师最爱的是石头。我去过他家，屋里简直成了石头展览馆了，你不如把刚才抱的那个石头送给他。郭不话一出口，我脸就红了，口里支吾道："这，这……"心里却感激郭不知我。老宋更趁热打铁，说："平凹也早有这个意思！"老侯说："贾老师也爱石头？那我以后给你弄，这一块我答应了我的一个老领导的。你说那石头好吗？"我说："好！"郭不说："贾老师来一趟不容易，给老领导以后再弄吧，这一块让贾老师先带上。"老侯说："那好。这一块给贾老师！"我、老宋、郭不几乎同时站起喊了个"好啊"，给老侯再续酒，又续酒。

吃罢饭，去老侯家就取了石头。这石头我从疏勒抱回喀什，从喀什抱回乌鲁木齐，从乌鲁木齐抱回到西安，现供奉在书房。

日日对这块石头顶礼膜拜时，我总想：如果当时在乌鲁木齐决定去北疆还是去南疆时不因老宋曾在喀什工作过而不去南疆，这块佛像石就难以得到了。如果到了喀什，周涛未给郭玉英打电话，这块佛像石也难以得到了。如果那个礼拜天郭玉英迟来两分钟，我们去了老曾家，这块佛像石也难以得到了。如果去了郭玉英家，老侯先一分钟把佛像石抱回家然后在门口迎接我们，这块佛像石也难以得到了。如果老侯抱了佛像石如郭玉英一样抱放在卧室，我们不好意思去人家卧室，这块佛像石也难以得到了。如果老侯的老领导还在疏勒，这块佛像石也难以得到了。如果酒桌上郭不不那么说话,我又启不开口,这块佛像石也难以得到了。这一切的一切，时间卡得那么紧，我知道这全是缘分。我为我有这个缘分而激动得夜不能寐，我爱石，又信佛，佛像石能让我得到，这是神恩赐给我的幸运啊!

为了更好地珍藏这块佛像石，我在喀什详细了解了这佛像石的来历，在乌鲁木齐又请一些历史学家论证。回到西安再查阅资料，得知:

一、此佛像石来自西藏阿里的古格王国。古格王国始于七百年前，终于三百年前。王国城堡遗址至今完好,有冬宫和夏宫,宫内四壁涂赤红色,壁画奇特。墙壁某处敲之空响，凿开里边尽是小欢喜佛泥塑，形象绝妙。但为模范制作。王国传说是在一场战争中灭亡的，现随处可见残戈断剑、人的头骨、马的遗骸。山下通往山上的通道两旁，摆着这种佛像石，是当地佛教徒敬奉或来此处祈祷神灵而择石凿刻的。

二、阿里属西藏的后藏，从喀什坐三天三夜汽车，翻越海拔四千五百米以上的雪原，再行二百里方能到城堡的山下，一般人难以成行，成行又难以安全翻越雪原。即使到了城堡，还有藏民在城堡看守，并不是想拿什么就能拿了什么。

三、石是雪原上的白石,不是玉,却光洁无瑕,质地细腻,坚硬有油色。菩萨造型朴而不俗美而不艳，线条简约，构图大方，刻工纯熟，内地四大佛窟的塑像和永乐宫彩绘皆不能及。更可贵的是，任何人见之，莫不感受到一种庄严又神圣的气息，可能是当地的信徒是以极虔诚的心情来刻凿的，与别处为塑像而塑像或纯艺术的塑像雕刻不同，又在西藏佛教圣地数百年，有了巨大的磁场信息。

有缘得此佛石，即使在喀什，许多信佛者、收藏奇石人、学者、画家、作家皆惊叹不已，他们知道有这种佛石，谋算了十多年未能如愿以偿的。此佛石归我后，正是我《白夜》出版的本月，对着佛石日夜冥思，我检讨我的作品里缺少了宗教的意味，在二十世纪的今日中国，我虽然在尽我的力量去注视着，批判着，召唤着，但并未彻底超越激情，大慈大悲的心怀还未完全。那么，佛石的到来，就不仅仅是一种石之缘和佛之缘，这一定还有别的更大的用意，我得庄严地对待，写下文字的记录。

名 角

杨凤兰是西安南郊人，十一岁上跟李正敏学戏，翌年即排《三对面》，饰青衣香莲。凤兰个头小，家人牵着去后台装扮，一边走，一边嚷道要吃冰糖葫芦。家人说:“你是香莲了,还贪嘴?”凤兰嘴噘脸吊。但到锣鼓声起，粉墨登场，竟判若两人。坐则低首嘿答，立则背削肩蹇，抖起来如雨中鸡，诉起其冤，声口凄婉，自己也骨碌碌坠下泪来，一时惊动剧坛。李正敏说:“这女子活该演戏，但小小年纪竟能体味苍凉，一生恐要困顿了。”愈发爱怜栽培，传授《三击掌》《徐母骂曹》《二进宫》给她。

渐渐长大，凤兰已是名角，拥有众多戏迷，她不喜张扬，见人羞怯，伏低伏小。剧团多有是非，无故牵扯到她，旁人都替她蛮脸作怒了，她仍只是忍耐，静若渊默。一年夏天，回村探母，正在屋里梳头，墙外忽有枪声，有东西跌在院中一响。出来看时，有鸟坠在捶布石下，遂矮墙头上露一人脸，背着猎枪，挤眉弄眼，示意鸟是他打中的。凤兰有些恼，提了鸟丢出去，那人却绕过来，收住了脚，在门首呆看。凤兰耳根通红，口里喃喃，微骂掩门不理。又一年后，女大当嫁，有人提亲，领来了一小伙见面，竟是打鸟人。小伙笑道："我早打中的。"时凤兰二十三岁，谭兴国大其九岁，且带有一小孩。亲戚里有反对的，但凤兰不嫌，认定有缘，遂为夫妇。

秦腔虽是大的剧种，历来却慷慨有余，委婉不足，出西北就行之不远。李正敏毕生力戒暴躁，倡导清正，死时紧握凤兰手，恨恨而终。凤兰见宗师长逝，哭昏在灵堂，立誓发扬敏腔艺术，此后愈发勤苦，早晚练功不辍，冬夏曲不离口。出演了《白蛇传》《飞虹山》《谢瑶环》。每次演出，都在家叩拜宗师遗像，谭兴国在旁收拾行装，然后骑自行车送至剧场。谭兴国那时在一家话剧院做美工，凡有凤兰演出，必坐于台下观看，一边听观众反映，一边做记录，回家便为凤兰的某一唱句、某一动作，提建议，做修正。灯下两人戏言，凤兰说："我这是为戏活着么！"兴国说："那我就为你活着！"刚说毕，窗外嘎喇喇一声雷响，两人都变了脸。

二十七岁那年，凤兰演《红灯记》，只觉得脖子越来越粗，却并不疼，也未在乎，衣服领口就由九寸加宽到一尺一，再加宽到一尺三。演第二十七场，突然昏倒在台上，急送医院，诊断为甲状腺癌，当即手术，取出了八个瘤子，最大的竟有鸭蛋大。医生告诉兴国：人只能活两年。兴国跑出医院在野地里呜呜哭了一场，回来又不敢对凤兰说。数月里人在医院伺候，夜不脱衣，竟生了满身虱子。凤兰终于知道了病情，将硬得如石板一样的半个脖子，敲着嘭嘭响，抱了李正敏的照片泪流满面。她写下了遗书，开始七天不吃不喝。兴国铺床时，褥子下发现了遗书，一下子把凤兰抱住大哭。凤兰说：“我不能唱戏了？我还活着干什么？！”兴国说：“有我在，你不能走，你能唱戏的，我一定要让你唱戏嘛！”谭兴国把凤兰病情材料复印了几十份，全国各大医院都寄，希望有好的医疗方案。医院差不多都回信了，只能化疗。在漫长的化疗过程中，谭兴国四处求医寻药，自己又开始学中医，配处方。杨凤兰竟每天数次以手指去拨声带，帮助活动。服用了兴国的药方二百八十多服，奇迹般地活了下来。

出院五个月后，凤兰真的上台演出，演过了七场。第八场演出中，她正唱着，突然张口失声，顿时急得流泪，满场观众一时惊呆，都站起来，静悄悄地，等知道是怎么回事了，哽哽咽咽便起了哭音。从此，失声多年。凤兰再不去想到死，偏要让声再出来，但声还是不出。百药服过，去求气功，凤兰竟成了气功师最好的弟子，多半年后，慢慢有了声出来。气功师见她刻苦，悟性又好，要传真功给她，劝她不再演戏，师徒云游四方去。凤兰说：“我要不为演戏，早一根绳子去了，何必遭受这么大的罪？”每次练功前，都念叨李正敏，一念叨就精神倍增。气功师也以为奇，遂授真功给她，收为干女。发了声后，凤兰就急于要唱，但怎么也唱不成，音低小得如耳语。又是如此数年，她开始了更为艰辛的锻炼，每早每晚，都咪咪咪、吗吗吗，一个音节一个音节往上练，常常几个月或者半年方能提高一个音节。每每提高一个音节，就高兴得哭一场，就给李正敏的遗像去奠香焚纸。兴国照例要采买许多酒菜，邀朋友来聚餐恭贺。在去北京疗养练声期间，兴国月月将十分之八的工资寄去北京，自己领着两个孩子在家吃粗的，喝稀的，每到傍晚才去菜市，刨堆儿买菜或拣白菜帮子回来熬吃。凤兰终于从北京拨来电话，告知她能唱出“希”和“豆”的音节了，夫妇俩在电话里激动得放声大哭。当凤兰再次出现在戏台上，剧场如爆炸一般欢呼；许多观众竟跑上台去，抱住她又哭又笑。

一个演员，演出就是生命存在的意义，杨凤兰人活下来了，又有了声音，她决心要把耽误了十多年的时间补回来，把敏派艺术继承和光大。但是灾难和不幸总是纠缠她。一次演出途中发生了车祸，同车有两人死亡，她虽然活下来，却摔成严重的脑震荡，而且一个膀子破裂，落下残疾，再也高举不起。更要命的是戏剧在中国正处于低潮，所有演出单位只能下乡到偏远地区方可维持生计，她毕竟身子孱弱，不能随团奔波。凤兰的脾气变坏了，终日在家浮躁不宁。兴国劝她，她就恼了，说：“我苦苦奋斗了几十年，现在就只有去唱唱堂会吗？！”不理兴国，兴国把饭做好，她也不吃。兴国也是苦恼，琢磨着剧场不演戏了，能不能拍电视录像片，与几个搞摄像的朋友合计了，回来对凤兰说：“你如果真要演正经戏，就看你能不能成？”说了主意，凤兰猛地开窍，当了众人面搂抱了兴国，说：“知我者，兴国也！”

拍电视片又谈何容易？首先需要钱，夫妇俩从此每日骑了车子，成半年天天去寻找赞助，这个公司出一万，那个熟人掏三百，见过笑脸，也见过冷脸，得到了支持，也承受了嘲弄，终于筹集了十二万八千元，兴国也因骑自行车磨破了痔疮躺倒过三次。凤兰选择的剧目是《五典坡》,《五典坡》是李正敏的拿手戏。但旧本《五典坡》芜杂，夫妇俩多方求教专家学者，亲自修改，终于开拍，辛辛苦苦拍摄了，却因经验不足，用人不当，拍成后全部报废，钱也花光了。夫妇俩号啕大哭，哭罢了，你给我擦泪，我给你擦泪，咬了牙又出去筹款。

这一次凤兰谁也不信，只信兴国，要兴国导演。兴国的本行是舞美设计，在国内获得过三次大奖，虽未从事过导演，但对艺术上的一套颇精到，又经历上次失败，就多方请教，组成强有力的拍摄班子。新的拍摄开始，一切顺利，凤兰极度亢奋，常常一天吃一顿饭。兴国更是从导演、布景、灯光、道具，以及所有演员、工作人员的接来送往，吃喝拉睡，事无巨细地安排操作，每天仅睡两个小时。一日，夫妇俩都在现场架子上，兴国扛着摄像机选机位，往后退时，凤兰瞧着危险，喊："注意！注意！"没想自己一脚踏空，仰面从高架上跌下来，左脚粉碎性骨折了。在床上又是躺了八个月。八个月后，带着一手一脚都残疾的身子将戏拍完，凤兰体重减轻了十斤，她笑着说："活该戏要拍好的，后边的戏是王宝钏寒窑十八年，我不瘦才不像哩！"片子后期制作，资金极度紧缺，夫妇俩将家中仅有的几千元存款拿出来，无济于事，就乞求，欠账，寻廉价的录音棚，跑几百里外租用便宜剪辑机器。刚刚剪辑了前两部，夫妇俩高高兴兴搭公共车返回，兴国就在车上瞌睡了，瞌睡了又醒过来，他觉得肝部疼，用拳头顶着。凤兰见他面色黑黄，大汗淋漓，忙去扶他，兴国就昏倒在她怀里。送去医院，诊断为肝癌晚期。半年后，兴国死去，临死拉住凤兰手，不让凤兰哭，说："凤兰，咱总算把戏拍完啦。"

《五典坡》新编本《王宝钏》三部放映后，震动了秦腔界。凤兰扮相俊美，表演精到，唱腔纯正，创造了一个灿烂的艺术形象，被誉为秦腔精品。一时间，三秦大地人人奔走相告，报纸上、电台电视上连篇累牍报道，各种研讨会相继召开，成为盛事。电视台播映那晚，各种祝贺电话打给凤兰，持续到凌晨四点。四点后，凤兰没有睡，设了灵桌，摆好了李正敏的遗像、谭兴国的遗像，焚香奠酒，把《王宝钏》录像带放了一遍。放毕，天已大亮，开门出来，门外站满了人，全是她的戏迷，个个泪流满面。

惜　　时

——致青年朋友

我在年少的时候，喜欢做大，待到老大了，却总觉得自己还小。四年前的一日，与几个同学去春游，过河桥，桥面上一个娇嫩的女人抱了孩子，我们说：现在是娃生娃了！那女人回头说：不生娃生老汉呀？！挨了一顿骂。她骂倒无所谓，说我们是老汉使我们惊骇了。也自那回起，我发觉我越来越丑陋，虽然已经不害怕了天灾，也不害怕了人祸，但害怕镜子。镜子里的我满头的脸，满脸的头。我痛苦地唱："我的青春小鸟一去不回来——"真的不回来了！

基于此，我不大愿意提及我以前的作品。近几年关于我的散文编选过多种版本，我决意自己不再编，也不允别人去编了。但徐庆平反复地说服我，尤其以给青年朋友编一本为由，我难能拗过她啊。还是徐庆平，女同志，在我默允了她的编选后，又提出要写个序的。唉，牛被拉上磨道了，走一圈是走，走两圈也是走，这也正是失去青春而没有自信的无奈。

人不年轻，借钱都是难以借到的。

我说这些并无别意，只是过来的人，想让年轻的朋友还年轻的时候好好珍惜。对于时间的认识或许所有的人都有饥饿感，但青春期的饥饿是吃了早饭出差赶路，赶到天黑才能吃到晚饭的饥饿，而过了青春期的饥饿是吃了上顿不知下顿有什么吃的年馑里的饥饿。

藏　　者

我有一个朋友，是外地人。一个月两个月就来一次电话，我问你在哪儿，他说在你家楼下，你有空没空，不速而至，偏偏有礼貌，我不见他也没了办法。

他的脸长，颧骨高，原本是强项角色，却一身的橡皮，你夸他，损他，甚至骂他，他都是笑。这样的好脾气像清澈见底的湖水，你一走进去，它就把你淹了。

我的缺点是太爱吃茶，每年春天，清明未到，他就把茶送来，大致吃到五斤至十斤。给他钱，他是不收的，只要字，一斤茶一个字，而且是单纸上写单字。我把这些茶装在专门的冰箱里，招待天南海北的客人，没有不称道的，这时候，我就觉得我是不是给他写的字少了？

到了冬天，他就穿着那件宽大的皮夹克来了，皮夹克总是拉着拉链，从里边掏出一张拓片给我显摆。我要的时候，他偏不给，我已经不要了，他却说送了你吧，还有同样的一张，你在上边题个款吧。我题过了，他又从皮夹克里掏出一张，比前一张更好，我便写一幅字要换，才换了，他又从皮夹克里掏出一张。我突然把他抱住，拉开了拉链，里边竟还有三四张，一张比一张精彩，接下来倒是我写好字去央求他了。整个一晌，我愉快地和他争闹，待他走了，就大觉后悔，我的字是很能变作钱的，却成了一头牛，被他一小勺一小勺巧妙着吃了。

有一日与一帮书画家闲聊，说起了他，大家竟与他熟，都如此地被他打劫了许多书画，骂道：这贼东西！却又说：他几时来啊，有一月半不见！

我去过他家一次，要瞧瞧他一共收藏了多少古董字画，但他家里仅有可怜的几张。问他是不是做字画买卖，他老婆抱怨不迭：他若能存一万元，我就烧高香了！他就是千辛万苦地采买茶叶和收集本地一些碑刻和画像砖拓片到西安的书画家那儿嘻嘻哈哈地换取书画，又慷慷慨慨地分送给另一些朋友、同志。他生活需要钱却不为钱所累，他酷爱字画亦不做字画之奴，他是真正的字画爱好者和收藏者。

真正的爱好者和收藏者是不把所爱之物和藏品藏于家中而藏于眼中，凡是收藏文物古董的其实都是被文物古董所收藏。人活着最大的目的是为了死，而最大的人生意义却在生到死的过程。朋友被朋友们骂着又爱着，是因了这个朋友的真诚和有趣。他姓谭，叫宗林。

1999年3月25日

友　谊

画面上站着的是我，坐着的是邢庆仁。

邢庆仁是一位画家。

我们曾一起在深圳何香凝美术馆办过书画展，展名叫《长安男人》，实在是长安城里两个最丑陋的男人。托尔斯泰说过，幸福的家庭是一样的，不幸的家庭有各自的不幸。其实人的长相也是这样，美人差不多一个模式，丑人之间的丑的距离却大了，我俩就是证据。

和邢庆仁来往频繁始于二十世纪之末，到现在差不多已四年。四年里几乎每礼拜见一次，我还没有发现他有什么大的毛病，友谊日渐坚刚。我想了想，这是什么原因呢？可能我们都是乏于交际，忠厚老实，在这个太热闹的社会里都一直孤独吧。再是，我也总结了，做朋友一定得依着性情，而不是别的目的，待朋友就多理解朋友，体谅朋友，帮助朋友，不要成为朋友的拖累。中国十多亿人，我也活了近五十年，平日交往的也就是七八个人的小圈子，这个小圈子且随着时间不断地在变换，始终下来的才是朋友。那些在阶级斗争年月里学会了给他人掘坑的人，那些太精明聪明的人，那些最能借势的人，我是应付不了，吃些亏后，就萧然自远了。人的生活就是扒吃扒喝和在人群里扒着友谊的过程，所以，我画下了这幅画。

这样的画我同时画了两幅，一幅庆仁索要了去，一幅就挂在我的书屋。庆仁那天取画的时候，说他读了一本书，书上有这样一句话：穷人容易残忍，富人常常温柔。

"这话当然不仅指经济上的穷与富，"他说，"你想想，事业上，精神上，何尝不是这样呢？"

我想了想，就笑了。

2002年3月25日早

一块土地

这是 ×× 给我说的，他说，那块地并不大，总共十八亩二分五，他们习惯于说是十八亩地。

十八亩地很平整，但北头窄，南头稍宽些，西边有一条水渠，水渠一拐，朝别的地方去了，拐弯处长了棵梧桐树。十八亩地里冬天种麦，夏天种苞谷，庄稼长得好不好，他那时太小，只有两岁吧，并不理会，他只关心着那棵梧桐树上会不会来凤凰。梧桐树是沙百村里最粗的树，树冠特别大，也特别圆，风一吹，就软和了，咕涌咕涌地动。大人们都说，梧桐树上招凤凰，但他从来没见过凤凰，来的全是黑羽毛鸟，一落进去就不见了。

那时候，他的太爷还在，太爷鼻子以下都是胡子，没有嘴。他记得有一阵太爷总是去十八亩地，从地北头走到地南头，再从地南头走到地北头，来回地走。太爷在地里走着就背了手，腿好像没了膝盖，直戳戳地往前迈一步，再迈一步，像是不会走路似的。从渠沿上走过的人说：阿爷，你咋天天都量地哩？

太爷说：我有么！

那人说：那原本就是你的么。

太爷瞪了一眼。

太爷为什么要瞪人家，他不知道原因，后来是爷告诉了他。爷的爷初来乍到沙百村，这里还是一片狼牙刺滩，一家人起早贪黑硬是挖掉了狼牙刺，搬走了石头，才修出来了十八亩地。但在太爷三十岁的那一年，房子着了大火，把什么都烧成了灰，十八亩大地就卖给了村里的马家，太爷还从此给马家吆马车。

太爷在用步子丈量着十八亩地，村子里正叮叮咣咣地敲锣鼓。锣鼓差不多都敲过十天半月了，还是敲，那是一套新置的响器，敲起来他总以为要敲烂了，可就是敲不烂。

锣鼓敲到谁家，谁家就拿一条红被面来挂彩，快到他家时，太婆舍不得把红被面拿出来。记得太爷站在上房台阶上吃水烟，太爷每天丈量一遍十八亩地回来都要吃水烟，说：你呀你呀，新社会了么！

他那时不晓得什么是社会，社会又怎么是新的了。

太爷说：土地改革了呀！

太爷在十八亩地里种了麦子，麦子长势很好，风一起，麦地里就旋了涡，风好像有双大脚，一直在那里跳舞。可是，麦子刚刚泛黄，眼看着都要搭镰了，太爷却死了。

太爷他没福。

沙百村的坟地都是在村东那个堆料礓石的高岗子上的，只有太爷的坟埋在梧桐树下。太爷临死前给太婆交代,这十八亩地是极力要求分回来的，宁愿一个人孤孤单单，一定要埋在十八亩地里。太婆和太爷一辈子意见不合，平日一个说要这样，另一个偏要那样，太婆说：啊这一回听你的。就把太爷埋在了梧桐树下。

村里有人说，太婆真不该把太爷埋在十八亩地的，可能太爷知道太婆不顺听他的话，故意反说的，太爷哪里会舍得让坟占用十八亩地呢？他们就提起太爷的往事，说马家不仅在沙百村的土地多，在西安城里仍还有一个骡马店，太爷就每日从渭河码头上到城里的钟楼下，又从城里的钟楼下到渭河码头上吆马车拉客。冬季的夜里吆完最后一趟马车，钟楼下就有个老妓女等太爷，太爷便给她买两碗热馄饨，她可以整夜把太爷的一双脚抱在怀里暖热。这老妓女后来就是他的太婆。但这话爷不让后辈人说，他爹不说，他也不说。

其实，太爷的事情他记得并不多。记得深刻的还是他爷。爷对十八亩地更是上心，种麦，种苞谷，也种豌豆和芝麻，地堰砌得又细又直，地里的土疙瘩都磕得碎碎的，更不能有一棵杂草。沙百村人在很长的时间里流传着一个笑话，说爷有一次进城，沙百村离城有十里路，爷感觉要大便呀，就往回赶，须要把粪屙在十八亩地里，但终究没憋住，半路上屙了，却还屙在荷叶上提回来倒在地里。这笑话或许是编的,但他亲眼看过爷在吃土。

那是一个秋后，十八亩地犁过种麦，麦苗还没出来，爷领着他在地里走。爷一直鼻孔张大地吸，他说爷你吸啥哩？爷说你没闻到土气香吗？他闻不出来，爷就从地上捏一把土，捏着捏着，竟把一小撮塞在嘴里嚼起来了，吓了他一跳。

他说：爷，爷，你吃土哩？

爷说：吃哩。

他说：爷是蚯蚓。

爷呵呵呵地笑了，说：蚯蚓？啊，蚯蚓，爷是蚯蚓。

后来，爷就当了村长。当了村长，爷就走方字步，而且每次出门，都要披一件衣服，冬天里披的是棉袄，夏天里披的是褂子，在村道里走，人人见了都问候。爷怎样经管着村子，他不甚清楚，但在爷当村长的几年里，沙百村一下子成了远近闻名的先进村。

在一年夏天，有个风水先生来到村里，看了沙百村地形，认为沙百村并没什么出奇处呀，就见到爷，怀疑是不是村长的祖坟穴位好，爷带着就去了十八亩地。才走到水湾拐弯那儿，爷却让风水先生等一等。风水先生问为啥？爷说：一群孩子在地南头偷吃豌豆哩，咱突然去了会吓着他们。风水先生哦了一声，不再去看穴位，说：我明白了，全明白了。

是过了两年吧，村里又是敲锣打鼓，叮叮咣，叮叮咣，他还是操心着锣鼓要敲烂了，可锣鼓就是敲不烂。爷当然也是参加了锣鼓队，但敲完锣鼓回来，婆在问爷：咋又敲锣鼓哩？

爷说：社会又变呀。

婆经过土改，以为又要分地，说：村里不是地都分完了吗？

爷说：要收地呀。

这就是成立了人民公社，沙百村各家各户的土地都收了，十八亩地也收了，所有的土地都归于集体。

村子里架起了高音喇叭，喇叭是个大嘴，整天在说着人民公社好。但是爷不久就病了，爷的病先是眼睛黄，后来浑身黄，黄得像土，再就是肚子胀，汤米不进。沙百村成了人民公社的一个生产队，生产队选队长，选的还是爷，爷已经领不了社员们去拔界石、扒地堰，平整大面积耕地了。睡倒了一个月，到了初秋，爷突然精神好些，要家里人搀着去十八亩地。家里人搀着他到梧桐树下，爷说：噢芝麻开花了。头一歪，在爹的怀里咽了气。

爷死后没有埋在十八亩地里，因为十八亩地已经不属于他家，爷埋在了村东堆料礓石的高岗子上。太爷的坟堆也平了，清明节去祭奠，只在梧桐树下烧纸。

十八亩地再不可能还种豌豆和芝麻了，它是村里最好的三块地之一，秋季全种了苞谷。苞谷秆上结了棒子，像牛的犄角，他总感觉十八亩地里是摆了牛阵，牛随时就会呼啸着跑了出来。

那些年里，吃粮吃菜连同烧锅的柴火都是由生产队按工分的多少来分的，人开始肚子吃不饱饭，猪也瘦得长一身的红毛。沙百村的人几乎都成了贼，想着法儿偷地里的庄稼，他也就钻到十八亩地里捋套种在苞谷里的黄豆叶子。捋黄豆叶子时连黄豆荚一块捋，拿回家猪吃叶子，人煮了豆荚吃。他是先后去捋过三次，第四次让队长发现了，队长夺了笼筐，当场就用脚踏扁了。

他说：这十八亩地原本是我家……

队长说：你说啥？你再说？！

队长扇了他一个耳光，他就没敢再说。

他回到家要把挨打的事说给爹的，爹却正把那套锣鼓往他家的土楼上放，他以为又要敲锣鼓了。爹告诉他这套锣鼓一直在常三爷家，常三爷年纪大了，常三爷的儿子老谋着要把锣当烂铜烂铁卖了去买黑市粮呀，常三爷就让爹存到他家的。

这锣鼓从此就放在他家的土楼上，再也没有敲过。有一年村里有个叫朱能的人来他家借小米，他家没有秤，也没升子，朱能说你家不是放着锣吗，给我量上一锣。他爹从土楼上取锣，锣里竟然有一窝新生的老鼠。用锣量了一锣小米，朱能却是把那一锣小米做了干饭，一顿吃了。

朱能坏了村子的名誉，周围生产队的人都在嘲笑，说沙百村的人是饿死鬼托生的。

在他七岁的那年，娘得了一种病，就是腰越来越弯，好像她背上老压着个大沙袋似的，眼睛再也看不到了天。爹把他寄养在了城里的姑家，就在那里上学。村里的事自那以后他便知道得少了，只晓得爹在后来像太爷年轻时一样，吆起了马车。但爹吆马车不是去拉客。爹是到城里拉粪车。每个星期六了，爹都要来姑家的那个大杂院收粪水，辕杆上就吊一个麻袋，里边装着红薯，或者是白菜和葱，放到姑家了，便在厕所里淘粪，然后一桶一桶提出去倒在马车上的木罐里。那匹老马很乖，站着一动不动。无论头是朝东还是朝西，尾巴老是朝下。淘完了粪，爹是不在姑家吃饭的，带着他回沙百村过星期天，他便坐在辕杆上。

他是每个星期六都坐粪车的，一直坐到了中学毕业。

这期间发生了多少事啊，比如，他娘死了，他爹摔断过腿，头发一根一根全白了，他又上了大学。大学毕业再在一家报社上班。

就在他再一次回到沙百村，要把辞退工作准备经商的想法说给爹，他记得清清楚楚，那一天他家的院子里拥了好多人。这些人在从土楼上往下取锣鼓，鼓是皮松了。重张拉紧钉好，而锣也锈了几处，敲起来还是震耳欲聋，他那时真笨，以为他们要闹社火，还纳闷着沙百村从来就没有闹过社火呀。

院子人说：征地啦，征地啦！

他说：土地又改革呀？

院子人说：你还是城里人哩，你不知道征地？！

他当然知道征地，好多城中村都征地盖楼房了，可他哪里能想到，沙百村距城这么远的，怎么就征到了这里的地！

沙百村的锣鼓叮叮咣咣敲动着，沙百村果真是被征了地，不仅是征了耕地，连村子都征了。因为沙百村西边的三个村子原是唐代的皇家公园旧址，现在要恢复重建，周围十几个村子都得搬迁。

那个晚上，沙百村人都在高兴，这地一征，社会又变了么，他们终于不再是农民了，以后子子孙孙永远不是农民了，而且每家还领到了一大笔补贴费，就筹划着该怎么使用这些钱了：去大商场租个柜台吧，从广州上海进货，做服装生意，却又担心如果货卖不出去怎么办？最可靠的还是在街上去摆地摊吧，或者推个三轮车去卖早点。他爹却在屋里喝闷酒，喝了半瓶子，喝得一脸的汗都是油。

爹说：你爹真的也不是农民了？

他说：没地了，当然不是农民么。

爹却说咱到十八亩地去。

他能理解爹的心情，以前分了地，又收了地，地还在沙百村，天天都能看到，现在却要离开沙百村，十八亩地说不定做什么用场，就再也没有了呀。他陪爹去了十八亩地。那一夜月亮很高，爹又像太爷一样，反背了手，腿也没了膝盖，直直地一步一步从地北头走到地南头，从地南头走到地北头。走了七八个来回，爹的腿一软就跪在地上磕头。他不知道爹是给十八亩地磕头哩，还是给埋在十八亩地里的太爷磕头。

爹离开了沙百村，搬到了城西南角新建的小区，把家里的什么都带去了，包括那一套锣鼓。但爹过不惯住高层楼的生活，说老觉得楼在摇，晚上睡不踏实。

他不能陪爹呀，先还是十天半月去看望一次，后来三四个月也难得来，因为他的公司经营外贸生意，生意又非常好，而且在积累了一定资金后，他也开始进入房地产市场。

城市发展确实很快，像湖水一样向四边漫延着扩张，那个唐代的皇家公园在三年内就恢复重建了，果然成了西安最现代也最美丽的地方，原先二十万一亩征去的土地，地价开始成了四百万一亩，纷纷建造了别墅，别墅已卖到二万元一平方米。还未开发的那些地方，政府都用围墙圈着，过一段时间，拍卖一块，再过一段时间，再拍卖一块。

当然，每次拍卖会他都去参加的。每次参加了都铩羽而归，因为价钱实在是太高了。但当又一次召开拍卖会，拍卖的是沙百村那一片面积，他竭力竞争，他的实力不可能拿下整个沙百村，却终于得到了那十八亩地的开发权。

他把这消息告诉了爹，爹雇了一辆三轮车把那一套锣鼓拉到了十八亩地里，和他公司的员工整整敲了三天三夜，叮叮咣，叮叮咣，这一回鼓敲得散了架，锣真的就烂了。

他说，这十八亩地他要得到，就是倾公司的所有力量，一定要得到，得不到他就得疯了。他确实有些孤注一掷，甚至是变态了。他在给他的员工讲道理，他说十八亩地，是他看到的也是经过的，收了，分了，又收了，又分了，这就是社会在变化。社会的每一次变化就是土地的每一次改革，这土地永远还是十八亩呀，它改革着，却演绎了几代人的命运啊！

××说完了他的故事，我让他带我去十八亩地看看，十八亩地果然还被围墙围着，地很平，没有庄稼，长着密密麻麻一人多高的蒿草。水渠已经没有了，那棵梧桐树还在。那真是少见的一棵树呀，树干粗得两个人才能抱住，树冠又大又圆。突然，地的南头嘎喇喇一声，飞起了一只鸟，这鸟的尾巴很长，也很好看。我们立即认出那是野鸡，就撵了过去。野鸡还在草上闪了几下，后来再寻就不见了。

怎么会有野鸡？野鸡是能飞的，但它飞不高也飞不远，围墙之外都是楼房，它是从哪儿来的？我们都疑惑了。

我说：是不是沙百村原来就有野鸡？

他说：这不可能，我从来没在村里见过野鸡。

我想，那就是这十八亩地被围起来后，地上白生了蒿草也自生了野鸡。

因为若是一个水塘，水塘里从没放过鱼苗，过那么几年水塘里不就有鱼在游动吗？

××却突然地说：这是不是我太爷的魂？！

他这话是把我吓了一跳，但我绝不会认为他的话是对的，我只是担心这十八亩地很快就要铲草掘土，建起高楼了，那野鸡还能生存多少日子呢？

又是一年过去了，我再没见到××，也没有听到关于他的消息。有一天路过了那十八亩地，十八亩地的围院换了，换成了又高又厚的砖墙，全涂着红色，围墙里并不是建筑工地，梧桐树还在，蒿草还一人多高。而围墙西头紧锁着的两扇铁门，门口挂着一个牌子，写着：一块土地。

2010年5月23日

看　人

最好的风景是在街头看人。嚼了口香糖，悠然悠然从一个商店门口踱到另一个商店门口，要买东西又似乎没多带钱，或衔一支烟的，立于电车站牌下要等一个朋友的，等得抓耳搔腮，火烧火燎。——遇得人交谈便掏出采访本来记的不是好记者，在口袋里插一支钢笔是小学生，插两支的是中学生，插得更多了，就不再是更大的知识分子，是小贩，修理钢笔的。若故作一种观察的姿势，且不说显出村相，街头立即会有诸多人驻下脚同你看一个方向，交通堵塞，警察就要举着警棒过来了。——知非诗诗，未为奇奇（这是书上写着的），把一切的有意都无意着，你真可潇洒一回，自由地看那好的风景了。

街头上的人接踵往来，少小时候，大人们所讲的过队伍莫非如此？可这谁家的队伍没完没了，从哪里来，往哪里去？地理学家十次八次在报纸上惊呼：河流越来越干涸了。城市是什么？城市是一堆水泥，水泥堆中的人流却这般汹涌！于是你做一次孔子，吟“逝者如斯夫”，自觉立于岸上的胸襟，但瞬间的灿烂带来的是一种悲哀：这么多的人你一个也不认识呀，他们也没一个认识你，你原本多么自傲，主体意识如何高扬，而还是作为同类，知道你的只是你的父母和你的妻子儿女，熟人也不过三五数。乡间的葬礼上常唱一段孝歌，说：“人活在世上有什么好，说一句死了就死了，亲戚朋友都不知道。”现在你真正体会到要流出眼泪了。

姑且把悲苦抛开吧，你毕竟是来看人的风景的。你首先看到的是人脸，世上的树叶没有两片相同，人脸更如此，有的俊，有的丑，俊有不同的俊，丑有不同的丑，但怎么个就俊了丑了？你看着看着，竟不知道人到底是什么，怀疑你看到的是不是人。这如同面对一个熟悉的汉字，看得久了就不像了那个汉字。勾下头，理性地想想，人怎么细细的一个脖子，顶一个圆的骨质的脑袋，脑袋上七个洞孔，且那么长的四肢，四肢长到梢末竟又分开叉来，形象多么可怕！更不敢想，人不停地一吸一呼，其劳累是怎样地妨碍着吃饭、说话和工作啊！是的，人是有诸多的奇妙，却使作为具体的人时不易察觉而疏忽了。在平常的经验里，以为声音在幽静时听见，殊不知嚣杂之中更是清晰，不说街头的脚步声、说话声和车子声（这些声音往往是嗡嗡一团），你只须闭上眼睛，立即就坠入一种奇异的境界，听得到脖子扭动的声，头发飘逸的声，衣服的磨蹭声，这声音不仅来自你耳朵的听觉，似乎是来自你全身的皮肤。由此，你有了种种思想，乜斜了每个人的形形色色的服饰，深感到人在服饰上花费的精力是不是太多了呢？为什么不赤裸最美好的人的身体呢？若人群真赤裸了身体，街头又会是什么样的秩序呢？据说人是曾有过三只眼的，甚至双乳也做目用，什么原因又让其日渐退化消亡？小时候四条腿，长大了两条腿，到老了三条腿，人的生存就是这么越来越尴尬。谁都知道那漂亮的衣服里有皱的肚皮，肚皮里有嚼烂的食物和食物沦变的粪尿，不说破就是文明，说穿就是粗野，小孩无顾忌，街头上可以当众掀了裤裆，无知者无畏，有畏就是有知吗？树上有十只鸟，用枪打下一只鸟，树上是剩九只鸟还是一只鸟也没有？这问题永远是大人测验小孩的试题，大人们又会怎样给自己出类似的关于自身的考问呢？突然间，你有了一种醒悟，熊掌的雄壮之美是熊的生存需要而产生的，鹤足的健拔之美是鹤的生存需要而自然形成，人的异化是人创造的文明所致，人是病了。人真的是病了，你静静地听着，街头的人差不多都在不断地咳嗽。

人行道的，那一边的，人都是脸和肚子朝前地走过来，这一边的，人又是屁股和脑勺在后地走过去。正面来的，可以见到美的傲的扬头的女子，看到低着脑门的深沉的男人。从每一个人的表情上，或严肃的，或微笑的，或笑不动容的，或有笑容无声的，你立即知道他们的职业是公安人员还是在宾馆做招待。看多了那些西装革履，夹着小皮包，露着凸凸的小肚的公司的大采购和个体的小老板；看多了额上密密皱纹，对上司是谦谦后生，待下级是大呼小叫的机关干部；看多了抬脚操步正经规矩又彬彬有礼的教师，长发如狮的画家，碎步吊臀的戏曲艺人。即便是服饰上没有明显标志，姿态上又缺乏特点，你只要侧耳听一听他们正说着的笑话，也便分辨出这是社会上的哪一类人了。中国人的笑话总是包含着性的成分，社会地位低的，从事简单劳动的总是围绕了性的实在的操作而衍义，知识分子的却津津乐道于一种感觉，而见面不能交心又不能不说话不亲近，就只讲同伙中的某某怎么为儿媳倒洗脚水呀，熬鸡汤买乳罩呀的，那百分之百是我们的有着相当权力的领导。好了，在山川看风景，有人喜欢丑石，有人喜欢枯木，但更多的人愿意欣赏芳草艳花；在街头看人的风景，令你赏心悦目的是女人，当然是年轻漂亮的女人。那些并排走的，大声地说话，笑，表现了无限纯情的女孩子，她们步伐跳跃，如有弹簧，秀发飘动，如云如焰，你惊羡青春的气息，但气息表现在哪儿，你又说不清，却完全体会到了贾宝玉的“女孩儿是清水做的”感觉。最妖娆的是那些少妇了，她们有极大方的，也有好腼腆的，年龄正当，阴阳互补，恰是长熟时期，其态媚人，如火之有焰，灯之有光，珠贝金银之有宝色。你为她们担心，街头的男人总是看她们，如果看一眼，眼珠就在被视物上留有痕迹，那么，她们的衣服上是一层又一层的眼痕，晚上回家脱衣一抖，满地都是能踩泡儿的眼珠子了。中午的太阳照着，她们的身影拖得很长，步行的或骑车的男人不远不近地跟着，总是要踩住她们的影子，企求合二为一，影子如果有感觉，影子无时无刻不在疼痛着。对于男人们的高度注意，当然你可以看出她们是乐意接受呢还是烦恶。乐意的恐怕百分之百，即使面对了很狠很馋的目光，说一声“讨厌”，那也说得十分得意。由此可想，法律若能按人的心理而定，那么要惩治一个少妇，什么刑具也不要，只让世上的男人都不看她，不理她，这个女人就完了。作为一个女人，完全知道自己的美的价值，只是怎样利用这种价值区别了她们的品格。

吊膀的女人是吊膀女人的神气，温顺女人是温顺女人的神气，因美而贵、因贵而傲的女人，她们常常表现出目空一切，其实她们的内心最龙腾虎跃，她们只是有好的眼角余光，搭眼一扫便知道了每个男人的优劣和对她们的态度。她们最看不起那些小殷勤的男人，却会调动这些小殷勤而安全自处，她们更清楚对她们不献小殷勤的男人反倒深爱着她们，这不是老谋深算，也便是有心没胆。瞧，瞧，她们在以毒攻毒了，以同样的冷漠来增加自己的神秘和魅力，或是培养鼓动起胆怯者的大勇，偏要看到沉默的火山口喷发熔浆。想一想，到那时，他们刚的一面还有吗？其如水之柔情反倒使任何温顺的女人黯然失色了。

街头这边的人行道上，不可能看到走过去的脸面，但是，识人最好的是识脸面，脸面却不是唯一的。戏曲舞台上，演员登场常有背身而出，那肩膀的一高一低，那屁股的一抖一动，都有戏，便明白这是一个什么角色。赌博桌上，仅看着一双双参赌人的手，也就知道了这一个赌徒是多么迫不及待，那一个赌徒却早胸有成竹了。现在，看着前面卷着一个髻儿的，一脚端正、一脚外撇的水蛇腰的女人，你不妨张开你想象的翅膀吧:（有趣的是，这种想象十有八次与事实相符）她是在商场工作吗？她坐在柜台的里边，鞋总是有意无意就脱了，口里在暗唱着一支歌，脚的指头就十指高下动着节奏，那指甲一定是染过红的。头发盘那么个髻儿，脖子却黑瘦，她是在脸上涂了厚的脂粉却忘记了脖子和耳根，精美的小提包鼓囊囊的，是装着钱，还是一堆化妆品，甚或什么都没有，是一包卫生纸。这女人长在前边的眼睛一定在滴溜溜四处张望了，随时要对着一个熟人大声尖叫，她会跑过每一个橱窗前，从玻璃里看自己的形象，遇着一个整齐的男人心会怦然跳动，手不自觉地理一下头发，会在她家的巷口与人挤眉弄眼地说谁家媳妇是骚狐子，进了门却踢蹬了高跟鞋就歪在沙发上喊累死我了，开始骂丈夫什么时候了，饭没做好？你看过了独个的人，也不妨看看一伙两个三个的人，从那走势和说话的神态，能判断出这是夫妻，夫妻是结发夫妻，还是两副旧家具的一对新人，关系是亲是疏，家境是贫是富。或压根儿不是夫妻，是同志，是邻居，甚或是情人，这情人是才有了关系还是偷情了数年？你注意到了吗？立于人行道的这边，看男人对女人的回头率是最好的角度了。男人的秉性永远是看着别的女人好，他们即使在家里有美貌的妻子，即使与妻子和睦亲爱，他们不分老少丑美，但凡在街头见着漂亮的女人，没有不投一眼过去的。有原本慢悠慢悠骑车而行的，猛地发现了前后有可观的，或故意减速，让那女的前行，看了后影又忍不住要看脸面，疾驶前行，在那平行的瞬间，头就扭动了。这一瞥的惊美，或是永留记忆，常忆常新，引无限冲动；或是一小时，几分钟后淡然忘却；或是看了后影，希望值太高，脸面甚是失望，这就要无声地自己嘲弄自己了。你常会发现那些与漂亮女人保持距离的男人，身子躬下去，头却仰扬着，这男人一定是在做一种祈祷：这女人如果能进前边的一个巷子去，这女人或这类女人是与我有缘的，以后便能接触。所以，这样的男人就要在一个巷口把头耷拉下来，因为那女子并没有进他所企望的巷口，而提前拐进了另一个巷口，或者如愿以偿，这是街头常有男人突然哼了歌子的原因。男人的这种秉性若认作是卑鄙，世上就全是流氓，不，他们是在表现着爱美。这个时候，你就觉得人生是多么好，男人是多么好，如果一个男人见到漂亮的女人不愉悦，那这男人干什么事情还有激情、有创造力吗？

男人是创造世界的，女人是征服男人的，事情就是这样。当然了，街头上仍是有淫邪的男人的目光，年轻而从未有接待过女人经验的，夫妻感情破裂、长期分居的，干脆就是色鬼流氓，知其肉不知灵的。他们百无聊赖，就蹲于街房墙根，斜眼上瞧，专看那女人走过的刹那胸部的耸动，然后低下头去，用手使劲地拈一下无可奈何的一张僵脸，响响地咽一口唾沫了。或者一只脚踏在栏杆的铁链上，胳膊又撑在膝盖上顶着一颗脑袋，一边看一边摇晃铁链，他们哀叹美女如云，怎么自己的老婆那么丑呢？

在街头看人的风景，你实在是百看不厌，初入城市的乡民怎样于路心张望，而茫然不知往哪里去，警察的指手画脚，小偷制造拥挤，什么是悠闲，什么是匆忙，盲人行走，不舍昼夜，醉汉说话，唯其独醒。你一时犯愁了，这些人都在街头干什么，天黑了都会到哪儿去，怎么就没有走错地方而回到自己家里？如果这时候一声令下，一切停止，凝固的将是怎样的姿势和怎样的表情？突然发生地震，又都会怎样地各自逃命？每个人都是有他的父亲和母亲的，街头的人流，几十年前，同样流过的是这些人的父母吗，几十年后，流过的又是这些人的儿女吗？如若不是这样，人死了会变成鬼，鬼仍活在这个世上，那么一代代人死去仍在，活着的继续生出，街头该是多么水泄不通啊！世界上有什么比街头丰富呢，有什么比街头更让你玄思妙想呢？在地铁入口，在立交桥头，人的脑袋如开水锅冒出的水泡，咕噜咕噜地全涌上来，蹴下来，平视着街面，各式各样的鞋脚在起落。人的脑袋的冒出，你疑惑了他们来自的另一个世界的神秘；鞋脚起落，你恐怖了他们来到这个世界要走出什么样的方阵。芸芸众生，众生芸芸，这其中有多少伟人，科学家、哲学家、艺术家、文学家，到底哪一个是，哪一个将来是？你就对所有人敬畏了，于是自然而然想起了佛教上的法门之说，认识到将军也好，小偷也好，哲学家也好，暗娼也好，他们都是以各自的生存方式在体验人生，你就一时消灭了等级差别，丑美界限，而静虚平和地对待一切了。

进入到这样的境界，你突然笑起来了：我怎么就在这里看人呢，那街头的别人不是也在看我吗？于是，你看着正看你的人，你们会心点头，甚或有了羞涩，都仰头看天，竟会看到天上正有一个看着你我的上帝。上帝无言，冷眼看世上忙人。到了这时，你的境界再次升华，恍惚间你就是上帝在看这一切，你醒悟到人活着是多么无聊又多么有意义，人世间是多么简单又多么复杂。这样，在街头上看一回人的风景，犹如读一本历史、一本哲学，你从此看问题，办事情，心胸就不那么窄了，目光就不那么短了，不会为蝇头小利去钩心斗角，不会因一时荣辱而狂妄和消沉。人既然如蚂蚁一样来到世上，忽生忽死，忽聚忽散，短短数十年里，该自在就自在吧，该潇洒就潇洒吧，各自完满自己的一段生命，这就是生存的全部意义了。

草于 1992 年 5 月 2 日

喝　酒

我在城里工作后，父亲便没有来过，他从学校退休在家，一直照管着我的小女儿。从来我的作品没有给他寄过，姨前年来，问我是不是写过一个中篇，说父亲听别人说过，曾去县上几个书店、邮局跑了半天去买，但没有买到。我听了很伤感，以后写了东西，就寄他一份，他每每又寄还给我，上边用笔批了密密麻麻的字。给我的信上说，他很想来一趟，因为小女儿已经满地跑了，害怕离我们太久，将来会生疏的。但是，一年过去了，他却未来，只是每一月寄一张小女儿的照片，叮咛好好写作，说："你正是干事的时候，就努力干吧，农民扬场趁风也要多扬几锨呢！但听说你喝酒厉害，这毛病要不得，我知道这全是我没给你树个好样子，我现在也不喝酒了。”接到信，我十分羞愧，便发誓再也不去喝酒，回信让他和小女儿一定来城里住，好好孝顺他老人家一些日子。

但是，没过多久，我惹出一些事来，我的作品在报刊上引起了争论。争论本是正常的事，复杂的社会上却有了不正常的看法，随即发展到作品之外的一些闹哄哄的什么风声雨声都有。我很苦恼，也更胆怯，像乡下人担了鸡蛋进城，人窝里前防后挡，唯恐被撞翻了担子。茫然中，便觉得不该让父亲来，但是，还未等我再回信，在一个雨天他却抱着孩子搭车来了。

老人显得很瘦，那双曾患过白内障的眼睛，越发比先前呆滞。一见面，我有点惶恐，他看了看我，就放下小女儿，指着我让叫爸爸。小女儿斜头看我，怯怯地刚走到我面前，突然转身又扑到父亲的怀里，父亲就笑了，说：“你瞧瞧，她真生疏了，我能不来吗？”

父亲住下了，我们睡在西边房子，他睡在东边房子。小女儿慢慢和我们亲热起来，但夜里却还是要父亲搂着去睡。我叮咛爱人，什么也不要告诉父亲，一下班回来，就笑着和他说话，他也很高兴，总是说着小女儿的可爱，逗着小女儿做好多本事给我们看。一到晚上，家里来人很多，都来谈社会上的风言风语，谈报刊上连续发表批评我的文章，我就关了西边门，让他们小声点，父亲一进来，我们就住了口。可我心里毕竟是乱的，虽然总笑着脸和父亲说话，小女儿有些吵闹了，就忍不住斥责，又常常动手去打屁股。这时候，父亲就过来抱了孩子，说孩子太嫩，怎么能打，越打越会生分，哄着到东边房子去了。我独自坐一会儿，觉得自己不对，又不想给父亲解释，便过去看他们。一推门，父亲在那里悄悄流泪，赶忙装着眼花了，揉了揉，和我说话，我心里愈发难受了。

从此，我下班回来，父亲就让我和小女儿多玩一玩，说再过一些日子，他和孩子就该回去了。但是，夜里来的人很多，人一来，他就又抱了孩子到东边房子去了。这个星期天，一早起来，父亲就写了一个条子贴在门上："今日人不在家。"要一家人到郊外的田野里去逛逛。到了田野，他拉着小女儿跑，让叫我们爸爸、妈妈。后来，他说去给孩子买些糖果，就到远远的商店去了。好长的时候，他回来了，腰里鼓囊囊的，先掏出一包糖来，给了小女儿一把，剩下的交给我爱人，让她们到一边去玩。又让我坐下，在怀里掏着，是一瓶酒，还有一包酱羊肉。我很纳闷：父亲早已不喝酒了，又反对我喝酒，现在却怎么买了酒来？他使劲用牙启开了瓶盖，说："平儿，我们喝些酒吧，我有话要给你说呢。你一直在瞒着我，但我什么都知道了。我原本是不这么快来的，可我听人说你犯了错误了，不知道到底是什么情况，怕你没有经过事，才来看看你。报纸上的文章，我前天在街上的报栏里看到了，我觉得那没有多大的事。你太顺利了，不来几次挫折，你不会有大出息呢！当然，没事咱不寻事，出了事但不要怕事，别人怎么说，你心里要有个主见。人生是三节四节过的，哪能一直走平路？搞你们这行事，你才踏上步，你要安心当一生的事儿干了，就不要被一时的得所迷惑，也不要被一时的失所迷惘。这就是我给你说的，今日喝喝酒，把那些烦闷都解了去吧。来，你喝喝，我也要喝的。"

他先喝了一口，立即脸色彤红，皮肉抽搐着，终于咽下了，嘴便张开往外哈着气。那不能喝酒却硬要喝的表情，使我手颤着接不住他递过来的酒瓶，眼泪唰唰地流下来了。

喝了半瓶酒，然后一家人在田野里尽情地玩着，一直到天黑才回去。父亲又住了几天，他带着小女儿便回乡下去了。但那半瓶酒，我再没有喝，放在书桌上，常常看着它，从此再没有了什么烦闷，也没有从此沉沦下去。

1983年作于五味什字巷

荒　野　地

这原本是庄稼地，却生长了一片荒草。荒草一人余高，繁荣得蓬勃健美。月夜下没有风，亦不到潮露水的时分，草的枝叶及成熟的穗实萧萧而立，但一种声息在响，似乎是草籽在裂壳坠落，似乎是昆虫在咬噬，静伫良久，跳动的是体内的心一颗。扮演着的是《聊斋》里的人物，时间更进入亘古的洪荒，遥遥地听见了神对命运的招引。

月亮在天上明亮着一轮，看得清其中的一抹黑影，真疑心是荒野地的投影，而地上三尺之外便一片迷。夜是保密的，于是产生迟到的爱情。躲过那远远的如炮楼一般的守护庄稼的庵架，一只饥渴的手握住了一只饥渴的手，一瞬间十指被胶合，同时感受到了热，却冷得索索而抖。

一溜黑地淌过，松软如过草滩，又分明是脚上穿了宽松的鞋。可怜的农人种下了这一溜洋芋，四周的荒草却使它们未能健长，挖掘过的地上没有收获到拳大的洋芋。肥沃的土地上明日的清晨却能看到两行交织的脚印。

已经是草地的中央了，失却的则是东南西北的方向。境界幽幽。心身在启示着坐下来，恰好有两块石头，等待这石头是多少个年月，石头也差不多等待得发凉了。天地之间，塞涌的是这荒草，人也是荒草的一棵，再有一棵。说话的是眼睛，说尽着唐诗宋词的篇章。头顶上的月亮丰丰满满。需要有点风，风果然而至。草把月划成了有条纹的物件，且在晃动不已。不知名的昆虫在呻吟着,散发着那特有的气味。待到死过去几次，又活过来几次，一切安静了，望月亮又如深下去的一眼井水，来分辨那里面的身影了。

佛殿一样的地方，得到的是心身的和谐，方明白那一溜松软的黑地是通往未来的甬道，铺着毡毯。

生长庄稼的土地却长满了这么多荒草，这是失职的农人的过错吗？但荒草同样在结饱满的果籽，这便是土地的功能。失职的农人或许要诅咒的，而娇弱无能的庄稼没有荒草这么并不需要节令、耕作、肥料而顽强健壮啊！

因为草、人归复了原本的形态，这个月下夜晚是这么苍茫壮阔。

生之苦难与悲愤，造就着无尽的残缺与遗憾，超越了便是幽默的角色，再不寄希望于梦境和来世，就这么在荒野地中坐下，坐下如两块石头。或许坐上百年上千年，或许很短的一刹，但已够了。

走出了荒野地，另一处草浅的地方，仍发现了曾是长过瓜果的，是南瓜或是西瓜，肯定的也是未收获到要收获的东西，瓜田早废了，瓜叶腐败为泥，而绳一样纵横的瓜蔓却还发白地将也已为泥的印缀在地上。踏着这白绳的空格走，像是游戏。突然就会想起月亮上的那一株桂树，还有那一位勇敢的却砍不断树身的吴刚。

而毕竟有这么一块荒野地。

1998 年冬

画家逸事

十年浩劫中，画家石鲁受封为“黑帮”，枯坐家中，人争避之，唯长安工人名李世南者常去探视。世南耿直，酷爱作画。浩劫之中，闻某画家死，则奠酒哀悼；遇画作遭毁，必百计抢救、收藏之。人以为痴。

一日黄昏，世南往访石鲁，见其小院墙头残照如血，阶下荒草野径，独独一树碧桐，石鲁倚树而坐。长发长须，有如卧狮。李世南说：“老师可谓乱中静坐，院内一树，树下一你 ，正是一幅画景呢。”石鲁随之取纸来画，先画院子为“口”，再在院中添“木”，竟成一个“困”字，掷笔大笑。世南索画为藏，石鲁只题字而未加印。问之，默默许久，老泪纵横，说：“上海钱瘦铁答应为我治一石印，但现在两地茫茫，不能相见。昨日听到消息，说他在上海街头游斗，脚手已残，所以今日独坐长叹。从此而后，我作画便再不盖印了。”

世南遂到上海，化装成农夫，去寻钱家，几日不得其所。三日后找到，则门上白纸黑字加了封条。问及旁人，回答：“钱已被斗死，家人赶出城，不知下落。”世南摔倒门下，捶地而哭。又搭车去北京见石鲁好友黄永玉。黄永玉是时也遭批判，装病谢客。世南去了几次，不被黄家信任。后说是石鲁让他来的，黄永玉披衣出门，延入叙谈，说：“这里有一石印，正要转石鲁。”世南大诧，不知印是谁刻。黄永玉说：“是上海钱瘦铁所治，他临死前，将一包字画和这石印托付一熟人，说：‘我死去并无憾事，只是这一石印未交给石鲁。你替我收藏，免得遭抄家丢失。你若日后转交石鲁，这包字画便作为酬谢。’说罢便哭，那熟人亦哭，却不肯收字画。钱瘦铁含泪与他握别，一时气绝。那人冒死收藏，后转到我处，我却未能转石鲁，日夜负疚不安。今日托你转去，我就三生有幸了。”

李世南将石印贴身藏好，赶回长安，连夜到石鲁家。石鲁捧石印大哭，说：“我不会死了！我不打倒我，谁也打不倒！等有一日我们聚会了，再说今晚情形吧。”世南终忍不住，说出钱瘦铁之死，石鲁呆若木鸡，从墙上取下古琴，猛烈弹奏，歌《黄水谣》以代哭。

李世南从此便从石鲁学习没骨大写意人物画。数年之中，居斗室，以床为案，身弯九十度作画，炎炎盛夏，汗水常落纸上为渍，年未及四十，头发脱落过半。

一九八二年，石鲁死，将石印赠李世南，世南常对人说起此事，出示石印，则隶书，笔拙硬，如铁条然。

余一日在长安酒家独饮，偶闻此轶事随追记之。其枝节细末，未经在世人物对证，特此声明。是为跋。

第三章

生命中的温暖相逢

一个人太好了，往往倒显不出他的好处来，这如同我们对于空气，太习惯了一呼一吸，便疏忽了我们是在不停地一呼一吸。

弈　　人

在中国，十有六七的人识得棋理，随便于何时何地，偷得一闲，就人列对方，汉楚分界，相士守城保帅，车马冲锋陷阵，小小棋盘之上，人皆成为符号，一场厮杀就开始了。

一般人下棋，下下也就罢了，而十有三四者为棋迷。一日不下瘾发，二日不下手痒，三日不下肉酒无味，四五日不下则坐卧不宁。所以以单位组织的比赛项目最多,以个人名义邀请的更多。还有更多的是以棋会友，夜半三更辗转不眠，提了棋袋去敲某某门的。于是被访者披衣而起，挑灯夜战。若那家妇人贤惠，便可怜地彻夜被当当棋子惊动，被腾腾香烟毒雾熏蒸；若是泼悍角色，弈者就到厨房去，或蹴或爬，一边落子一边点烟，有将胡子烧焦了的，有将烟拿反，火红的烟头塞入口里的。相传五十年代初，有一对弈者，因言论反动双双划为右派遣返原籍，自此沦落天涯。二十四年后甲平反回城，得悉乙也平反回城，甲便提了棋袋去乙家拜见，相见就对弈一个通宵。

对弈者也还罢了，最不可理解的是观弈的，在城市，如北京、上海，何等的大世界，或如偏远窄小的西宁、拉萨，夜一降临，街上行人稀少，那路灯杆下必有一摊一摊围观下棋的。他们是些有家不归之人，亲善妻子儿女不如亲善棋盘棋子，借公家的不掏电费的路灯，借夜晚不扣工资的时间，大摆擂台。围观的一律伸长脖子（所以中国长脖子的人多），双目圆睁，嘶声叫嚷着自己的见解。弈者每走一步妙着儿，锐声叫好，若一步走坏，懊丧连天，都企图垂帘听政。但往往弈者仰头看看，看见的都是长脖颈上的大喉结，没有不上下活动的，大小红嘴白牙，皆在开合，唾沫就乱雨飞溅，于是笑笑，坚不听从。不听则骂：臭棋！骂臭棋，弈者不应，大将风范，应者则是别的观弈人，双方就各持己见，否定，否定之否定，最后变脸失色，口出秽言，大打出手。西安有一中年人，夜里孩子有病，妇人让去医院开药，路过棋摊，心里说：不看不看，脚却将至，不禁看了一眼，恰棋正走到难处，他就开始指点，但指点不被采纳反被观弈者所讥，双双打了起来，口鼻出血。结果，医院是去了，看病的不是儿子而是他。

在乡下，农人每每在田里劳作累了，赤脚出来，就于塄头对弈，那赫赫红日当顶，头上各覆荷叶，杀一盘，甲赢乙输，乙输了乙不服，甲赢了欲再赢，这棋就杀得一盘末了又复一盘。家中妇人儿女见爹不归，以为还在辛劳，提饭罐前去三声四声喊不动，妇人说："吃！"男人说："能吃个球！有马在守着怎么吃？！”孩子们最怕爹下棋，赢了会搂在怀里用胡楂儿扎脸，输了则脸面黑封，动辄搐拳头。以致流传一个笑话，说是一孩子在家做作业，解释“孔子曰……而已”，遂去问爹：“而已是什么？”爹下棋正输了，一挥手说：“你娘的脚！”孩子就在作业本上写了：“孔子曰……你娘的脚！”

不论城市乡村，常见有一职业性之人，腰带上吊一棋袋，白发长须，一脸刁钻古怪，在某处显眼地方，摆一残局。摆残局者，必是高手。来应战者，走一步两步若路数不对，设主便道：“小子，你走吧，别下不了台！”败走的，自然要在人家的一面白布上留下红指印，设主就抖着满是红指印的白布四处张扬，以显其威。若来者一步两步对着路数，设主则一手牵了对方到一旁，说：“师父教我几手吧！”两人进酒铺坐喝，从此结为挚友。

能与这些设主成挚友的，大致有两种人，一类是小车司机。中国的小车坐的大多都是领导，领导又不开车，常常开会或会友，一出车门，将车留下，将司机也留下，或许这会开得没完没了，或许会友就在友人家用膳，酒醉半天不醒，这司机就一直在车上等着，也便有了时间潜心读棋书，看棋局了。一类是退休的干部。在台上时日子万般红火，退休后冷落无比，就从此不饲奸贼猫咪、宠养走狗，喜欢棋道，这棋艺就出奇地长进。

中国号称礼仪之邦，人们做什么事都谦谦相让，你说他好，他偏说“不行”，但偏有两处撕去虚伪，露了真相。一是喝酒，皆口言善饮，李太白的“唯有饮者留其名”没有不记得的，分明醉如烂泥，口里还说：“我没有醉……

没醉……”倒在酒桌下了还是：“没……醉……醉！”另外就是下棋，从来没有听到过谁说自己棋艺不高，言论某某高手，必是：“他那臭棋篓子呗！”所以老者对少者输了，会说：“我怎么去赢小子？！”男的输了女的，是：“男不跟女斗嘛！”找上门的赢了，主人要说：“你是客人嘛！”年龄相仿，地位等同的，那又是：“好汉不赢头三盘呀！”

象棋属于国粹，但象棋远没围棋早，围棋渐渐成为高层次的人的雅事，象棋却贵贱咸宜，老幼咸宜，这似乎是个谜。围棋是不分名称的，棋子就是棋子，一子就是一人，人可左右占位，围住就行，象棋有帅有车，有相有卒，等级分明，各有限制。而中国的象棋代代不衰，恐怕是部分中国人太爱政治的缘故吧？他们喜欢自己做将做帅，调车调马。贵人者，以再一次施展自己的治国治天下的策略；平民者，则做一种精神上的享受，以至词典上有了“眼观全局，胸有韬略”之句。于是也就常有：“××他能当官，让我去当，比他有强不差！”中国现在人皆浮躁，劣根全在于此。古时有清谈之士，现在也到处有不干实事、夸夸其谈之人，是否那些古今存在的观弈人呢？所以善弈者有了经验：越是观者多，越不能听观者指点；一人是一套路数，或许一人是雕龙大略，三人则主见不一，互相抵消为雕虫小技了。虽然人们在棋盘上变相过政治之瘾，但中国人毕竟是中国人，他们对实力不如自己的，其势凶猛，不可一世，故常有“我让出你两个马吧”“我用半边兵力杀你吧”，若对方不要施舍，则在胜时偏不一下子致死，故意玩弄，行猫对鼠的伎俩，又或以吃掉对方所有棋子为快，结果棋盘上仅剩下一个帅子，成孤家寡人。而一旦遇着强手，那便“心理压力太大”，缩手缩脚，举棋不定，方寸大乱，失了水准。真怀疑中国足球队的教练和队员都是会走象棋的。

这样，弈坛上就经常出现怪异现象：大凡大小领导，在本单位棋艺均高。他们也往往产生错觉，以为真个“拳打少林，脚踢武当”了。当然便有一些初生牛犊以棋对话，警告顶头上司，他们的战法既不用车，也不架炮，专事小卒。小卒虽在本地受重重限制，但硬是冲过河界，勇敢前进，竟直捣对方城池擒了主帅老儿。

×地便有 单位，春天里开展棋赛，是一英武青年与几位领导下盲棋。一间厅子，青年坐其中，领导分四方，青年皓齿明眸，同时以进卒向四位对手攻击，四位领导皆十分艰难，面色由黑变红变白，搔首抓耳。青年却一会儿去上厕所，一会儿去倒水沏茶，自己端一杯，又给四位领导各端一杯。冷不丁对方叫出一字，他就脱口接应走出一步。结果全胜。

怀念路遥

时间真快，路遥已经去世十五年了。十五年里常常想起他。

想起在延川的一个山头上，他指着山下的县城说：当年我穿着件破棉袄，但我在这里翻江倒海过，你信不！我当然信的，听说过他还是少年时的一些事。他把一块石头使劲向沟里扔去，沟畔里一群鸟便轰然而起。想起在省作协换届时，票一投完，他在厕所里给我说：好得很，咱要的就是咱俩的票比他们多！他然后把尿尿得很高。想起他拉我去他家吃烩面片，他削土豆皮很狠，说：我弄长篇呀，你给咱多弄些中篇，不信打不出潼关！想起他从陕北写作回来，人瘦了一圈儿，我问写作咋样，他说：这回吃了大苦咧，稿子一写完，你要抽好烟哩！想起《平凡的世界》出版后一段时间受到冷落，他给我说：狗日的，一满都不懂文学！想起获奖回来，我向他祝贺，他说：你猜我在台上想啥的？我说：想啥哩？他说：我把他们都踩在脚下了！想起他几次要我调到省作协去，而我一直没去，当又到换届的时候，正是我在单位不顺心，在街上碰着他去购置呢绒大衣，我说了想去作协的想法，他却说：西安那地盘你要给咱守住啊！想想他受整时，我去看他，他说：要整倒我的人还没有生下哩！我生病住了院，他带着约烟来看我，说：该歇 歇了，你写那么多，还让别人活不活？！想起他的虎背熊腰。想起他坐在省作协大院里那个破藤椅打盹的样子。想起他病了我去看他，他说：这个病房好吧？省委常委会开了会让我住进来的。想起他快不行了，我又去医院看他，他说：等我出院了，你和我到陕北去，寻个旮旯住下，咱一边放羊一边养身子。

他是一个优秀的作家，他是一个出色的政治家，他是一个气势磅礴的人。但他是夸父，倒在干渴的路上。

他虽然去世了，他的作品仍然被读者垂读，他的故事依旧被传颂。

陕西的作家每每聚在一起，免不了发感慨：如果路遥还活着不知现在是什么样子？这谁也说不准。但肯定是他会写出更多更好的作品，他会干出许多令人佩服又咋舌的事来。

他是一个强人。强人的身上有他比一般人的优秀处，也有一般人不可理解处。他大气，也霸道，他痛快豪爽，也使劲用狠，他让你尊敬也让你畏惧，他关心别人，却隐瞒自己的病情，他刚强自负不能容忍居于人后，但儿女情长感情脆弱内心寂寞。

陕西画界有人以为自己是石鲁，我听到石鲁的一个学生说：他算什么呀，不要说石鲁的长处，他连石鲁的短处都学不来！

路遥是一个有大抱负的人，文学或许还不是他人生的第一选择，但他干什么都会干成，他的文学就像火一样燃出炙人的灿烂的光焰。

现在，我们很少能看到有这样的人了。

有人说路遥是累死的，证据是他写过《早晨，从中午开始》的书。但路遥不是累死的，他昼伏夜出，是职业的习惯，也是一头猛兽的秉性。有人说路遥是穷死的，因为他死时还欠别人万元，但那个年代都穷呀，而路遥在陕西作家里一直抽高档烟，喝咖啡，为让女儿吃西餐曾满城跑遍。

扼杀他的是遗传基因。在他死后，他的四个弟弟都患上了与他同样的肝硬化腹水病，而且又在几乎相同的年龄段，已去世了两个，另两个现正病得厉害。这是一个悲苦的家族！一个瓷杯和一个木杯一做出来就决定了它的寿命长短，但也就在这种基因的命运下，路遥短暂的人生是光彩的，他是以人格和文格的奇特魅力而长寿的。

在陕西，有两个人会长久，那就是石鲁和路遥。

刘家兄弟

商州的泥水匠，最有名的是在贾家沟。贾家沟的泥水匠，最有名的是加力老汉。老汉如战国时孔子一样，徒子七十二，徒孙三千，遍布商州七个县。每年三月初三，是老汉的生日，徒子徒孙都要赶来，老汉设了酒席，然后各方徒子徒孙在门前场地里表演，单砖砌墙，无依无靠，看谁砌得高，而以木桩击之不倒。再以不规不则之乱石拱起墓顶，将碌碡推上去碾，看谁拱得不坍不垮。后以一把八磅大锤，要一锤下去，看谁将一块大石打出齐楞见线，如刀裁一般？如此表演，连续几天几夜，看热闹的围着，像观戏一样，精彩的，一哇声叫好，拙笨的，一股脑叫嘘。于是，合格者，师父牵手入席，淘汰者，哪儿来的哪儿回去，所带寿礼分文不收，所设酒席，滴水不予。

加力老汉，并不姓贾，也不是贾家沟的原籍。他一辈子从未向人透露过自己的籍贯。贾家沟的人记得，在跑广东长毛贼那时节，有一天村里来了母子三人，那妇人粗手大脚，面黑如漆，两个儿子都是一米七八个头，一身力气，这老大便是刘加力，老二叫刘加列。母子三人住在老爷庙时，给人打短工为生。因为都没有手艺，就只好打土坯，见天可打出一垒土坯，或是给人家扯大锯，两人粗的原木，一天解开六页木板。过了三年，刘加列吃不下苦，在四乡游手好闲起来，又染上赌博，但手气不好，输掉了家里的积存，寒冬腊月，一顶帽子都戴不上，娘仨就常常在吃饭时吵闹。加力嫌娘饭做得稠，加列嫌娘饭做得稀，娘骂起来，他便将碗摔在娘面前，再以头撞墙，粗气吼得如牛叫。后就常在麦场上和人打赌，用屁股撅碌碡。他一身好膘，左眉中间断了两截，人称断刀眉，每每剥脱外衣，露出从脖子下一直长到肚脐窝的黑毛，蹲下身去，用屁股只一撅，七八百斤的石磙碌碡就忽地立栽起来。然后便去向赌输的人讨钱，有五元的，有七元的，一分不少，若翻起脸来，断刀眉骤然飞动，扑过来常常抱住对方的大腿，用手握人家生殖器……慢慢乡里为恶，成了这一带的害物。贾家沟曾酝酿过撵刘家出村，但谁也不敢领头，直至贾家前院的老二因和兄弟反目，重盖了一院房子，老庄子偏不卖给兄弟，刘家就趁机买房，从此正正经经成为贾家沟的人家了。

到了民国二十三年，本地方出了“金狗、银狮、梅花鹿”，这是三个大土匪头子：金狗者，长一头红秃疤；银狮者，是一头白毛；梅花鹿者，生一身牛皮癣。三个土匪头子，手下各有十几条“汉阳造”，几十个毛毛兵，遇着“长毛贼”来，便联合作对，“长毛贼”一走，又互相倾轧，各自又在地方上收租纳税，离贾家沟二十里的镇公所也毫无办法，只好明里缉拿，暗里勾结。这地面便一二十年里日月不得安宁，常在三更半夜，枪声一起，村人就携老扶幼，弃家而逃，加力母子也跑了几回，加列就烦了，说家里要粮没粮，要钱没钱，怕谁个怎的，就在一次跑贼中未走。没想那金狗领着土匪进村，抓了一个女人到了老爷庙，在条凳上绑了手强奸，吓得躲在庙梁上的加列掉了下来，金狗瞧他的模样，却并没有打他，反问他入不入伙，又将那女人让他也干了一回，说是要入伙，三天后到南山磊磊石见面，以后不愁没有黄花少女。

这加列得了好处，过后稍稍对娘提说入伙之事，没想被娘一场臭骂，没敢去南山。后来有人给加力说媒，加列便向娘要媳妇，气得娘嘴脸乌青，吐过几次血。加力干涉，他竟扬着斧头要见个死活。从此便学起喝酒，越喝量越大，家里又没多余钱，就出门要投金狗，娘抱住不放，他说：“人不发横财不富，待在这里，出门看人眉高眼低，回家少吃没穿，等儿去干大事，挣了大钱，接娘也去享福！”做娘的苦苦哀求，说伤天害埋之事万万干不得，如今社会要枪杆的，哪一个有好死？加列便吼道：“不要我去，我要赌钱，你给我一百元吧，我要媳妇，你现在就给我娶一个！”娘便拿头来抵，他一闪身，娘撞在墙头，血流满面，他趁机就跑了。

投了金狗，加列练出双手打枪，深得重用。先在南山跑了半年，抢了好多财宝，后来又因分赃不平，与金狗伤了和气，投奔了梅花鹿。三天后一个半夜，他回到家里，将一包银元哗啦倒在床上，给娘和兄耀眼，加力一把抓着丢在门外，兄弟两人斗打起来，结果加力腿上挨了一枪，自此，兄弟成了冤家对头。

为了替加列赎罪，加力母子在贾家沟沿门磕头。不久加力只身去河南拜师学艺，回来专为四乡八村盖房修舍，分文不取。他腿受枪伤后微瘸，用力不比前几年，但人极聪慧，为人和气，泥水手艺越做越好，深得村邻惜爱，慢慢远近人家就有送子拜师的，一年之内竟带了十六个徒弟。后来娶了一家做生意的女子，成全了家庭。这女子见过世面，人又精干，上伺服老母，如待生身亲娘，一天三顿煎汤热饭端在娘的手里；在村里，又因稍识文字，说话好听，办事吃得亏。尤其在众徒弟之间，声望更高，不管家里有多有少，尽力做好吃好喝，自己却省吃节用，亏了一张肚皮。几年后，生养了三男二女，便自幼教学识字，懂得人情世故。人常说，家有贤妻，夫在外不遭横事。加力一心忙在他的事业上，远近人家，都以加力盖房、拱墓为荣，加力的声誉一天一天远振开来。

加列在外也混得人模狗样，在山阳县打死了一个有钱的镇长，便将那姨太太收作婆娘。这婆娘生得小巧，好日子过惯了，说话、做事不知轻重，平日出门，加列在前，她随后，右有护兵，左有保镖，威风得厉害。第二年生了一子，清明节时，那婆娘在贾家沟后四十里的石家坪打秋千，围看的人黑压压一片，那婆娘越发得意，不想一用劲，断了裤带，裤子溜了下来，加列在下顿时黑了脸，便一枪打去，那婆娘一跟头栽下来死了。婆娘一死，孩子没了亲娘，他把孩子丢在石家坪保长家里，就扬长而去了，加力得到消息，指天咒地骂了几天，总念这儿子是刘家的根苗，抱了回来，重新取名周彦。

贾家沟村前的河边，是陡峭峭的黑石大崖。早些年里，土匪才闹世，村人就在崖壁上凿石洞，洞口大如门，里边有一间房的，也有三间四间房大的。有的大户人家，还凿有前厅后厅，安有卧室、厨房、粮仓、水窖。每每听说土匪来了，就将钱财物件，背上石洞。石洞外壁上凿有石窝子，斜栽上石碓、木桩，上洞时架木板为路，上一节，抽一节板，上至洞口，木板抽空，土匪就是赶到山下，也只有望洞兴叹，即使枪打炮击，人皆闭洞不出，平常可待一天半晌，有时竟达十天半月。后来“长毛贼”来，金狗、银狮、梅花鹿等大土匪也在最陡处凿避身石洞。没想，三股土匪相继闹翻，金狗、银狮联合攻打梅花鹿，梅花鹿携带家眷、人马就躲在石洞，整整三天三夜，河滩里往上打枪，石洞口往下打枪，结果石洞上打下一人，河滩里也躺了三具尸。金狗、银狮动起怒来，就在山下堆满了苞谷秆、麦秸，放火烧洞，烧了两天两夜，石洞里没粮没水了，加列在洞里反了戈，打死了梅花鹿一家大小，夜里自己从洞口拉一麻绳往下溜。溜到半崖，梅花鹿的小老婆并未打死，在上用刀斩断了麻绳，加列就掉进山下火堆，等刨出来，已成了盆子大一团黑炭。

加列死于烈火，贾家沟连夜打火把、灯笼庆贺，加力母子也在庆贺人群中，放了一串鞭炮，一家三代将尸体搬回。但是，当装在一口二斗瓮里埋掉时，全家却一片恸哭。

这周彦长到七岁，加力就引导着学泥水匠手艺，周彦却自幼身单，又患了气管炎病，手不能挑，肩不能担，只好作罢，终日双手缩袖，夏坐树荫，冬晒阳坡。人便慢慢痴傻起来。这一年老娘临终，哭着拉住加力和媳妇的手说：“我生了一个好儿，也生了一个牲畜，加列死得惨，是罪有应得，只是这周彦可怜，你们要好好照应啊！”

这周彦长到三十一岁，娶不下媳妇，后来从老山沟要饭过来一个女人，加力托徒弟撮合，好歹成了亲。但这周彦成夜腰弯如笼攀儿，靠墙就睡，一睡到天明。做婶娘的夜夜在窗下听房，小两口不见动静，回到卧房只是长吁短叹。第二天一早，等周彦起来，她就站在台阶将鸡放出，公鸡在撵母鸡，扑扑啦啦作成一团，她就说：“周彦，你看鸡干啥哩？”周彦还不理会，夜里还是没个动静。加力叹息说：“唉，难道有了天地报应？为了赎清我弟罪孽，我一心抚周彦成人，他却这等不够成色！”不出一年，那小媳妇离了婚。周彦也不久死去了。

加力把周彦的葬礼办得很体面，街坊四邻都怨他失了长辈身份，他只是不听。又偏将周彦的坟埋在加列坟边，埋葬加列时，他是用两根苦楝木棍抬着那只二斗瓮的，埋后就将那棍插在坟头，没想竟活起来。如今周彦坟前两棵苦楝树已长出几丈高低，秋天枝叶旺盛，落着苦楝籽儿，孩子们捡来当石子儿玩，冬天里枝丫光秃，成群的乌鸦落在上边，村人就将那树砍了，解成板，搭了沟前小河面上的木桥，供千人踏，万人过。

又过了一年，贾家沟突然有了怪事：三月三日，加力老汉又过生日，徒子徒孙纷纷赶来，酒席上正喝到六成，一个徒弟突然仰面后倒，口吐白沫，接着就神志不清，说的却是当年加列在南山抢人，在石家坪打婆娘一类的事。满院在座的人吓了一跳，有人叫道：“这是通说了！”通说者，是指凶死鬼阴魂不散，附在一人身上而借口逞凶。就有人削了桃木楔，在加列和周彦的坟上齐齐钉了一圈，那徒弟的病也就好了。

奇怪的是桃木楔却也活了起来，几年光景成了一片桃林，春日里花开得红夭夭的。远近人说起贾家沟，便说："是村前有桃花的吗？"外人一来，见了桃花，也总是说："瞧，这多好的桃花！"那时节，桃花里的两堆土坟已经平了，加力老汉在那里修了一碑，上刻着"做人不做加列"六个大字。

小 白 菜

商州的人才尖子出在山阳，山阳的人才尖子出在剧团，剧团的人才尖子，数来数去，只有小白菜了。

小白菜人有人才，台有台架，腔正声圆，念打得法。年年春节，县剧团大演，人们瞅着海报，初一没她的戏，初一电影院人挤人，初二没有她的戏，初二社火要得最热闹。单等初三小白菜上了台，一整天剧团的售票员权重如宰相；电影院关了门，说书的，耍龙的，也便收了场；他们知道开场只是空场，何况自个也戏瘾发了作。戏演开来，她幕后一叫板，掌声便响，千声锣，万点鼓，她只是现个背影，一步一移，一移一步，人们一声地叫好，小白菜还是不转过脸。等一转脸，一声吊起，满场没一个出声的，咳嗽的，吃瓜子的，都骤然凝固，如木，如石，魂儿魄儿一尽儿让她收勾而去了。演起《救裴生》，演到站着慢慢往下坐，谁也看不出是怎么坐下去的，满场子人头却矮下去；演到由坐慢慢往上站，谁也看不见是怎么站起来的,满场人脖子却长上来。远近人都说:“看了小白菜的戏，三天吃肉不知意(味)。”

小白菜是漫川关人，十一岁进剧团，声唱得中听，人长得心疼；女大十八变，长到十六，身子发育全了，头发油亮，胸部高隆，声也更音深韵长，就在山阳演红了，一出名，县上开什么会，办什么事，总要剧团去庆贺，剧团也总让小白菜去，全县人没有不知道她的。她起先生生怯怯，后来走到哪儿，人爱到哪儿，心里也很高兴，叫到什么地方去就去，叫她上台演一段就演，一对双皮大眼睛噙着光彩，扑闪闪地盯人。

娘死得早，家里有一个老爹，十天半个月来县上看看闺女，小白菜就领爹逛这个商店，进那个饭店。饭店里有人给她让座，影院里有人给她让位，爹说:你认得这么多人？她笑笑，说有认得的，也有不认得的。爹受了一辈子苦，觉得有这么个女儿，心里很感激。偶尔女儿回来，她不会骑自行车，也没钱买得起自行车，但每次半路见汽车一扬手，司机就停下车，送到家里。满车人都来家里坐，爹喜得轻轻狂狂，八经八辈家里哪能请来个客，如今一车干部来家，走了院子里留一层皮鞋印，七天七夜舍不得扫去。

平日离家远，小白菜不回家，星期天同宿舍的三个同伴家在县城附近，一走了，她去洗衣服，井台上就站满了人。人家向她说，她就说，说得困了，不言语了，人家眼光还是不离她。回到宿舍，县城的小伙子，这个来叫她去看电影，那个来给她送本书。她有些累，想关了门睡觉，心想人家都好心好意，哪能下了那份狠心，只好陪着。一个星期天，任事也干不了，却累得筋疲力尽，每到星期天，她总发愁："怎么又是星期天？！"

同宿舍的演员听了这话，心里不悦意：你害怕星期天，别人也害怕了？一样是姑娘，一样在演戏，你怎么那么红火？等以后有小伙子再来，在门上留字条，在窗台上放糖果，同宿舍的就把字条撕了，把糖果乱丢在她床上。她回来问：哪儿来的？回答是：男人送的呗！她要说句：送这个干啥？就会有不热不冷的回敬：那不是吃着甜吗？门房也对她提了意见：就你的电话多！领导也找她：你还小，交识不要杂。她不明白，这是怎么啦？后来，男演员一个比一个亲近她，女演员一个比一个疏远她。再后来，男演员几次打架，县城里小伙子也几次打架打到剧团来，一了解，又是为了她。女演员就一窝蜂指责她：年纪不大，惹事倒多。她气得呜呜地哭。

不久，求爱信雪片似的飞来，看这封，她感动了，读那封，她心软了：这么多男人，如果只要其中一个向她求爱，她就立即要答应的，但这么多，她不知道怎么办。想给爹说，又羞口，向同伴说吧，又怕说她乱爱，便一五一十汇报给领导。领导批评她，说不要想，不要理，年纪还小，演戏重要。她听从了，一个不回信，来信却不毁，一封一封藏在箱子底，只是大门儿不敢随便出。

求爱的落了空，有的静心想想，觉得无望，作了罢；有的心不死，一封接一封写，坚信：热身子能暖热石头；有的则怀了鬼胎，想得空将她那个，来一场"生米做熟饭"。而有的功夫下在扫荡情敌，扬言她给他回了信，定了亲，还吃了饭，戴了他的表，已得了她做姑娘最宝贵的东西……说这话的一时竟不是一个，而是三个、四个，分别又都拿出她的一张照片。

风声传出，一而十，十而百，竟天摇地动，说她每次演出，台前跳跳唱唱，幕后就和人咬舌头；还说有一天晚上和一个人在公路大树下不知干什么，过路人只听见那树叶摇得哗哗响；还说一个半夜，有司机开车转过十字路口，车灯一开，照出她和一人在墙角抱着，逃跑时险些让车轧死；还说她今年奶子那么高，全是被男人手揣的。领导把她叫去，她哭得两眼烂桃儿一般，不肯承认。领导问：“他们为什么有你的照片？”她说：“鬼知道，怕是我演出时，他们偷拍的，要不是偷的剧照。”领导想想，这有可能，以前就发现每一次演出前挂的剧照，小白菜的总被人偷去，就宣布以后不要贴挂剧照了。

领导对她没有什么，但剧团内部却对领导产生了怀疑：小白菜是不是和他……？不出几日，外面就传开小白菜把剧团领导拉下水了。领导先是不理，照样让小白菜上台，上台就演主角，但领导的老婆吃了醋，老夫老妻闹了别扭，领导就有意离小白菜远了。她每次去领导家，女主人在，就买了糖果送小孩，和女主人没话找话说，人家还是眉不是眉，眼不是眼。女主人不在，她一去，领导就要打窗子，又打门，和她说话，声提得老高。小白菜觉得伤心，什么人也不见，也不找了。

她以前喜欢打扮，现在要是穿得好了，同伴就说：“穿得那么艳乍，去给男人耀眼啊！”不打扮了，又会被说：“瞧，偏要与众不同，显示自己。”她只好看全团百分之八十的人穿衣而穿衣，梳头而梳头。只是一心一意用劲在练功上、练声上。她开始谁也不恨了，恨自己：为什么什么衣服一穿到自己身上就合体好看呢？为什么一样的饭菜吃了，自己脸蛋就红润有水色呢？她甚至想毁了容，羡慕那些麻子姑娘，活得多清静啊，想一想，就哭一哭，哭了老爹，又哭早早死去的娘。

到了二十三岁，她入不上共青团，剧团团支部报了她几次，上级不给批，她去找文化局长，局长过问了这事，但从此说她和局长好。后来地区会演，县委领导亲自抓剧团，她演得好，书记在大会上表扬她，她又落得与书记好。她想不通：自己怎么就是个烂泥坑？！一气之下不演戏了，要求管理服装。一管一个月，这个月安然是安然了，但她生了病。也是天生的怪毛病，不演戏就生病，而且她不上台，演戏场场坐不满，她只得又演，百病却没有了。她想：我这命真苦，真贱，这辈子怕不得有好日子过了。

到了结婚年龄，剧团同龄的姑娘都结婚了，生娃了，她还是孤身一人。老爹又死了，一个亲人也没有，她托人给她找外地的，想一结婚一走了事，但总有人千方百计要把她的名声传给远方的男的，结果事情又坏了。她横了心：罢罢罢，洁身自好，反倒不好，也就真那么干干，也不委屈被人作践了一场。她很快和剧团一位写字幕的小伙好了，小伙人不体面，笨嘴拙舌，却写得一手好字，她一和他好，就感动得哭了。她从此也得了温暖，什么话儿也给他说，他什么事儿都护着她，三个月里，她便将自己女儿身子交给了他。但是，他们双双被捉住了，虽然声称他们要定亲，谁肯理睬，严加处理，便将她从剧团开除了。

她回到老家，病了半年，病稍好些，一早一晚关了门又唱又练功，这倒不是想重上戏台，倒是为了她的身体。后来，她和一个县水泥厂的工人结了婚，结婚三个月，那工人借她失过身为名，动不动就打她，她受不了，又离了婚。就在这个时候，洛南县剧团知道了她的下落，又来招她到洛南剧团去。

她人还未到洛南，洛南已有风声。剧团领导在全团会上宣布了纪律：“此人戏演得叫绝，但作风不好。来了，不可避远她，但绝不能太亲近，谁要与她出事了，当心受处分！”她去了，戏又演得轰动洛南。下乡演出每到一处，围幕里坐满，围幕外又坐一圈，执勤人员看不住往进涌的人，常常双方争吵，甚至大打出手，结果围幕被人用手扯成几丈长的裂缝。半年里，全剧团人人眼红她，人人不敢来亲近，她心里总是慌落落的。过了一年，一个演员冷不防抱住她亲了一口，一个拉提琴的夜里钻进她的宿舍，她反抗，被又爱又恨咬伤了她的手。

“你什么人都给好处，怎么对我这样？”那人赖着脸说。

“放你娘的屁！”她从来没骂过这么粗的话。

他掏了一把钱，她把钱从窗子扔了出去。

“你再不走，我就喊人啊！”

那人走了，却先下了手，说她拉拢他。她哭诉真情，没人相信，还要给她处分。她告到县委，县委为她平了反。

这事发生不久，“文化大革命”开始了。县县揪走资派，大凡大小领导，一律批斗，她无官无职，却是名演员，也大字报糊上街，说她是大流氓、大破鞋，是走资派的半夜尿壶。

后来，武斗闹起来了，走资派全集中在商州地区卫校里办“学习班”，也无人再理会她。武斗逐步升级，全商州七个县，各派和各派联合一起，今日攻丹凤，明日打商南，搞得枪声四起，路断人稀。山阳县的一派被另一派赶出了县境，来到洛南，同派又组成武斗队，司令就是当年偷取她照片在外胡言乱语的那个。一到洛南，就把她叫去，要她在司令部干事，她不，说她是黑人，司令哈哈一笑，拍着腔子保她没事，许愿“革命”成功了，他当了官，一定让她当个剧团团长。她不答应不行，要走又走不了，就在司令部待着。没想第三天，司令叫她去，一去就关了门，要和她“玩玩”，她吓得变脸失色，抱住桌子不丢手。那司令踢翻桌子，将她压在地上糟蹋了。她哭了一夜，想到自杀，司令却派人看守她，又要求长期和她来往，她不答应，这司令要她好好想想，三天后见话。三天后，司令对她说，要同意了，四天后随他到商县，因为他们这一派为了证明自己最革命，准备将集中在卫校的走资派抢回来，设法庭审判，下牢的下牢，枪毙的枪毙，然后进驻地区，成立红色政权。她听了，吓得一身冷汗。那些各县走资派，有的她不认识，有的在地区会演时见过，但山阳县委书记、洛南县委书记，她是熟悉的，他们都是好人，难道四天之后就全要遭不测之祸灾吗？她突然同意了，却要求明日让她回山阳老家看看，然后去商县找司令。这一夜，她和那司令睡在一起，她早早吃了几片安眠药，一夜没有苏醒。

第二天，小白菜搭车走了，她有司令的手令，沿县各关卡没有阻挡。但她并没有去山阳，却直接到商县，打扮成乡下邋遢婆娘，跑到卫校翻墙进去。那些老头子却都狠狠地瞪着她：“你来干什么？我们这里好多人就是吃了你的亏！”

“吃了我的亏？”她惊叫着。

“罪状是拉他们下水，你还来惹祸吗？”

她突然感觉到了一个女人的自尊心，唰地流下眼泪，顺门就走。已经翻过墙了，却又站住，眼泪涌流不止，又翻墙进去，对他们说了三天后的情报。但是，这些人却看着她冷笑了。

“你们不相信我？”她急得哭起来。

“你是让我们跑，再让他们把我们抓起来，更有罪状吗？这情报你怎么就会知道？”

“我和司令睡过觉，知道吗？！”她大声说着，气愤歪曲了她的脸，眼泪却流得更快了。

老头子们木呆在那里，只是不动。

她扯开了衣领，露出胸膛上被司令糟蹋时咬下的紫色牙痕，叫道：“信不信由你们，要活，赶快就跑，全国这么大，哪儿没个藏身处？不信，就等着死吧！”

她翻过墙头走了。

这一夜，这些“走资派”买通了看守，一下子全溜了。

三天后，穷凶极恶的造反派扑到商县，包围了卫校，但一切落空。将看守抓来拷问，供出了小白菜。那司令一怒之下，四处搜查，五天后小白菜被捉拿了。司令亲自捆了她的双手、双脚，将她强奸，又让别的四个头头轮奸了一番，最后装进麻袋，活活让人用棍打死了。

小白菜死后，这一派宣布了她的罪状：一生破鞋，批斗之中，仍与走资派乱搞男女关系，事情败露，自绝于人民，死得可耻，死有余辜。

消息传开，戏迷们都遗憾不能看到她的戏了，又恨她作风太乱，不是个正正经经的女人。

“四人帮”粉碎了，造反派头头逮捕了，那些“走资派”纷纷重新任职，小白菜的案件得以明白。四处打问小白菜的坟墓时，但无人知晓，只好在开追悼会那天，将她生前演戏所穿的戏装放在一只老大的骨灰盒里，会场高音喇叭播放她过去的唱腔录音。

小记怀一

第一次见怀一，就知道这名字不是他父母起的，自己给自己起名，这像《山海经》上常说的那种动物：自呼其名。但他那么年轻，还很瘦，怎么就能怀抱得住一呢？

后来见怀一，已经胖了，剃着光头，有些和尚气象，便和名字配上了。

人这一生，要交往各色人等，有的人见了无缘无故感到亲切，有的人见了却没理由地反感。见怀一总觉得熟，怀疑前世我们做过亲戚或朋友，尤其他那笑声和笑起来嘴角的变化。

我给许多人推荐过怀一的画，都说好。

怀一是有绘画天才的，所以他似乎很轻松，不是那种以为搞艺术和种庄稼一样下苦而笨得让人瞧着可怜，也不是那种要光前裕后，以文艺为登天云梯，结果浊气满纸，低俗不堪。他高故能生逸，文故能呈静，多哲思，多性灵，多趣味。他曾画了相当数量的僧，这是我非常喜欢的画，总想起那句话：安忍不动，犹如大地，静虑深密，犹如地藏。他也曾画过许多案头上的物件，其并不堕落的颓废，其生命本真的简素，其天然风度，让我玩味不止。

当今的画坛上，多是要去评奖和国展，多是要去竞价和拍卖，怀一这样的人，这样的画，注定是不入主流的，他当然明白这点，办起个“二月书坊”，招得一些气味相投者，清风出袖，明月入怀，谈文说艺，弄笔濡墨，真有点“自闭桃源称太古，欲栽大木柱长天”。

不该有怨愤吧，人处在任何社会都是难满意的，我们羡慕春秋时代，孔子也说世风日下，孔子向往周朝，而周朝的伯夷叔齐也说：今天下暗，周德衰。当年齐白石出道，并不合潮流，没有大画，日常题材，却开辟了一个新天地。当然，齐白石是坐在一个菜园子里的老翁，怀一的“二月书坊”是个小木屋，他们今天可能只享小誉，明日谁又能料到不留远名呢？

2011 年 3 月 15 日

画家王金岭

能在水面上扑腾，也可能溅出些水花的，往往并不是大鱼，大鱼多在水底深处。

这是文学艺术界常有的现象。

似乎有一段时间了，许多人在纳闷：二十世纪九十年代在陕西画坛多么著名的王金岭，怎么就没消息了呢？是从政当官了，还是调往了外地？

其实王金岭一直都在陕西，还在画他的画。

从宏观上讲，中国在大踏步前进，而着眼于某一个区域，又都是乱象丛生，这就是当今的社会。当画坛上没有一个标准、众声嘈杂的时候，王金岭既不想附庸政治，也不想从众同流，又不想追逐时髦，他是慢慢转身，并不华丽地，坐到了一边，只去想他要想的，只去做他要做的。

从热闹的席位上出走，选择寂寞，这需要定力的；而从此即可以看到天，看到地，看到天地的精神，看到“藐姑射之山，有神人居焉，肌肤若冰雪，绰约如处子”。

不可避免，他离席的日子里，于别人的眼里，他是不停地盖他的画室。先是在沣峪里筑茅舍，又在翠华山下建新屋，这是多么有好心情又多么会生活呀。其实，这种不断造屋的过程正是他在艰难而痛苦地寻找艺术心灵的归宿。为此，他远离了江湖，不靠近官场，也不动用媒体，不钻小圈子，甚至一些所谓的展览、会议也不去，连画也卖得少了，竟然对于一些以官为重、以时髦为重、以炒作为重的盲目接受艺术的顾客一概不卖。

谁都承认他是有绘画天才的，但他知道珍惜，又知道如何去发展，因为他有他的抱负。于是，他“游名川，读奇书，见大人，养自己浩然之气”，在新筑的匾室里思考着什么是中国画，中国画的本质和精髓在哪里，揣摩历史上的画家和画家的经典作品。天趣忙中得，心花静里开，他的见解高了，判断力强了，又十分苛求自己，反复实践，专注作画。

在一个下午，我们去拜见他，他是那么有兴致地谈着新近阅读八大、徐渭、黄宾虹、齐白石的感受，也读着石鲁和王子武。他一再说，画家不是一种职业，而是一种与天为徒的事，墨水要诚实，甚于热血。当他拿出一批新作，大家一声叫好。好在什么地方，众说不一，那又是一番争论，最后几乎达成一致的看法，他不是如书法由篆到隶由隶到楷到行到草的开宗立派人物，却是特色鲜明个性十足的有大格局的画家，他的画：

一、传达的是中国人的思维，处理情与理，处理意与境，处理虚与实，完全是中国文化的气质。

二、已经完成了人与画的统一。山水花鸟人物其实都在画他，画他的精神，画他的思想情感，画他的文化修养，画他的生命品格。

三、功力越发深厚，笔墨更为精到，已不仅仅是技，而是道了。

我们对他说，水火既济，宝鼎丹成，闭关修养该结束了吧？他说：哪里是闭关修行不闭关修行呀，搬柴运水，无非大道么。我们都笑了，他也笑了，笑得是那样平淡而灿烂。

我想，是真天才者，时间是不会亏待的，他的画将会赢得更多人心，他也定会在社会上产生大的影响，当然这种影响不是市场影响，而是艺术的影响。

2010年7月19日

民歌红梅

我喜欢陕北民歌。但十几年来，陕北民歌太普及了，什么人张口就唱，唱得越来越没了原来的品质，也没有了新鲜感。这一年，我碰到了一个陕北人，她的歌声让我震撼，就如二十年前第一回听到陕北民歌时的那种兴奋，于是逢人便说，到处荐举。

其实，她已经是位老歌手了。

她的老，在于她先前一直唱通俗歌曲，而且唱得在全国比赛中还获过几次奖。人蛮年轻，白脸长身，性情安稳，她唱陕北民歌也仅两三年，出版着一张音碟。

民歌如田里的庄稼，它有着纯净的朴素，更带着土地的灵魂。这一点，许多歌手已经忘记了，只凭着有个好嗓子，要么唱得没感情，如玻璃板上写字，一抹便不留痕迹；要么太造作和矫情，如盆景一样，病态明艳。如何使民歌有现代感，在嚣繁的今天唤起人心底的苍凉与沉静，它同戏曲一样，改革是一直不断地调整并存争议。有大量的人对戏曲做过向话剧、歌乐、电影靠近的工作，遗憾的是忘却了改变价值观这一根本东西而弄得不伦不类。做民歌改造的人不如做戏曲改造的人多，却也翻新了许多，似乎也不大成功。这个陕北人，据我观察，似乎并无意于要做革命派，但她以自己是陕北人，从小就体会出黄土高原上生命的含义，又长期生活在了大都市，再是从事通俗歌曲的演唱和钻研，当回过头来唱陕北民歌，她的嗓子自然发出了一种令人洗耳一新的音声。这好像那些外国人研究中国文学，中国人研究外国文学，通过具体个人的内部交换，完成了一种中西结合而别开生面。当然，这个人一定得是高人。

我听到她唱过许多早已听惯的陕北民歌，声音宽厚，元气充沛，节奏合理，爆发力和控制力极强，又有相当多的现代性的装饰，因此感受到既生而熟，既野而义，率真又华丽的冲击，脑海里不禁浮现出一个个长哭短哽、纠缠挣扎的悲怆画面。

我并不懂音乐，平日也多沉默，和我那一帮朋友在一起，如林中一群呆鸟。可我们听到了她的歌唱，所有的呆鸟都在鸣叫了。原来每个人都有唱的潜能，原来心可以歌唱，原来歌唱是那样地让灵魂飞扬。于是，我们都在歌唱，在心烦时歌唱把烦恼像抽丝一样抽走了，在身子不适时歌唱可以使血脉通畅，在高兴时歌唱让快乐如酒一样挥发，如山倾一样轰然。

歌声原本不是唱给别人的，而是生命需要唱，唱给自己的。

我想，她可能也是为自己唱歌，因为她唱得好，大家才倾听，才称她是歌手。

这个陕北人叫王红梅。

我因此为她的音碟题名，我没有写：王红梅民歌专辑，而写了：民歌红梅。

2009 年 1 月 31 日

钟 国 康

纪渻子为王养斗鸡，历久乃成，其鸡望之若木鸡，盖德已全，他鸡无敢应者。

这个故事，我最先不是从《庄子》上读的，是钟国康告诉的，他送我一枚印：木鸡养到。

钟国康是我十余年来见到的很奇怪的人。他凹目翘鼻，胡子稀疏，头发长卷而油腻。老是穿黑衣。似乎背有点驼，前襟显长，后襟短促。一条线绳从领口拉挂在腰间，他说有这条线绳就生动了，其实拴着一个手机。行走飘忽，有鬼气。

他是位书家，用笔在宣纸上写字，用刀在印石上刻字。

形状这般地孱弱，他应该低眉顺眼，应该寡言少语。但不，他始终不能安静，走来走去，好激动，表情丰富。不停地要说笑，边说边笑，边笑边说。我见过他在宣纸上写字，墨调得很稀，长锋笔戳过去，几乎是端着水墨，淅淅沥沥地就到了纸上，然后使很大的力和很大的动作，如武术一般。出奇的是墨是墨水是水，有海风山骨的味道。那场面，能想象李白酒后作诗，李白可能很清高，很潇洒，他却几幅字写成，满身墨渍，尤其用卫生纸按拓，一团一团脏纸在地上丢下一层。在印石上刻字那就更疯了，眼镜往额上一推，好像让头上再多两只眼，然后拿块印石，看，看，看得印石都羞了，猛地从怀里掏出刀来。别人的刀都是一拃长的，他的刀一指粗半尺长，简直就是钢凿子！咔，咔，咔，他讲究节奏。他刻印的时候大家都围上来，不敢出声，他却好为人师，讲为什么这个字这样结构，这一刀处理有什么含义，怎么会出现这种效果啊，他哇哇大叫，为自己得意。

他从来都是自负的，眼里无一人无一物能碍，却同时又都以他囊括。仰观象于玄表，俯察式于群形，他正经地告诉我，他要活九十以上，他要年年把一些东西加进他的艺术里。我不能准确地说出他有哪些突破有哪些局限，但我在他的书法里读出了金石味，在他的印刻里又读出了毛毫、水墨甚至宣纸的感觉，其宣纸上印石的作品雄沉豪放，感情充沛，生命蓬勃。

关于他，社会上有许多传言，说他相貌奇异，举止常出人意料。说他饭量极少，精神张狂。说他自制墨和印泥，弄得屋里臭气不散。说他出外开会，车厢里就放一筐印石，三五天回来那印石全刻了，然后一筐一筐的作品就存封在那一间专用的房里。说他好色。说来求印的，一枚印二万，若讨价，就二万五，再讨价，就三万，还要讨，便起身送客了。说现在有许多人在社会上收集他的旧印，有收集到一百枚的，有收集到二百枚的，还在收集。说有大老板正筹划给他建艺术馆。

我看着他，总想：这是个什么人呀，可能前世是钟馗，今世才一身鬼气，又邪而正，正而大吗？或许是关公门下吧，玩的是小刀，使的却是大刀的气势？

我也送了他一幅书法：木鸡养到。

2009 年 5 月 28 日

先生费秉勋

当我二十出头时认识了费秉勋先生，命运就决定了今生对他的追随。他那时是陕西唯一的一家杂志编辑，我拿着文稿去请教他，就站在他的办公桌前，不敢坐，紧张得手心出汗。第一篇稿发表了，接着发表了第二篇、第三篇，从此文学的自信在心中降生，随之有了豪华的志向。就这样我们成了师生和同志。将近三十年的岁月中，他的工作有变，从编辑到了教授，不变的是他一直在从事文学的研究和评论，而我的任何文章他都读了，读了该要表示肯定意见的就坚定表示自己的意见，不管在什么时候和场合，该要批评的就放开批评，不管别人怎么说和我能不能接受。他的口才不好，说话时脸无表情，只低着头说他的。

他是一个有独立思考的非常固执的人，如果指望他去通融什么，或求他办什么事，那永远是泥牛入海，初识的人都觉得他冷漠，是书呆子，但长久地相处，他的原则性，不附和性，率直和善良，以及他的死板和吝啬，使他的人格有了诱人的魅力。

他的学问相当丰富，任何事情只要来了兴趣，他都能钻进去，这一点给我的影响十分大。每一个夏天，他避暑的最好办法就是把自己关在书房写专著，并不止一次传授这种秘密。他的有关舞蹈研究的专著，关于绘画的一系列文章，研究易经的七八本书，以及学琴，学电脑，都是在三伏天完成的。立即能安静下来，沉下心去，这是他异于他人之处，不人云亦云，坚持自己的思考，独立特行，是他学问成就的重要原因。

先生形状平实，有时显得呆头呆脑，所以常在陌生地的陌生人面前被忽略他的存在，但若熟知他的人，莫不尊重他的。大智若愚，他可以是一个典型的例子。六十岁后，他退休了，突然痴迷起了书法实践，他以前对书法艺术研究多多，但从未执笔弄墨过，实践开来，日日临帖读碑，二三年光景笔力老辣，有自家面目。我在许多人的厅室里都见过他的作品，令我惊叹不已。我常常想，他这一生在文学艺术领域里涉猎面这么广，且从事什么都成就非凡，从不守旧，求知欲强，以后谁又会知道他又要有什么作为呢？

他大我十多岁，我二十岁时称他为老师，终生都称他为老师。这不仅仅是一般的尊称，确确实实他是在为人为文上一直给我做着楷模，我时时对自己说，也当着别人的面说：永远向费先生学习。

孙犁的意义

我不是现当代中国文学的研究者，以一个作家的眼光，长期以来，我是把孙犁敬为大师的。我几乎读过他的全部作品。在当代的作家里，对我产生过极大影响的，起码其中有两个人，一个是沈从文，一个就是孙犁。我不善走动和交际，专程登门去拜见过的作家，只有孙犁；而沈从文去世了，他的一套文集恭恭敬敬地摆在我的书架上，奉若神明。

孙犁敢把一生中写过的所有文字都收入书中，这是别人所不能的。在中国这样的社会里，经历了各个时期，从青年到老年，能一直保持才情、作品的明净崇高，孙犁是第一人。

孙犁的主要作品是以农村为题材的，在他创作活跃的那个时期，出现了一大批农村题材小说的高手，但他是最独特的一个，也是最杰出的一个。他的作品往往在发表后就有了广泛的影响，但并不特别爆响，可半个多世纪过去了，许多在当时红火的书已经没有人再读了，或者再读已没有了多少对应，而他的书仍被相当多的人在读。孙犁是一面古镜，越打磨越亮。

文坛上曾流传着有关孙犁的是非，说他深居简出，说他脾气古怪，是他的性格原因呢，还是他的文学一直远离政治，远离主流文学圈子而导致的结果？这一切与他在意识上、文体上、语言上独立于当时的文坛，又能给后学者有所开启，是不是有关系呢？如果有关系，作家怎样保持他的文学的纯净，怎样积极地发展自己的天才，孙犁的意义是什么，贡献在哪里？遗憾的是，对孙犁的研究虽然不断，但这些方面并未深入。如果抛开诸多的人为因素，如果以后孙犁的研究更深入下去，如果还有人再写现当代文学史，我相信，孙犁这个名字是灿烂的，理当归其位。

2002 年 12 月 5 日夜

方　英　文

在我的朋友中，英文忠厚而幽默，我很爱他。他供职于我的家乡的那个州城里，文人都知道他，尤其乡里的那些作者、读者，地里的萝卜长青长白了，红薯真红了，就记起了他。但州城所有商店的营业员不知道，因为他不讲究穿，也没有以漂亮的媳妇而给人炫耀的意识，每次与妻子相隔了距离去商店，他总蹴在门口台阶上吸纸烟。前些年我进商州，找的是何丹萌，后来何丹萌调走了，那间霉而黑的屋里接替的是他，我就又找他。那间屋子一直住文人，且两位主人都给我备有被褥，我觉得我与这间屋子有缘分，曾一次梦里梦到几百年前这块地方就是我家的。每次去，方英文说：“元春又省亲了？”我说：“再投奔梁山嘛！”

我回乡的样子很野，挎包里塞一件换洗衣裳，装一册《道德经》、一册《诸葛神数》，两条纸烟，牙刷和钢笔全在口袋了，一下车进商州，喜欢买囫囵一张“锅盔”大饼，一边走一边拧着吃，见着他，手里还剩多半张，他总要说：我给你照张相！但他没有照相机，多年来还是没有。

他儿子两岁，要儿子看着我，问：“他是谁？”儿子说：“贾平凹！”他说：“小孩不能叫大人名！你重说。”儿子说：“是人。”他于是说：“我这儿子是哲学家呀，是现代派呀！他虽然刚才叫你名字，可证明你名字老幼皆知嘛！”

住下的这个夜里，他必然就开始攻击我的文章，朗读他的文章，直朗读得我的头枕在床头昏迷了，他说：“你不会欣赏！”把被子替我掖好，就出去了。第二天一早就来打门，端一杯奶和两根麻花要我吃。我正要感激他，他从口袋又拿出那文章从头又念，连标点也念。我说：“还好。”他说：“不好，是麻花好。你不是个君子！”

他的妻子极像山口百惠，十分疼他，稍不见他，就在门口呼唤“方英文”。他一听见就得意了，说：“她离不得我！”单位派他出差，他要对妻子说：“你要想我了，就看咱们儿子，那是我脱的壳。”但突然一次吵架了，竟然说出个离婚二字。他说，你敢写离婚书吗？没想妻子真的写了，他看着离婚书脸都绿了，但很快说：“写得不错，只是两个字错了，你改一改。”妻子扑哧笑了，世界从此和平，此事他好得意，作为经验传授我四次。

一次我应约写一篇创作谈，他知道了，说：“搞不了创作的人才常常写创作经验的。”我很窘，把那篇文章揉了，以后再不写这类东西，也不读这一类的东西。

他常给我来信，无事来信。听说我当了一个社会上的名誉性的官儿，来信的一页纸上四分之三是他给我送头衔。我不敢迷那些虚名了。以后有人当众张扬我是什么什么职名儿时，我就觉得他在笑我，于是就摆手，说那些名分是追悼会上才用的。

有一阵他来信爱作画，先是一杯茶，我就回信画一壶酒，他于是又来一盘鸡，我到后来干脆送他一海的酒一林的肉，他愤怒了，来信说他先是君子，是我勾引他也成吃喝小人。最短的一封信，是他写了一句话:“你一定想我！”

我确实想他：他有挺阔的嘴，胖胖的屁股，一边和我下棋一边放屁。而儿子忙乱地掀他的衣服，扰乱得棋下不成，责骂儿子，儿子却说他在寻放出的屁哩；然后一块儿去厕所，两人亲自小便，说些同厕所一样不卫生的趣话。然后我们谈文学，或者像考状元一样相互命题作文。

夏天里回商州，他说某某杂志开辟了他的小说特辑，某某评论家撰写了对他的批评，“真的，大有成名的迹象了！”我没有理他，也宣布不写一个字吹捧他，人太熟了，容易捧杀或棒杀，现在文坛上佛魔不分，天才与小丑混淆，我不落嫌疑和罪恶。他也说：“看你写我的批评真还不如听我老婆的读后感。你要实在想写我了，以我为题材写你的散文去！”

于是我写了以上这些。

方　韵

方英文是我的朋友，住在商州；方韵是方英文的儿子，今年四岁。方英文常常抱怨方韵个头不长，别人家门扇上测量的刻线一条一条的，他家的门扇上只有两道。方英文说："儿呀儿呀你几时才长个儿呀！"方韵说："爸呀爸呀你几时才升工资呀！"方英文没了脾气。方英文因职称评定生过闷气，从此胃不好，爱放屁，每次方韵掀了他的后襟说要寻气蛋哩。方韵把下雪不叫下雪，叫"天脱皮呢"。说眼睛看不见了是"眼睛灭了"。方英文的住屋窄狭，隔壁却有个有权人家房子多得做了鸡室，鸡一打鸣，方韵就说"鸡响"了。鸡响了，方英文烦得就到凉台上去，拿望远镜往远处看。一看看到对面楼上一家窗口，里边有女人擦澡的，人家用报纸贴在窗子上，上面写了三个字：没意思。方韵偏问："没意思是啥意思？"父子俩晃荡晃荡到街上去，街心花园里有两只鸽子，一只白的，一只黑的，正亲喙嬉耍哩，方韵说："爸，你说哪只是女的，哪只是男的？"方英文说我不知道，方韵得了意："我知道！白鸽子是女的，黑鸽子是男的。"方英文问为什么，方韵说："因为你黑，我妈比你白。"这时候，迎面走来一对夫妇，却是女的奇黑男的特白，方英文要告诉儿子了：你的判断是不牢靠的。方韵一脸疑惑，回到家后突然想通了，说："我知道了那女的为啥黑，因为男的打麻将，女的脸气黑了，你每次打麻将，我妈脸就黑了！"方英文骂了一声"他妈的"。

方韵是方英文的对头，方英文虽然心里不受活，但方英文是作家，写文章就常要引用方韵的语言。文章发表了，在家一边抖着稿费票子，一边念了给方韵听，方韵说："用我的话，没意思。"方韵看不起方英文，也看不起我，方英文来信说：方韵还认不得字，但能识得你的名字，在家翻杂志，每每看到你署名的文章，就说："又是贾平凹！"极鄙视的样子。

1993 年 6 月 15 日

说 白 烨

陕西有两个姓白的走了北京，一个是作家白描，一个是评论家白烨。北京城里从来是水深浪大，两个人却都活得头角峥嵘。原本长安城里也应是藏龙卧虎，但毕竟是藏与卧的，水土养人难留人，他们走得好。遗憾的是他们开始说京语，声声不入耳，我一见到他们就强迫用秦腔，秦腔在唐代仍是国语嘛。

第一次认识白烨时，把烨念错为桦，在众人面前很窘了一回。白烨说：有一个大人物看了我在某报上写的文章，也念为白桦的，白桦那时受批判，大人物就批评报社为什么还发表白桦的言论？报社负责人忙去解释了是白烨不是白桦，桦是木之旁，烨是火之旁。我说：啊嗬，那我也是大人物了！

白烨是黄陵人，那里产煤，据说煤质优良，无烟，用报纸能点燃。我说，女人嫁到你那儿要尿三年黑水。白烨说：那里人是走虫。白烨尤其能走，他每年回陕西数次，不是来组织书稿，就是来联系出版方面的事。回陕如元春省亲，朋友们都要看看他，他也一一要回访，那些日子，分分秒秒都得计算。但是再忙，他都要抽空回老家去看望娘；再累，头发总梳得光光的，到任何地方了脱了大衣要挂着或叠了放好。他走后，朋友们常感叹他的孝道，朋友们的老婆却羡慕人家这男人的整洁。

白烨的忠实可靠是著名的，大凡委托他的事，只要承诺了，没有不落到实处的。我们笑他：若做大官，可以当顾命大臣；若在戏文里，是《赵氏孤儿》中的角色了。现在做忠实可靠的人是需要有情操，有大境界的。这样的人越来越少，出了一个白烨，他当然是人缘极好，在京城，在长安，在外省很多地方，都有一群喜欢他的女人，不管什么年龄层次，也不管什么政治艺术见解。常常是甲与乙生分，但甲与乙皆与白烨友好，白烨因此也做了许多团结工作。他年纪并不大，地位并不高，一张辐射的蛛网中间，守定的应是一个肥大的老蜘蛛，却是白烨。

这样的人，天生应该做编辑。

白烨就是个好编辑。

有人能写文章却耐不得编稿子的琐碎，有人能耐得其烦又缺乏鉴赏力，有人能写能耐能鉴赏但又没有长久的热情，而白烨恰恰具备了一切。我见过他为自己的文章而得意，更见过他读过别人的文章更激动的样子。我差不多每年都收到过他编辑的书籍，来信中喋喋不休地介绍此书内容如何之好，又反复征询此书版式怎样，封面设计怎样，虽是征询，其自满之情溢于纸面。和女人在一起不敢问起她的孩子，与白烨在一起，不要提说他编辑的书。

一九九三年年初，我躲在西安郊县写《废都》，写得很苦，很寂寞。白烨来了，有客自远方来，我们都不亦乐乎。白烨那次来陕是编印一套丛书的，数日里寻找，寻不着，终打听清人在郊县，不顾一切就跑来了。他说："我来看看你。"我说："不，是上帝让你来取书稿的。"他叫道："写完了？！"高兴地要把我抱起来。这一夜，我没有让他走，我们吃搅团，吃酸菜，谈创作，谈编辑，几乎没眨眼。翌日清早，我们用硬纸夹夹了近一尺高的手稿，拿绳子反复扎好，装在一个塑料袋里，再装在一个布口袋里，他背走了。这部十多斤重的，耗费了我半年心血的手稿，白烨一直背到了北京，亲手交给了北京出版社的田珍颖。白烨曾经他手为我托带过好几部手稿，这一次却记载了一段难忘的传奇。

我作为作家，白烨给了我相当多的智慧上的启示和生活上的照顾，作为《美文》杂志主编，白烨从我们要刊号到编辑每一期刊物，都付出了他的精力和时间。人常说，朝里要有人。北京是我们心中的"朝里"，白烨是"朝里"的"要人"。《美文》杂志社里，凡有事去京，没有不去首先找白烨的，找到白烨，也没有不顺利拿到一些名家稿件的，编辑部常常在没好稿编时，就说：找白烨，给白烨打电话。白烨没吃《美文》的饭，《美文》把白烨箍住了。

一个人太好了，往往倒显不出他的好处来，这如同我们对于空气，太习惯了一呼一吸，便疏忽了我们是在不停地一呼一吸。白烨从事的是文学批评、文学编辑、文学朋友的角色，又偏偏不是那一种投机者、以稿易稿者、酒肉者，这是最易于让人疏忽的身份。也正于此，他活得正，活得不累，活得是一个评论家、编辑家、文友的本真。

1994 年 3 月 22 日

王 蓬 论

二十世纪七十年代末八十年代初，陕西出现了一批中青年作家，纷纷冲出了潼关。文坛历来是竞争之地，翻翻覆覆，沉沉浮浮。在这几年里，陕西的作家质量如何，发展和前景又如何，省内国内评说不一。我以为，除过“洛阳纸贵”的北京外，论单打，比不上天津、上海、四川、江西、贵州、宁夏、河南，论团体，又比不上湖南、山西、南京。究其原因，是不是有三？

一、地域差别

陕西为周至明十三个王朝建都之地。北有黄河，中有渭河，南有汉江，山川河流结聚精光灵气，以此产生过辉煌的汉唐文化，但过则不及，盛唐之后，一种保守的、妄自尊大的惰性滋生繁衍，以此侵蚀于民风世俗，故唐后各朝政治、经济、军事皆趋于萎靡，自然文化艺术也不可幸免（从这个角度来讲，汉代文化的力和气度比雍容华贵的盛唐文化更令人推崇和向往）。都城东迁和北移之后，这里渐渐归于偏僻。当置身在碑林博物馆的那些六骏石雕面前，不禁会得出古人崇仰志在千里的良骏，今人却只看重负载忍劳的秦川孺牛，便喟然长叹。历史衍进到二十世纪八十年代，社会是信息的社会，而陕西地处西北，为东潼关、南武关、西散关、北锁关所限，性格由开放型变为封闭型，自然是赶不到时代潮流的前头。

二、生活差别

生活是文学创作的源泉，这是最古老而又最时髦的口号。每一个作家没有不遵循的，尤其是陕西的作家。陕西的作家不乏以写工写兵、写知识分子为终生题材的，但绝大部分是写农村。纵观这些作家的出身、经历，本身就是农民，或家庭成员就是农民。对于农村生活之熟悉，大大超越外地作家。但是产生的作品却落后于人，这恐怕是如何生活的问题了。正因为如第一条所指，有了地域的差别，一些作家感到了紧迫和惶恐，而放弃了自己生活的根据地，沦为文学上的流寇，而流寇政策的教训又使一些作家退守于原地的圈子里。写农村而目注于一村一镇，写农民混同于农民,便又导致了陷入就事论事的桎梏里。出身于农民可以是农民作家，但不可以是作家的农民，也即农民意识的作家。

三、素养差别

陕西作家的成分，正是由于大都出身农民，或从农民跃身为农村基层干部、区县文化馆干部，这有先天性的长处，亦同时有了先天性的不足。很多年来，似乎有一种观点，认为作家不是大学可以培养的，这话有其道理，但若以此走入极端，轻视艺术素养的专门训练则又误人误事。国人文化水准的提高，城乡青年普遍受到高中教育，在某种意义上讲，文学不再仅仅是普及性的了。艺术来源于生活，生活却绝不等于艺术。写什么的问题固然十分重要，怎么写的问题也同样要十分重视。因而，陕西的作家初发势猛，过后劲则不足，往往在突破之时陷于困境。

如若上面三点能成立，我们应该按“面对着永恒或没有永恒的局面”的说法，我便要具体针对王蓬的创作再发一点妄论。

陕西为三块地形组成，北是陕北黄土高原，中是关中八百里秦川，南是陕南群山众岭。大凡文学艺术的产生和形成，虽是时代、社会的产物，其风格、流源又必受地理环境所影响。陕北，山原为黄土堆积，大块结构，起伏连绵，给人以粗犷、古拙之感觉。这一点，单从山川河流所致而产生的风土人情，又以此折射反映出的山曲民歌来看，陕北民歌的旋律起伏不大而舒缓悠远。相反，陕南山岭拔地而起，湾湾有奇崖，崖崖有清流，春夏秋冬之分明，朝夕阴晴之变化，使其山歌便忽起忽落，委婉幻变。而关中呢，一马平川，褐黄凝重，地间划一的渭河，亘于天边的地平线，其产生的秦腔必是慷慨激昂之律了。于是，势必产生了以路遥为代表的陕北作家特色，以陈忠实为代表的关中作家特色，以王蓬为代表的陕南作家特色。这三位作家之所以其特色显著于文坛，这种地理文赋需要深入研究。是不是可以说，陕西的作家不能形成统一流派，是有这个原因的？这是不是陕西作家阵容不整齐的一个表面现象？历来的文坛，作家在做人上应团结亲爱，是好友；在事业上应争先恐后，是情敌。而陕西的作家最具备这种条件。论其优秀作家，自古中外只能比较其特色，而不能判之高下，只能划为爱与不爱，不能妄断其良劣。但目前陕西的作家，皆处于未成熟阶段，极需要解决的则是不能自己局限自己。立足于自己的地域，而知其长处优胜，晓其短处不足，兼收并蓄。也正于此，我觉得研究王蓬的创作，就更有其意义了。

王蓬原籍西安。也便是说，他在关中地面上诞生和度过了童年。出于社会的原因，因为家庭的遭遇，他来到了陕南。在陕南他不是个匆匆的过客，而是一待几十年的耕作农民。关中是黄土沉淀，壅积为源，属黄河流域。陕南是青山秀水，属长江流域。他因此具备了关中黄土的淳厚、朴拙和陕南山水的清奇、钟秀。而几十年的社会、家庭、爱情、人命运的反反复复，曲曲折折，风风雨雨，使他沉于社会的最基层，痛感于农民的喜、怒、哀、乐。这就是说，他首先是一个农民，一个不得志的农民，而后才是一位作家。

作为作家的这一种生活的体验，无疑更是一种感情的体验。汉江流域，是楚文化的产生地。楚文化遗风对他产生过巨大的影响。这从他的第一本小说集《油菜花开的夜晚》中，就可以明显看出。细读这本结集，无论是往来于猪场与移迁到乡下的工厂之间的年轻寡妇银秀（《银秀枝》），无论是历经风雨的百年物事老楸树下的老幺爹（《老楸树下》），还是关蓥山的猎手年子才（《猎手传奇》），再是竹林寨的六婶（《竹林寨的喜日》），无不观事观物富于想象，构思谋篇注重意境，用笔轻细，色彩却绚丽，行文舒缓，引人而入胜。他是很有才力，善述哀，长言情，文能续断之，断续之，飞跃升腾，在陕西作家中，有阴柔灵性之美的，就不能不算作他了。

文学创作，犹如体育运动，作家也要求有一种意识。对于现实生活，这种意识愈是强烈，愈能把握作品的总体结构和局部枝末细节。这种意识的产生，得源于深厚的生活积累和对生活的深刻认识，这便也就具备了作品的底蕴。作品的深刻与否并不建立在胆子的大小，作家的文采才华，同样也不等于嚣喧汹汹。中国几千年的文学，陶渊明、白居易、苏轼、柳宗元、韩愈、司马迁、曹雪芹、蒲松龄，尽管他们的风格各异，但反映的自然、社会、人生心境之空与灵，这是一脉相承的。空与灵，这是中国文学的一项大财富。我觉得王蓬于此是很早就注意到了的，也正在努力继承和实践着的。一本《油菜花开的夜晚》，若从每一篇来看，有的借鉴运用得很好，有的借鉴运用得不理想，但即使在一篇不大成功的文章中，也不乏有的段落、有的情节、有的场面描绘得却十分精彩。

中国的文学如何振兴，外地的作家或许比陕西的作家思考得更多，追求和实践得更多，但陕西的作家也开始了慢慢地思索和探索。情况是，有的作家从内到外极力借鉴，吸收外来文学，却在进一步的融汇、化合方面做得不好，忘掉了和忽视了中国民族的美学心理结构，出现了欲速不达的效果。有的作家则完全拒绝外来的东西，将自己束缚在一个狭隘的圈子里，我行我素。文学发展到今天，眼光一定要远，应该在中西杂交的大前提下，各人根据自己的生活经历、环境、修养、体质、爱好诸多条件，走自己的路子。王蓬的路子，走的是他自己的。楚文化的精，是不是可以说有一种“自远”的味道。这种“自远”，建立在“自近”的基础上。这也正是王蓬作品读来空灵而不空浮的原因吧。这是不是正是他扎根生活之中才使作品产生的一种底蕴呢？

读王蓬的《油菜花开的夜晚》，同时又想到另一个问题，即所谓的大度。也可以叫作力的问题。纵观国内一些名作家，大都可称为思想家，或者说是有深远的思想。当然，思想不是一个狭窄的概念；否则，会导致所谓“思想大于形象”之弊。古人讲过：雄中有韵，秀中有骨。这不仅是指文学的表面，更重要的是内涵。所以我说王蓬的作品是有底蕴，也就是说秀中有骨。但如果王蓬能重新反过来吸收陕北作家路遥的犷，做一次南北结合，那局势就更为可观了。也基于这一点上，我在前面说过要推崇汉代之风，在霍去病墓前看石雕，汉代的艺术竟能在原石之上，略凿一些流利线条，一个石虎石马之形象就凸显而出，这才是艺术的极致。所以，在整个民族振兴之时而振兴民族文学，我是崇拜大汉朔风，而鄙视清末景泰蓝之类的玩意儿的。如果以此去考察，研读当今轰动世界文坛的拉丁美洲文学，从中就会悟出更多的东西了。

王蓬近期的一系列小说、散文，似乎比《油菜花开的夜晚》还要好。他是感觉颇好的作家，又开始了进一步的学习政治、经济、哲学、美学的工作，来完满他一个作家的“人格”和作品的“文格”。无疑，作为一位陕西南方的作家，已经为陕西作家在全国文坛产生影响做出了他的贡献。陕西的其他作家，应该向他学习，更应该使我效法。

1984年3月18日于静虚村

王木犊传

二十世纪八十年代，西安出了两个滑稽人物：一个是石国庆，一个是王木犊。石国庆，祖籍湖北，出生在四川，十一岁入陕，正值关中年馑，发育缺乏健美：面长，嘴阔，皱纹纵横其上，人见其形象皆乐。平日不善言笑，但出语则逗，正话反说，反话正说，颠三倒四，幽默而不油滑，世称“冷脸蔫怪”，他四十岁演独角戏，名噪古城，后却销声隐迹，穿一件长过膝头的涤纶哔叽上衣，衣不附体，于街头巷尾寻找王木犊。

王木犊无父无母，说一口地道关中话，多去声，咬透铁锹似的。两人先前并不相识。相传这年春天，石国庆害了一场病，突然口吃起来，往城中寻王木犊不见，在十字街口问路，对一人结结巴巴提说了半天，此人则不言不语，他愤怒离去。去后，旁人不满那人，斥责为什么对问路人一言不发，那人才开口，原来也是个口吃者，说：我患了病，说话结巴，我若回答他，他必以为我是故意学他，故不言最好。旁人觉得有理有趣，问其姓名，回答竟是王木犊也。石国庆事后得知与王木犊交臂而过，又惊又喜，又十分后悔，再寻找却未见，倒不时听到关于王木犊的事情。说是王木犊曾任一个小单位的负责人，但官不大，僚不小。一天妻子不在家，小儿子要撒尿，对他说了，他竟要求儿子写一份关于撒尿的申请报告，供他研究研究。小儿惊疑。他说：你要撒尿，不给我说我是不管的，既然给我说了，我就要对你负责，要么发生什么事故，你妈回来责怪，我如何是好？儿子问报告怎么写。他说："那不是常用的格式吗？兹有大王木犊之子小王木犊，因喝水过多，渠道畅通，新陈代谢加速，但年纪幼小，尿库容量有限，又缺乏控制能力，需五分钟排泄一次，特申请报告，望家长批准为荷。"小儿却说："我已经尿了。"王木犊忙问尿在哪儿？小儿说已经尿在裤子上了！结果其妻回来，王木犊非但没有推卸掉责任，反被其妻臭骂了一通。他羞愧万分，遂在单位改革中，主动退出领导岗位，闲在家中。他后去演戏，却因容貌丑陋，不能任主角，在一出戏中充当国民党匪兵。原导演安排出场后，他站在台子左边，另一匪兵站在台子右边，红军战士持枪相打，先右后左，枪响人倒，但持枪者向右一打，他却先倒下了，引起观众哄堂大笑，因此剧团便把他辞退了。后来他到街道居委会任计划生育宣传干部，却不让其妻吃避孕药，偷偷将药品丢在后院的水井里。没想以井水喂狗，狗再不生崽子；以井水饮鸡，鸡不再生蛋；以井水浇灌花木、麦子，花木不再开花，麦子不再生穗，又被罢免了。当看见社会上好多人经商，发了大财，他也就领了个体营业证，自制一种“月亮牌”生发油出卖。但为了赚钱，胡乱配料，生产出来又到处做广告，搞宣传。其妻便第一个使用，没想发没新生，反将一头黑发脱个精光。夫妻反了目，市管会来人罚款，法院又传讯，他后悔莫及，在家痛哭三天。消息传出来，众人哗然。

石国庆觉得此人普通而又绝妙，说：王木犊正是我要找的人啊！他自卑和自尊结合，倔强和脆弱相融，既聪明又糊涂，既善良又自私，既能忍让又爱嫉妒，是个可笑可悲又可爱的角色。此人若能与我搭班演独角戏，是最好不过的了。他又迫切地寻访，终于找到王木犊。王木犊正痛不欲生，要寻短见：用头猛碰棉花包，但未碰死；用丝线狠勒其腿，但未勒死；听人说“白砂糖真把人甜死了”，便一气吃下十二斤白糖，也未甜死；还要再去死，石国庆拦住了，邀他去演独角戏，两人一见如知己，从此搭班在古城演出。

王木犊演的独角戏，讲述的都是他自己经历过的事情。令人捧腹大笑，笑过之后，越嚼越有味，还要再笑。因而王木犊的名字就家喻户晓，甚至成了一个代名词。据说，某某单位整顿会上，群众给领导提意见，开口就是：我给咱王木犊主任进一言。有一个体摊贩使奸取巧，顾客就当众指着鼻子说，你这个王木犊！更有甚者，市北十字路口交警一天之内竟罚款了十二个违反交通规则的王木犊。

王木犊名气大起来，满城人揶揄他，讥笑他，又不讨厌他，憎恶他。有人说他像阿Q，有人又说他像堂・吉诃德，但他谁也不是，他就是他。那个个体摊贩受了顾客斥责，从此也真效仿起王木犊，知错改错，竟将自己“闻香下马”的牛羊肉泡馍店招牌摘下，换上了“王木犊”字名，而一家报纸也准备以“王木犊”为名开辟一个专栏。

有个外地漫画家来到西安，在街头、在饭店、在公共电车上，不时听到有人互相斥责“你真是个王木犊”之语,甚觉奇怪,一经打问,颇感兴趣，顿时产生以王木犊的事迹作一系列漫画的想法，就四处查访王木犊其人。但半月过去，没有收获。有人向画家提供线索：石国庆是王木犊的至朋好友，他定知王木犊的出身籍贯，居家住址。这位漫画家好不容易找着石国庆，一相问，才得知王木犊这个“公民”，这个典型角色，却无真人，是石国庆的独角戏里的人物也。

第四章

在岁月里从容前行

为什么活着，怎样去活，大多数人并不知道，也不去理会，

但日子就是这样有秩或无秩地过着，

如草一样，逢春生绿，冬来变黄。

寻找商州

1980年，我的创作出现了问题，既不愿意跟着当时同行的东西走，又不知道自己该写什么，怎么去写，着实是苦闷彷徨。去了一趟霍去病墓，看到了汉代的一批石雕，写下了《“卧虎”说》短短一个文章，整理自己的思绪，然后就返回故乡。那时我对城市还存在着一定的抵触，心里不畅了，喜欢回故乡。在故乡待了一些日子，乡下的生活唤起了我小时记忆，我醒悟到我的创作一直没根，总是随波逐流，像个流寇。别人写伤痕类的作品，我也写，而我写这类作品，体证并不深刻。别人写知青，而我又是回乡青年，我得有我的根据地呀，于是萌生了写故乡的人事。此后，我开始有意识地回故乡采风，其中最大的两次，分别与当时还在商洛工作的朋友为伴，把商洛地区七个县主要村镇走了一遍。那两次大行动，使我特兴奋，白天走村串寨，晚上就整理笔记，饭时遇见什么吃什么，天黑哪儿能住就住哪儿。从村镇回到县城，想方设法借地方去看。商洛地区以前仅知道是秦头楚尾，是中原文化和楚文化的交会处，经过采风，才知道这里的历史文化、时代变化以及风土人情是那样地丰厚和有特点，它足够我写一辈子。现在回想起来，那几次回商洛，夯实了我创作的基础。但那几次回商洛对我的身体却造成了伤害，身上有了虱子倒无所谓，每次回到西安，一进门老婆就让脱下全部衣服用滚水去烫，而让我痛苦的是染上了疥疮和乙肝。疥疮是在一个乡上染的，那里才发过一次大水，天又淋雨不停，我投宿的小旅舍被褥潮得厉害，睡到半夜又穿起衣服再睡，结果染了疥疮。乙肝是我在一个县上感冒了，去一家小卫生所打柴胡，卫生所只一个针头，给别人打过了，用酒精棉球擦一下，又给另一个患者打，我那时不知道，打了一针柴胡就染上了乙肝，害得我十多年乙肝在身，成了文坛著名的病人。我终于结束了我创作上的流寇主义，开始有了“根据地”。我大量地写商洛的故事，那时为了不对号入座，避开商洛这个字眼，采用了古时这块地方的名字：商州。于是《商州初录》以及商州系列作品就接二连三发表了。（现在，商洛地区改成了市，改市时曾想用商州名，后因规定地区改市得沿用原名，而原商县作为商洛行署所在县，改名商州区。）随着商州系列作品产生了影响，我才一步步自觉起来，便长期坚守两块阵地，一是商州，一是西安，从西安的角度看商州，从商州的角度看西安，以这两个角度看中国，而一直写到了现在。

松　云　寺

商州杨斜有一个寺，很小，就二百平方米的一个院子，也只住着一个和尚。和尚在每年的三月底或四月初，清早起来，要拿扫帚扫院里的花絮，花絮颜色深黄，像撒了一地金子。

这是松花。

松是孤松，在院子西边，一搂多粗的腰，皮裂着如同鳞甲，能一片一片揭下来。树高到一丈多，骨干就平着长，先是向东北方向发展，已经快挨着院墙了，又回转往西南方向伸张，并且不断曲折，生出枝节，每一枝节处都呈“Z”字状，整个院子的上空就被罩严了。

松树真的像条龙。

应该起名松龙寺吧，却叫松云寺。叫松云寺正好，因为松已是龙，则需云从，云起龙升，取的是腾达之意哈。

但寺院实在太小，松的腰肢往复盘旋，似藤萝架一般，塞满了院子，倒感叹这松不是因寺而栽，是寺因松而建，寺的三面围墙竟将龙的腾达限制了。

2001 年 9 月 5 日，我从商州城去寺里，去时倾盆大雨，到了却雨住天晴，见松枝苍翠，从院墙头扑搭了许多，而门楼高背翘角，使其受阻。我建议既然寺紧邻大路，院墙不可能推倒，不妨砸掉门楼背角，让松能平行着伸长出来。所幸和尚和乡政府干部都同意，并保证半月内完成，我才慰然离开。离开时，雨又开始下，一直下到天黑。

当晚还住在商州，半夜做了一梦，梦见飞龙在天，醒来睁眼的一瞬间，竟然恍惚看到周围有一通碑子，有扫松花的扫帚，有和尚吃茶的石桌。很是惊奇，难道梦境在人睡着的时候是具现的？疑疑惑惑就直坐到天明。

2010 年 9 月 7 日记

药 王 堂

柞水有个药王堂，仅仅是一间庙，就修在山根的一个台子上。台子可能是开出来的，也可能是水冲刷出来的，远远看去，就像一块大的石头。

据说孙思邈当年路过这里，坐下来要歇脚，当地山民都跑来求他治病，他就再没走成，从唐朝一直坐到了现在，坐成了一个小庙。

小庙不知翻修了几百次，庙始终是一间房，和山区寻常人家的房子没有区别。但来人不绝，似乎那就是孙思邈的家，有病了来看看，没病了也来看看。

孙思邈也似乎已习惯这山区的日子了，小小的台面不足三十平方米，出门到台沿一丈多宽，不砌院墙，立马就能看到台子下的乾佑河，河水总是呜呜咽咽。河对岸的山冈上，满是柴林，雨后的太阳照着，柴林的叶子像涂了蜡，闪闪发亮，像无数的眼睛瞅过来。而房的左边呢，崖壁上湿漉漉的，插了个竹片就流出水来，水细得如同挂面，下边的潭仅是笼筐大，这也就够用了。房的右边还种了菜，是三行葱，二十来棵豆角苗，竟然靠崖角还长着一窝西红柿呀，柿子青里泛了红，正是好的颜色。

庙里住着神，又觉得是白胡子老者，能听到咳嗽吧，是不是正研了药往葫芦里装呢？

山民又来了许多，都说：去摸摸那个葫芦么，要些药，灵验得很哩！

2010年7月12日从药王堂回来写就

六　棵　树

回了一趟老家，发现村子里又少了几种树。我们村在商丹川道是有名的树园子，大约有四十种树。自从炸药轰开了这个小盆地西边的牛背梁和东边的烽火台，一条一级公路穿过，再接着一条铁路穿过，又接着修起了一条高速公路，我们村子的地盘就不断地被占用。拆了的老院子还可以重盖，而毁去的树，尤其是那些唯一树种的，便再也没有。这如同当年我离开村子时的那些上辈人和那些农具，三十多年里就都消绝了。在巷道口我碰到了一群孩子，我不知道这都是谁家的子孙，问：知道你爷的名字吗？一半回答是知道的，一半回答不知道。再问：知道你老爷的名字吗？几乎都回答不上来。咳，乡下人最讲究的是传承香火，可孩子们却连爷或老爷的名字都不知道了。他们已不晓得村子里的四十多种树只剩下了二十多种，再也见不上构树、槲树、棠棣、栎、桧、柞和银杏木、白皮松了，更没见过纺线车、鞋拔子、捞兜、牛笼嘴、曳绳、梿枷、檐簸子。记得小时候我问过父亲，老虎是什么，熊是什么，黄羊和狐狸是什么，父亲就说不上来，一脸的尴尬和茫然。我害怕以后的孩子会不会只知道了村里的动物只是老鼠、苍蝇和蚊子，村里的树木只是杨树柳树和榆树？所以，就有了想记录那些在三十年间消绝的花草树木、飞禽走兽、农耕用具的欲望。

现在，我先要记的是六棵树。

皂角树。我们的村子分涧上涧下，这棵皂角树就长在涧沿上。树不是很大，似乎老长不大，斜着往涧外，那细碎的叶子时常就落在涧根的泉里。这眼泉用石板箍成三个池子，最高处的池子是饮水，稍低的池子淘米洗菜，下边的池子洗衣服。我小时候喜欢在泉水边玩，娘在那里洗衣服，倒上些草木灰，揉搓一阵子了，抡着棒槌啪啪地捶打。我先是趴在饮水池边看池底的小虾游来游去,然后仰头看皂角树上的皂角。秋天的皂角还是绿的，若摘下来最容易捣烂了去衣服上的垢甲，我就恨我的胳膊短，拿了石子往上掷，企图能打中一个下来。但打不中，皂角树下卧着的狗就一阵咬，秃子便端个碗蹴在门口了。

皂角树属于秃子家的，秃子把皂角树看得很紧。那年月，村人很少有用肥皂的，皂角可以卖钱，五分钱一斤。秃子先是在树根堆了一捆野枣棘，不让人爬上去，但野枣棘很快被谁放火烧了。秃子又在树身上抹屎，臭味在泉边都能闻见，村人一片骂声，秃子才把屎擦了。他在夹皂角的时候，好多人远远站着看，盼望他立脚不稳，从涧上摔下去。他家的狗就是从涧上摔下去过，摔成了跛子，而且从此成了亮鞁。亮鞁非常难看，后腿间吊着那个东西。大家都说秃子也是个亮鞁,所以他已经三十四五了，就是没人给他提亲。

秃子四十一岁上，去深山换苞谷。我们那儿产米，二三月就拿了米去深山换苞谷，一斤米能换三斤苞谷。秃子就认识了那里一个寡妇。寡妇有一个娃，寡妇带着娃就来到了他家。那寡妇后来给人说：他哄了我，说顿顿吃米饭哩，一年到头却喝米角儿粥！

但秃子从此头上一年四季都戴个帽子，村里传出，那寡妇晚上睡觉都不允他卸下帽子。邻居还听到了，寡妇在高潮时就喊：卫东，卫东！村人问过寡妇的儿子：卫东是谁？儿子说是他爹，他爹打猎时火枪炸了，把他爹炸死了。大家就嘲笑秃子，夜夜替卫东干活哩。秃子说：替谁干都行，只要我在干着。

村人先是都不承认寡妇是秃子的媳妇，可那女人大方，摘皂角时看见谁就给谁几个皂角。常常有人在泉里洗衣服，她不言语，站在涧上就扔下两个皂角。秃子为此和女人吵,但女人有了威信,大家叫她的时候,开始说：喂，秃子的媳妇！

秃子的媳妇却害病死了，害的什么病谁也不知道，而秃子常常要到坟上去哭。有一年夏天我回去，晚上一伙人拿了席在麦场上睡，已经是半夜了，听见村后的坡根有哭声，我说：谁哭呢？大家说：秃子又想媳妇了。

又过了两年，我再一次回去，发觉皂角树没了，问村人，村人说：砍了。二婶告诉我，秃子死了媳妇后，和媳妇的那个儿子合不来，儿子出外再没有音讯，秃子一下子衰老了，五十多岁的人看上去有七十岁。他不戴帽子了，头上的疤红得像烧过的柿子，一天夜里就吊死在皂角树上，皂角落得泉边到处都是。这皂角树在涧上，村人来打水或洗衣服就容易想起秃子吊死的样子，便把皂角树砍了。

药树。药树在法性寺的土崖上，寺殿的大梁上写着清康熙初年重建，药树最少在这里长了三百年。我记事起，法性寺里就没有和尚，是小学校，铃声是敲那口铁铸的钟，每每钟声悠长，我就感觉是从药树上发出来的。药树特别粗，从土崖上斜着往空中长，树皮一片一片像鳞甲，村人称作龙树。那时候我们那儿还没有发现煤，柴火紧张，大一点的孩子常常爬上树去扳干枯了的枝条，我爬不上去，但夜里一起风，第二天早晨我就往树下跑，希望树上的那个鸟巢能掉下来，鸟巢是可以做几顿饭的。

药树几乎是我们村的象征，人要问：你是哪儿的？我们说：棣花的。问：棣花哪个村？我们说：药树底下的。

我在寺里读了六年书，每天早晨上完操校长训话，我抬头就看到药树。记得一次校长训话突然提到了药树，说早年陕南游击队在这一带活动，有个共产党员受伤后在寺里养伤住了三年，新中国成立后当了三年专员，因为寺里风水好，有这棵龙树。校长鼓励我们好好学习，将来也成龙变凤。母亲对我希望很大，大年初一早上总是让我去药树下烧香磕头，她说：你要给我考大学！

但是，我连初中还没读完，“文化大革命”就开始了，辍学务农，那时我十四岁。

我回到村里，法性寺小学也没了师生，驻扎了当地很大的一个造反派的指挥部。有了这个指挥部，我们从此没有安宁过，经常是县城过来的另一个造反派的人来攻打，双方就在盆地东边的烽火台上打了几仗。好像是这个造反派的人赢了，结果势力越来越大。忽然有一天，一声爆炸，以为又武斗了，母亲赶紧关了院门，不让我们出去，巷道里有人喊：不是武斗，是炸药树了！等村人赶到寺后的土崖上，药树果然根部被炸药炸开，树干倒下去压塌了学校的后院墙。原来造反派每日有上百人在那里起灶做饭，没有了柴火，就炸了药树。

村里人都傻了眼，但村里人没办法。到了晚上，传出消息，说造反派砍了药树的枝条，而药树树身太粗砍不动也锯不开，正在树上掏洞再用炸药炸。队长就和几位老者在寺里和指挥部的人交涉，希望不要炸树身，结果每家出一百斤柴火把树身保全下来。

树身太大，无法运出寺，就用土掩埋在土崖下，但树的断茬口不停地往出流水，流暗红色的水，把掩埋的土都浸湿了，二爷说那是血水。

村人背地里都在起毒咒：炸药树要遭报应的！果不其然，三个月后，烽火台又武斗了一场，这个造反派的人死了三个，两个就是在药树下点炸药包的人。而“文革”结束后，清理阶级队伍，两个造反派的武斗总指挥都被枪毙了。

我离开村子的那年，村人把药树挖出来，解成了板，这些板做了桥板，就架设在村前的丹江上。

楸树。高达二十米，叶子呈三角形，叶边有锯齿，花冠白色。楸树的木质并不坚实，有点像杨树。这棵树在刘新来家的屋后，但树却属于李书富家。刘新来家和李书富家是隔壁，但李书富家地势高，刘新来家地势低，屋后的阳沟里老是湿津津的，很少有人去过。楸树占的地方窄狭，就顺着涧根往高里长，枝叶高过了涧畔。刘家人丁不旺，几辈单传，到了刘新来手里，他在外地工作，老婆和儿子在家，儿子就患了心脏病，一年四季嘴唇发青。阴阳先生说楸树吸了刘家精气，刘新来要求李书富把楸树伐了，李书富不同意，刘新来说给你二百元钱把树伐了，李书富还是不同意。

刘新来的老婆带了儿子去了刘新来的单位，一去三年没有回来。那时候我和弟弟提了笼子拾柴火，就钻进刘家屋后砍涧壁上的荆棘，也砍过楸树根。楸树根像蛇一样爬在涧壁上，砍一截下来，根就冒白水，很快颜色发黑，稠得像胶。我们趴在院门缝往里看，院子里蒿草没了台阶，堂屋的门框上结个大蜘蛛网，如同挂了个筛子。

李书富在秋后打核桃的时候从树上掉下来，把脊梁跌断了，卧床了三年，临死前给老伴说：用楸树解板给我做棺材。他儿子在西安打工，探病回来就伐倒了楸树。伐楸树费了劲，是一截一截锯断用绳吊着抬出来，解成了板。李书富一死，儿子却没有用楸树板给他爹做棺材，只是将家里一个老式板柜锯了腿，将爹装进去埋了。埋了爹，儿子又进城打工了。李书富的老伴还留在家里，对人说：儿子在城里找了个对象，这些木板留着做结婚家具呀。我也要进城呀，但我必须给他爹过了百天，百天里这些木板也就干了。

百天过后，李书富的儿子果然回来接走了老娘，也拉走了楸木板。而一天后，刘新来家的堂屋倒塌了。

香椿。村里原来有许多椿树，我家茅坑边就有一棵，但都是臭椿，香椿只有一棵。这一棵长在莲叶池边的独院里，院里住着泥水匠，泥水匠常年在外揽活。他老婆年龄小得多，嫩面俊俏。每年春天，大家从墙外经过，就拿眼盯着香椿的叶子发生。

男人们都说香椿好，前院的三婶就骂：不是香椿好，是人家的老婆好！于是她大肆攻击那老婆。说人家走路水上漂是因为泥水匠挣了钱给买了一双白胶底鞋，说人家奶大是衣服里塞了棉花，而且不会生男娃，不会生男娃算什么好女人？

三婶有一个嗜好，爱吃芫荽。她在院子里种了案板大片芫荽，每一顿饭，她掐几片芫荽叶子切碎了搅在饭碗里。我们总闻不惯芫荽的怪气味，还是说香椿好，香椿炒鸡蛋是世上最好的吃食。

社教的时候，村里重新划阶级成分。泥水匠原来的成分是中农，但村人说泥水匠的爹在新中国成立前卖掉了十亩地，他是逮住要解放的风声才卖的地，他应该是漏划的地主，结果泥水匠家就定为地主成分。是地主成分就得抄家，抄家的那天村人几乎都去搬东西，五根子板柜抬到村饲养室给牛装了饲料，八仙桌成了生产队办公室的会议桌。那些盆盆罐罐都被砸了，院子里的花草被踏了。三婶用镰割断了那爬满院墙的紫藤萝，又去割那棵香椿，割不动，拿斧头砍，就把香椿树砍倒了。

从此村里只有臭椿。臭椿老生一种椿虫，逮住了，手上留一股臭味，像狐臭一样难闻。

苦楝树。苦楝树能长得非常高大，但枝叶稀疏，秋天里就结一种果，指头蛋儿大，果把儿很老，一兜一兜地在风里摇曳，一直到腊月天还不脱落。

先前村里有过三棵苦楝树。一棵在村口的戏楼旁，戏楼倒塌的时候这树莫名其妙也死了。另一棵在涧上的一块场地上，村长的儿子要盖新院子，村长通融了乡政府，这场地就批给了村长的儿子做庄宅地。而且场地要盖新院子，就得伐了苦楝树，这棵苦楝树产权属于集体，又以最便宜的价处理给了村长的儿子。这事村人意见很大,但也只能背后说说而已，人家用这棵苦楝树做了担子，新房上梁的时候大家又都去帮忙，拿了礼，燃放鞭炮。

最后的一棵苦楝树在村西头，树下是大青石碾盘。碾盘和石磨称作青龙白虎，村西头地势高，对着南头山岭的一个沟口，碾盘安在那儿是老祖先按风水设计的。碾盘旁边是雷家的院子，住着一个孤寡老人。我写完《怀念狼》那本书后回去过一次，见到那老汉，他给我讲了他爷爷的事。他小时候和他娘睡在上屋，上屋的窗外就是苦楝树和碾盘，夏天里他爷爷就睡在碾盘上。那时狼多，常到村里来吃鸡叼猪，有一夜他听见爷爷在碾盘上说话，掀窗看时，一只狼就卧在碾盘下。狼尾巴很大，直身坐着，用前爪不断地逗弄他爷爷，他爷爷说：你走，你走，我一身干骨头。狼后来起身就走了。我觉得这个细节很好,遗憾《怀念狼》没用上。

这棵苦楝树是最大的一棵苦楝树，因为在碾盘旁可以遮风挡雨，谁也没想过砍伐它。小时候我们在碾盘上玩抓石子，苦楝蛋儿就时不时掉下来，嘣，一颗掉下来，在碾盘上跳几跳，嘣，又掉下来一颗。述君和我们玩时，一输，他力气大，就用脚踹苦楝树，苦楝蛋儿便下冰雹一样落下来。

苦楝蛋儿很苦，是一味药，邻村的郎中每年要来捡几次。后来苦楝树被人用斧头砍了一次，留下个疤，谁也不知道是谁砍的。不久姓王那家的小女儿突然死了，村里传言那小女儿还不到结婚年龄却怀了孕，她听别人说喝苦楝蛋儿熬出的水可以堕胎，结果把命丢了。于是人家就怀疑是姓王的来砍了树。

一级公路经过我们村北边，高速公路经过的是村前的水田，但高速公路要修一条连接一级公路的辅道，正好经过村西头，孤寡老人的院子就拆了，碾盘早废弃了多年，当然苦楝树也就伐了。老院子给补贴了二万元，碾盘一分钱也没赔，苦楝树赔了三千元，村人家家有份，每户分到一百元。

这次回去，我见到了那个郎中，他已经是老郎中了，再来捡苦楝蛋时没有了苦楝树，他给我扬扬手，苦笑着，却一句话都没有说。

痒痒树。这棵痒痒树是我们村独有的一棵痒痒树，也可以说是我们那儿方圆十里内独有的树。树在永娃家的院子里，是他爷爷年轻时去山阳县，从那儿带回来移栽的。树几十年长得有茶缸粗，树梢平过屋檐。树身上也是脱皮，像药树一样，但颜色始终灰白。因为这棵树和别的树不一样，村人凡是到永娃家来，都要用手搔一搔树根，看树梢颤颤巍巍地晃动。

树和人在一起时间长了，不是树影响了人，就是人影响了树。五魁家的院墙塌了一面，他没钱买砖补修，就栽了一排铁匠蛋树。这种树浑身长刺，但一般长刺都是软刺，他性情暴戾，铁匠蛋树长的刺就非常硬，人不能钻进去，猫儿狗儿也钻不进去。痒痒树长在永娃家的院子里，永娃的脾气也变了，竟然见人害羞，而且胆小。当一级公路改造时，原来老路从村后坡根经过，改造后却要向南移，占几十亩耕地，村人就去施工地闹事，永娃也参加了。但那次闹事被公安局来人强行压伏，事后又要追究闹事人责任，别人还都没什么，永娃就吓得生病了，病后从此身上生了牛皮癣。他再没穿过短裤短袖，据说每天晚上让老婆用筷子给他刮身子，刮下屑皮就一大把。村人都说这病是痒痒树栽在院子里的缘故，他也成了痒痒树。他的儿子要砍痒痒树，他不同意，说，既然我是人肉痒痒树，你把树一砍，我不也就死了。他儿子也就不敢砍了。

前三年的春上，西安城里来了人，在村里寻着买树，听说了永娃家院子里有痒痒树，就来看了要买。永娃还是不舍得，那伙人就买了村里十二棵柴槐树，三棵桂花树。永娃的儿子后来打听了这是西安一个买树公司，他们专门在乡下买树，然后再卖给城里的房地产开发商，移栽到一些豪华别墅里，从中牟利。永娃的儿子就寻着那伙人，同意卖痒痒树，说好价钱是一千元，几经讨价还价，最后以五百元成交，但条件是必须由永娃的儿子来挖，方圆带一米的土挖出。永娃的儿子那天将永娃哄说去了他舅家，然后挖树卖了，等永娃回来，院子里一个大深坑，没树了，永娃气得昏了过去。

永娃是那年腊八节去世的。

去年，永娃的儿媳妇患了胆结石来西安做手术，那儿子来看我，我问那棵痒痒树卖给了哪家公司，他说是神绿公司，树又卖给一个尚德别墅区，他爹去世前非要叫他去看看那棵树，他去看了，但树没栽活。

2007 年 6 月 23 日

走了一趟崂山太清宫

即便没有太清宫，崂山也是道山。因为崂山只有两种颜色：乱起的白石和石缝里的绿木；白而虚，绿而静，正是“虚白道可集，静专神自归”的意思。

先有了道山，再有了太清宫；来太清宫修行的就非常多，有人，也有树，树比人多。

树在宫院里似乎都随便站着，仔细看看，又都有方位。那些特粗特高的，每个院落里都有：或单独挺立，挺立成一个建筑；或两个并排，树身隆着从上而下的条棱，如绷紧的肌肉；或五个六个集中了，一起往上长，却枝叶互不交错。这些树极其威严，碰着了只能仰视。而更多的树，是年轻的，也努力地向上长，他们的皮纹细致，如瓷的冰裂，还泛一种暗红色。可能是数量多的缘故吧，前边院子里有，后边院子里又有，感觉它们一直在走动，于你的注意中某一个就蓦然地站住了。有的树已经很大了，却周围一圈小树，以为是新栽的，其实是自生的，大树枝叶扑拉下来，遮得看不到天空。而小树的叶子涂过蜡一般，闪着光亮，如是一堆眼睛，那是长者给幼者交代事情吗？这样的树只能远远看着，不好意思近去。当然也有或仄或卧的树了，它们多在墙角和塄沿，太阳照着，悄无声息地打盹。也有老树，树干开裂，如敞了怀，那黝黑的粗桩上新生了一层叶子，几乎没有风来，叶子也在反复，像是会心地无声地笑。每个院落的窗前就是那些小树了，枝叶鲜亮，态度温柔。而院墙之外，小路拐弯处，那些树就不严肃了，枝条拉扯，藤蔓纠结，蝉也在其中嘶鸣，只待着宫里的钟声一响，才安静下来。

6 月 15 日的上午，我走了一趟太清宫，走着走着，恍惚里我也走成了一棵树，是一棵小叶银杏。当时一只鸟就在我头顶上空叫，我怔了一下，并不知鸟在叫什么。

2010 年 7 月 15 日写

在二郎镇

二郎镇在赤水河的这边，习酒镇在赤水河的那边，都是盆地的一半，外边有岩，河壁赭红，都是斜坡而上，像是剖开的一个苹果，风水上称作大阴的地方。大阴为众妙之门，坤厚载物，品为成亨，只可惜河这边是四川，河那边是贵州，据说习酒镇的习酒已被茅台收购，二郎镇的郎酒就只能占半壁江山。但这已经是很够了。

我是 2010 年的 10 月去的二郎镇，因为喝过很多郎酒，想看看它的出处。如果说赤水是上天设计的一条美酒河，那泸州、宜宾、古蔺、仁怀、遵义这个三角地带就该是中国人的酒窖了。可我绝没有想到二郎镇就在大山深处，从成都坐车过去竟然要八个小时，倒像是去朝圣一般。

那天是从二郎滩上岸到镇上的，其实有什么滩呢，山下就是河，河上就是山，多亏了一座桥，没桥的时候船可能便要系在镇街口的柳树上。进镇当然得先走老街，想不到这里竟是当年红军二渡四渡赤水住过的地方。街是一条一条石板铺成的台阶往山上去，像是搭了梯子要登天，房屋也就沿着街路随形而筑，或高或低，忽正忽侧，铺散开来。石条走着走着便没有了，正迷糊，一转过墙角，路又出现了，还分岔道往各处。这些房屋已经不再住人，挂牌标明着某一家曾经是红军指挥所，某一家是医院。用酒给伤员消毒。二郎镇还有这么红色的历史，这些房子成了文物，如果再过五年，也许二三十年，这个镇子作为郎酒生产地，会不会又成为中国白酒的文物呢？

四川的天总是阴的，街路爬到三分之一，又下起了雨。那算什么雨呢，雨在半空里就燃烧了一样，成为雾和粉。我低头数着脚下的石板，石板上竟然是一种云的纹线，看每一块石板，都是云纹，一时倒感觉我站在了云上，有点晃晃悠悠。太喜欢这种地势局面，就瞧着雨里一树什么花开了，花下还卧着一只小狗，但它始终不叫，招之也不来。

登上老街的最高处，新镇街就在眼前了，像突然进了宝藏地，光华一片，那蓝瓦白墙的楼房密匝匝拥簇在一大片洼地里，成排成队的车间从河岸畔上一直到了远处的岩下，盘旋的路面在其中时隐时现。古旧的老街和现代化的厂区反差巨大而共存一体，使我感慨万千。才坐在一家门口的石头上歇脚，猛地便闻到了一股酒香，朝那家门里看，那个老头在喝酒吗，老头并没有喝酒呀，才醒悟二郎镇的空气里原本就是一股酒味。和老头闲扯起来，知道二郎镇上各家各户都有人在郎酒厂上班，他两个儿子一个在酿造车间，一个在包装中心，还有一个女儿却在北京工作。他说：你是北京来的吗？我说我不是北京的。他就说他女儿接他在北京住了一个月，刚回来不久。我说：那怎么不多待些日子呢，北京多好啊！他说：北京好是好，就是太偏远了！我哈哈大笑，老头并不明白我在笑什么，问我喝酒不，便进屋提了酒壶出来。别的地方招呼人喝水，二郎镇的人招呼人就是喝酒。我说我不喝了，吸吸这里的空气都醉了。就皱着鼻子使劲闻，旁边的猫，还有三只鸡都站着不动，张了嘴，好像在吸气。那一棵树，枝叶亮晶晶的，无风而浮动，也全然是一副微醉的样子。

在二郎镇的几天里，我一直在想，中国人太能酿造酒了，就以我故乡来说，几乎家家每年都要做酒，有高粱酒、米酒、苞谷酒、甘蔗酒、红薯酒，可为什么二郎镇的白酒就这么有名，年销值竟超过了五十亿元，还计划着 2012 年实现一百亿元的目标。水好当然是第一要素，那么，还有什么呢？在与酒厂的工程师们座谈的时候，他们讲了一个有趣的现象。他们曾经想在交通方便的地方也建厂酿酒，可新厂建成后，无论怎么努力，产的酒就不如在这里产的口味好。经过严格的科学考评，得出的结论是，这里地处亚热带，气候温湿，水量充沛，常年温差、昼夜温差小，而日照时间又长，这样就特别适合空气中的微生物和古窖池群中微生物共同构成立体的微生物群落。对于这样的考证，我是相信的，一方水土养一方人和物的，在我的家乡十里风俗不同，五里腔调就变，川道里的米特别有味，山地里的苞谷就是吃着香。二郎镇应该是酿酒宝地，除了得天独厚的地理环境，它也有其更为特别的酿造工艺。这不是工程师讲的，而是在街上一个杂货店的老板告诉我，他们镇上酿酒的历史可久了，从汉代的“枸酱酒”，宋朝的“凤曲法酒”，“集义糟房”的“回沙郎酒”，到今天的“红花郎”“青花郎”，从来都强调天人合一，阴阳调和，讲究端午踩曲，重阳下沙，发酵时要前缓、中挺、后缓落，整整一年的生产周期里，得九次蒸煮、八次加曲、八次堆积糖化、八次入池发酵、七次取酒、三年贮存呀。一个商店老板讲得如此头头是道，我笑着说：你真会宣传！他说：这哪是宣传，二郎镇的人谁不知道呀？！

郎酒的酿造，酿造出了哲学，工序又是如此复杂，可惜我不能在二郎镇待得太久，去看他们具体的操作，我能去看的就只有去赤水河看水和去天宝洞看储藏了。

赤水河其实并不大，只是峡谷深，水清冽。在那个古盐道渡口，我看到了最奇怪的岸脚巉岩。那些岩石没一块是平整的，坑坑洼洼，峥峥楞楞，又全是白色，正如一位诗人所说，白是盐的颜色，白是水中燃起的火焰瞬间凝固，是一种死掉的光芒。我是坐了小船划向对岸，摇摇晃晃，摇摇晃晃，不忍心把手里的树叶遗在河中，也不敢用手去掬，怕手脏了那水，就是这水酿了中国最美的白酒呀，这就是酒呀！一时却想，看那如火焰凝固的巉岩，才明白酒为什么是水又是火哩。登上对岸，山坡上有一块石碑，记载着这个渡口的历史。原来这里是古川盐入黔的要道之一，自贡的井盐船经泸州顺流下至合江，再从合江经赤水逆流到了这里，背夫要将货物背到马桑坪上船运到茅台。那时的二郎镇盐号三十家，每日背盐过山的背夫不下两千人。正是盐业运输，促进了当地酒业发展，赤水河的酒才流通到了各地。看着挂在半山腰的崎岖小路，那是盐道啊也是酒道。盐是人生命中不可或缺的东西，而酒呢，不论郎酒或茅台，都是这赤水河酿的，中国人谁没喝过呢？

看天宝洞的那天，雨是不下了，天依然阴着，远远望着那蜈蚣岩甚是惊讶，整个山体分明就是一座座酒坊么，走进去，天宝洞就在岩下，洞外青树集匝，绿草繁密，风怀其中，鸟鸣不绝。洞口上天然形成一个龙头，龙身的脊纹竟一直布满在洞顶壁上。天下的酒能储藏在这么大的溶涧里，闻所未闻，而这溶洞又如此奇特，令人叹为观止。洞内储土制陶坛万余口，基酒数万吨，排列整齐，阵势宏伟。以溶洞储酒，为的是方便和省却库房建设吗？引导我的人说你看看洞壁吧。洞里光线灰暗，拿着手电筒照了，洞壁的四周全是厚厚的一层盐，再看看所有的酒坛上，也都是毛茸茸的。引导人告诉说，这就是酒苔，只有在溶洞里才有这样的酒苔，正是这些酒苔之菌生生不息，和储存的酒形成完整的生物链，才使郎酒的醇化、生香有了神奇的指数，成为白酒中的酱香典范。这简直是神话一般的美妙啊，不管天宝洞是不是偶然发现，在洞里储酒是不是意想不到的效果，而二郎镇偏就有此溶洞，在洞里储酒偏就有了区别于他酒的醇化、生香指数，一切都在说明着郎酒的神气，郎酒是神酒。

没来二郎镇，总觉得郎酒是美酒却名字起得怪怪的，来了二郎镇，才知道以地名而起，正如茅台镇产的叫茅台一样，是多么诚实和朴素。大凡好的东西都是素面朝天直达品格的吧，茅台和郎酒，它们就是以偏僻之地、朴素之名而成为国酒。中国在世界上曾被称为瓷国、丝绸国、茶国，其实更应称之为白酒国，那么，白酒金三角区是中国白酒的精华所在，而二郎镇，将和茅台镇一样应该是天下名镇了。

当我离开二郎镇的那个早晨，立在赤水河的桥上回头再看着镇子，又想起了那个老头的话，是的，老头的话说得好啊，站在这里，北京是偏远的，上海是偏远的，所有的地方都是偏远的。

2010 年 10 月 2 日

又上白云山

又上白云山，距前一次隔了二十五年。

那时是从延安到佳县的，坐大卡车，半天颠簸，土眯得没眉没眼，痔疮也犯了，知道什么是荒凉和无奈。这次从榆林去，一路经过方塌、王家砭，川道开阔，地势平坦，又不解了佳县有的是好地方，怎么县城就一定要向东，东到黄河岸边的石山上？到了县城，城貌虽有改观，但也只是多了几处高楼，楼面有了瓷贴，更觉得路基石砌得特高，街道越发逼仄，几乎所有的坎坎畔畔，没有树，却挤着屋舍，屋舍长短宽窄不等，随势赋形，却一律出门就爬磴道，窗外便是峡谷。喜的是以前城里很少见到有人骑自行车，现在竟然摩托很多，我在弯腰辨认峭壁上斑驳不清的刻字时，一骑手呼啸而过，惊得头上的草帽扶风而去，如飞碟一样在峡谷里长时间飘浮。到底还是不晓得县体育场修在哪儿，打起篮球或踢足球，一不小心会不会球就掉进黄河里去呢？县城建在这么陡峭的山顶上，古人或许是考虑了军事防务，或许是为了悬天奇景，便把人的生活的舒适全然不顾及了。

其实，陕北，包括中国西部很多很多地方，原本就不那么适宜于人的生存的。

遗憾的是中国人多，硬是在不宜于人生存的地方生存着，这就是宿命，如同岩石缝里长就的那些野荆。在瘠贫干渴的土地上种庄稼，因为必定薄收，只能广种，人也是，越是生存艰辛，越要繁衍后代。怎样的生存环境就有怎样的生存经验，岩石缝里的野荆根须如爪，质地坚硬，枝叶稀少，在风里发出金属般的颤响。而在佳县，看着那腰身已经佝偻，没牙的嘴嚅嚅不已，仍坐在窑洞前用刀子刮着洋芋皮的老妪，看着河畔上的汉子，枯瘦而孤寂，挥动着镢头挖地的背影，你就会为他们的处境而叹吁，又不能不为他们生命的坚韧而感动。

为什么活着，怎样去活，大多数人并不知道，也不去理会，但日子就是这样有秩或无秩地过着，如草一样，逢春生绿，冬来变黄。

确实在一直关注着陕北。曾倏忽间，好消息从黄土高原像风一样吹来：陕北富了，不是渐富，是暴富，因为那里开发了储存量巨大的油田和气田。于是，这些年来，关于陕北富人的故事很多。说他们已经没人在黄土窝里蹦着敲腰鼓了，也没人凿那些在土炕上拴娃娃的小石狮子和剪窗花，那虽然是艺术，但那是穷人的艺术。现在的他们，背着钱在西安大肆购房，有一次就买下整个单元或一整座楼，有亲朋好友联合着买断了某些药厂，经营了什么豪华酒店。他们口大气粗，出手阔绰，浓重的鼻音成了一种中国科威特人的标志。就在我来陕北前，朋友就特别提醒路上要注意安全，因为高速公路上拉油拉气的车多，他们从不让道，也不减速。果然是这样，一路上油气车十分疯狂，就发生了一起事故。在收费站的通道里，一辆小车紧随着一辆油车，可能是随得太紧，又按了几声喇叭，油车司机就不耐烦了，猛地把车往后一倒，小车的前盖立即就张开了来。

二十五年后再次来到陕北，沿途看了三个县城四个镇子，同行的朋友惊讶着陕北财富暴涨，却也抱怨着淳朴的世风已经逝去。我虽有同感，却也警惕着：是不是我们心中已有了各种情绪，这就像我们讨厌了某个导演，而在电影院里看到的就不再是别人拍的电影，而是自己的偏见？

这也就是我之所以急切地来陕北，决定最后一站到佳县的原因。

但是我没有想到，在佳县，再也没有见到坡峁上或沟畔里有磕头机，也再没遇到拉油拉气的车，佳县依然是往昔的佳县。原来陕北一部分地下有石油和天然气，一部分地方，包括佳县，他们没有。除了方塌和王家砭那个川道今年雨水好，草木还旺盛外，在漫长的黄河西岸，山乱石残，沟壑干焦，你看不到多少庄稼，而是枣树。佳县的枣数百年来就有名，现在依然是枣，门前屋后、沟沟岔岔都是枣树，并没多少羊，错落的窑洞口有几只鸡，砭道上默默地走动着毛驴。

生存的艰辛，使生命必然产生恐惧，而庙宇就是人类恐惧的产物，于是佳县就有了白云观。

白云观在白云山上，距城十里，同样在黄河边，同样结构山巅，与佳县县城耸峙。是佳县县城先于白云观修建，还是修建县城的时候同时修建了白云观？我没有查阅资料，不敢妄说，但我相信白云观是一直在保护和安慰着佳县县城，佳县县城之所以一直没有搬迁，恐怕也缘于白云观。

上一次来白云观，在佳县县城的一家饭馆里喝了两碗豆钱稀饭，饭稀得照着我满是胡茬的脸，漂着的几片豆钱，也就是在黄豆还嫩的时候压扁了的那种，嚼起来倒是很香。那时所有的路还是土路，我徒步沿黄河滩往下走，滩上就是大片的枣树，枣树碗粗盆粗的，是我从未见过的。透过枣树，黄河就在不远处咆哮，声如滚雷。我曾经到过禹门口下的黄河，那里厚云积岸，大水走泥，而这处在秦晋大峡谷中的黄河,你只觉得它性情暴戾,河水翻卷的是滚沸的铜汁。行走了一半，一群毛驴走来，毛驴没人鞭赶，却列队齐整，全是背上有木架，木架上缚着两块凿得方正的石块。后来才知道这是往白云山上运送修葺庙宇的石料了。佳县的山水原本使人性情刚硬，使强用狠，但佳县人敬畏神明，怀柔化软，连毛驴也成了信徒，规矩地无人鞭赶往山上运石。我当下感慨不已。我们就跟着毛驴走，走过一个时辰，忽峡风骤起，草木皆伏，却见天上白云纷乱，一起往山头聚集，聚集成偌大的一堆白棉花状，便再不动弹。在佳县县城就听说白云山上有非常之景色和非常之灵异，而峡谷风起，山开白云，确实使我叹为观止。沿途右面都是悬崖峭壁，藤蔓倒挂，危石历历，但到一处，山弯环拱左右，而正中突出一崖，就在那孤峻如削的崖头上垂下一条磴道。我初以为那是流水渠或从黄河里往山上抽水的水泥管道，而毛驴们一字儿排着从磴道上爬了上去，我才知道白云山到了，这条磴道就是白云观的神路。

天下好山上多有庙宇，而道教从来最神秘玄妙。中国传统文化里，比如中医、风水、占卜，其确实有精华灿烂，却也包裹了许多夸大其词、故弄玄虚的东西，道家更不例外，往往山门分别，华山上的崆峒山上的观前磴道就已经十分险峻，但全然没这条神路窄而陡。入观先登神路，是神爱走奇特之道，还是拜神须极力攀登，这让我想到佳县县城的建筑正是受了道教的启迪吧。

这次重上神路，神路上还有十多人，以衣着和气质而看，有官员有商人有农夫和船工，都拿着香烛纸裱，他们都是要去观里祈祷升官发财保重身家。这天并没有云雾，神路的台阶干净明显，但上到一半，只觉路在移动，人也头晕目眩起来。终于上到神路顶的石牌坊下坐歇，正如碑文上所写：足下青石铺地，头上白云连天，红日出没异常，黄河奔流不息，四望之，而秦峦晋峰为禅者坐蒲团，虽万千年不而重位也。一块走上神路的官员，那位眉宇间透着一股精明气的中年人，他异常兴奋，冲着我说：这神路应该叫青云！我回应着他：好！我知道他在抒发着青云直上的得意，但他继续往头天门爬去，我却觉得叫青云德路为好。

山脊仍然在凸着，白云观的建筑开始递进而上，头天门，二天门，三天门，四天门，天门重重开启，倒疑惑怎么没建九天门呢，九天门多好，九重天，上到山顶，任何人都可以做神仙了。记得上次来时，正逢庙会，秦晋蒙宁香客云集，漫山人群塞道，诸庙香火腾空，我第一次听说佳县的旅游局文物局就都设在观里，每年观里的收入竟占了全县财政收入的一半。这话当不当真，我未落实，但站在石阶上乞讨的人很多，虽上山的人每次只掏出二分五分的零钱，我询问一个乞者一天能收入多少，回答竟然是三十元，在当时真是个惊人的数目。这次上山，并不逢庙会，香客仍然不少,各天门前的石级上时不时人多得裹足不前。石级外就是松树，树下花草灿然，有人从石级上挤了下去，凑近那些花朵闻闻，不敢动手，因为几十米就有一个牌子，上书：花木睡觉，且勿打扰。有趣是有趣，可大白天里花木睡什么觉呀。民间有传说：今生长得漂亮，前世给神灵献过花。而这些花木沿道两旁开放，那也是为神灵而灿烂，怎么是睡觉了呢？

大概数了一下，白云观有庙宇五十余座，各类建筑近百处，这与上次来时恢复了不少，且又大多重新修葺。纵目看去，景随山转，山赋庙形。跟着香客穿庙群之中，回环萦绕，关圣庙，东岳殿，五祖，七真，药王，痘神，玉皇阁，真武殿，三宫，马王，河神，山神，五龙宫，真人洞，各路神灵，各得其位。到处有石碑，驻足咏读，差不多见历代历朝、世世代代翻修维护的记载。神灵是人类创造出来的,神灵又产生了无比的奇异，人便一辈一辈敬奉和供养，给了人生生不息的隐忍和坚强。

庙堂里神威赫赫，凡进去的人都敛声静气，焚香磕头，我当然在叩拜之列，敬畏地看着那些石雕泥胎。佛教道教是崇拜偶像的，这些石头泥巴一旦塑成神像它就有了其魂其灵，也就是神气，这如同官做久了身上就有了威一样。白云观自明朱翊皇帝亲赐《道藏》4726 卷，毛泽东主席又两次登临后，声名大振，观里神奇的故事就广为流布。在陕北，我们常常惊叹那些窑洞不但宜于人的居住，其一面山放眼而去，尽是排排层层的窑洞，震撼力绝不亚于一片楼群的水泥森林。人的饮食、居住、语言、服饰都是与生存的自然环境有关，陕北的窑洞其实也是没有木头所致的创造，但白云观如此浩大的建筑群，这些木头又是从哪儿来的呢？观里的道士提起这事就津津乐道，说当年玉凤真人到此，露坐石上，寒暑不侵，每夜山头放光，士人便想筑建坛宇，偏就这一夜黄河里有大木漂浮而至。这样的传说在别的地方也有，河西的嘉峪关城堞修建时，便也是一夜风刮砖至，待修好城堞，而仅仅剩下一页砖。面对着众多殿宇，我无法弄清最早的建筑是哪一座，而这建筑数百年复修，原来的木头还剩下几根？我遗憾在藏经阁里没有看见西南梁栋上的灵芝，那可是佳县人宣传白云观最有名的故事，说是《道藏》存入藏经阁后，有州牧卢君登阁眺望，忽见西南梁栋上挺生灵芝九茎，五色鲜明，光艳夺目。想起甘肃的崆峒山上有悬天洞，历史上凡是有大贵人去，洞里必有水出，据说有一年肖华将军去了山上，和尚道士都跑到洞下看出水的奇观，结果滴水未见。我笑着说：九茎灵芝或许大贵人能见，我不能见，或许有慧根的人能见，我不能见。自嘲着出了阁，去那真人一指顾间顿令清泉涌出而今称神水池舀水喝，果然是水与石槽相齐，多取之不见少，寡取亦未尝溢出。离开神水池，我便去真武大殿焚香，又抽了一签。白云观的签灵验，早已是天下皆知，最有名的例子就是毛泽东主席在 1947 年农历九月九日抽出一签，结果不久就离开陕北去西柏坡，又不久进京，中国的历史从此翻开了一页。开心的是，我把签抽出，道士问：哪一签？我说：四十三签。道士愣了一下，喜欢叫道：日出扶桑，和毛主席抽的同一个签。签每日被无数人抽过，和毛主席抽的同一个签的人肯定多多，但这一签对于我毕竟是一个庆祝。出了大殿，装好签谱，想今日的陕北，要穷就穷得要命，要富却富得流油，穷人和富人都来这里焚香敬神，于是神灵就以此大而化之，平衡谐和。富人有的是钱，听说早些年里，内蒙古和宁夏的香客骑马而来，朝拜之后，钱袋捐空，马匹留下，只身返回，而今更有吴旗、志丹、府谷、神木一带的贩油暴富的人，或者山西太原一带的煤大王，动辄来这里捐献巨资，或修一座桥，立一个石牌楼。他们有的是钱，但他们需要平安，需要好好的身体和快乐。这就像害胃病的人来求医，医生完全可以一次看好他，却看了多年，花去了许多钱，医生说：他很有钱，需要一个胃病，而我一直在帮助他。那些贫穷苦愁的人来这里，他们的人生积累了太多的痛苦，需要带着明日的希望来生活，烧一炷高香，抽一个好签，其生命的干瘪的种子就又发芽了。一直在殿前院子里帮香客点燃香烛的那个老头，衣衫破旧，形容枯槁，但总是笑笑的，一脸天真。他见我出来，恭喜我抽了好签，说：你要信哩！我们就交谈起来，他说他是佳县城北山沟里的人，五年前害病了，病得很重，又没钱去看医生，家里把棺材都做好了。就这么等着死的时候，有人建议他来观里敬神，他就来了，以后每隔一天来一趟，结果病有了起色，越来越好，现在病竟然没了，他便还来，帮着香客点燃香烛，清洁观里的垃圾。我没有问他到底患了什么病，也没有揭穿有些病只要把思想从病上转移，心系一处抱着希望，又不停地上山活动，时间一长病也就消除了，但我说：要信哩，人活在世上一定要信点什么的。

天色向晚，我是得离开白云观了，离开前登上了魁星阁。魁星阁在山之巅，可以拍摄山的俯瞰图，却遗憾这次来未能目睹云漫庙宇的景观。但是，连我也没想到，就在出了魁星阁，山巅之后的空中竟有一片云飘来，先是带状，后成方形，中间空虚，而同时在整个山脊两侧的沟壑里也有薄雾如潮涨起，花木牌楼顿时缥缈，数分钟后，山头上空聚起一堆白云，白得清洁而炫目。

我永远记住了，白云是白云山的一个开花。

写于 2007 年 7 月 25 日

说 铜 仁

城在山窝子里的多，但江从城中穿过的少，竟然三江穿过，城分为四，十三桥卧波的只有铜仁。凡到各地，差不多的都自撰有八景，最不牵强附会、其景雄沉阔大、能震魂慑魄、又全绕着城郭的，也只是铜仁。铜仁之所以为黔中独美，美在有梵净山的蕴蓄，美在有锦江水的茂润，活该是桃源的深处。

世上有美丽富饶一词，却往往是美丽者不富饶，富饶者不美丽，铜仁可以说占得四字。古人讲，纵是山城，不少读书之族；虽非泽国，犹为鱼米之乡。而今舟楫依旧，公路通达，集散繁忙，市容光鲜，人皆儒雅，一派太和。再是登东山，观文笔，云过瘦竹，肥泉呜咽，探铜岩，读摩崖，天风吹下数声钟，水珠燃烧成紫烟。真是精神有所托，想象有空间，山水经典，一城神仙。

铜仁是一边城，正因偏僻闭塞，先世避秦于此，以暹避清于此。避秦有了中国人理想中的乐土，避清的茶园山庄还在，青史上就长存了不同流合污的典范。当今社会转型，各地纷纷改变，虽然经济指标上涨，不免规划相近，风俗无异，资源耗失，环境污染。铜仁要发展，谋发展，但矿藏不如北方，商贸难及东南，若急功近利，那将是古人所言：金性虽质，处剑即凶，水德虽平，经风即险。充天长地久量，养先忧后生心，用己之长对他人之短，不开发而为大开发，极力保护自己山水，看似持之非强，实则来之无穷。那么，自然的生态的人文的铜仁卓然于世，游人怎不闻名将至，财富怎不趁势而入呢？

2010年8月10日

灵 山 寺

我是坐在灵山寺的银杏树下，仰望着寺后的凤岭，想起了你。自从认识了你，又听捏骨师说你身上有九块凤骨，我一见到凤这个词就敏感。凤当然是虚幻的动物，人的身上怎么能有着凤骨呢，但我却觉得捏骨师说得好，花红天染，萤光自照，你的高傲引动着众多的追逐，你的冷艳却又使一切邪念止步，你应该是凤的托变。寺是小寺，寺后的岭也是小岭，而岭形绝对是一只飞来的凤，那长长的翅正在欲收未收之时，尤其凤头突出地直指着大雄宝殿的檐角，一丛枫燃得像一团焰。我刚才在寺里转遍了每一座殿堂，脚起脚落都带了空洞的回响，有一股细风，是从那个小偏门洞溜进来的，它吹拂了香案上的烟缕，烟缕就活活地动，弯着到了那一棵丁香树下，纠缠在丁香枝条上了。你叫系风，我还笑过怎么起这么个名呢，风会系得住吗，但那时烟缕让风显形，给我看到了。也就踏了石板地，从那偏门洞出去，你知道我发现什么了？门外有一个很大的水池，水清得几近墨色，原本平静如镜，但池底下有拳大的喷泉，池面上泛着涟漪，像始终浮着的一朵大的莲花。我太兴奋呀，称这是醴泉，因为凤是非练实不食非醴泉不饮的，如果凤岭是飞来的凤，一定为这醴泉来的。我就趴在池边，盛满了一陶瓶，发愿要带回给你的。

小心翼翼地提着水瓶坐到银杏树下，一直蹲在那一块小菜圃里拔草的尼姑开始看我，说："你要带回去烹茶吗？"

"不。"我说，"我要送给一个人。"

"路途远吗？"

"路途很远。"

她站起来了，长得那么干净的尼姑，阳光下却对我瘪了一下嘴。

"就用这么个瓶？"

"这是只陶瓶。"

"半老了。"

我哦了一声，脸似乎有些烧。陶瓶是我在县城买的，它确实是丑陋了点，也正是丑陋的缘故，它在商店的货橱上长久地无人理会，上面积落了厚厚的灰尘，我买它却图的是人间的奇丑，旷世的孤独。任何的器皿一制造出来就有了自己的灵魂和命运，陶瓶是活该要遇见我，也活该要来盛装醴泉的。尼姑的话分明是猜到了水是要送一位美丽的女子的，而她嘲笑陶瓶也正是嘲笑着我。我是半老了吗？我的确已半老了。半老之人还惦记着一位女子，千里迢迢为其送水，是一种浪漫呢，还是一种荒唐？

但我立即觉得半老二字的好处，它可以做我以后的别名罢了。

我再一次望着寺后的凤岭，岭上空就悠然有着一朵云，那云像是挂在那里，不停地变化着形态，有些如你或立或坐的身影。来灵山寺的时候，经过了洛河，《洛神赋》的诗句便涌上心头，一时便想：甄妃是像你那么个模样吗？现在又想起了你，你是否也是想到了我而以云来昭示呢？如果真是这样，我将水带回去，你会高兴吗？

我这么想着，心里就生了怯意，你知道我是很卑怯的，有多少人在歌颂你，送你奇珍异宝，你都是淡漠地一笑，咱们在一起吃饭，你吃得那么少，而我见什么都吃，你说过什么都能吃的人一定是平庸之辈，当一个平庸人给你送去了水，你能相信这是凤岭下的醴泉吗？“怎么，是给我带的吗？”你或许这么说，笑纳了，却将水倒进盆里，把陶瓶退还了我。

我用陶瓶盛水，当然想的是把陶瓶一并送你，你不肯将陶瓶留下，我是多么地伤感。银杏树下，我茫然地站着，太阳将树荫从我的右肩移过了左肩，我自己觉得我颓废的样子有些可怜。

我就是这样情绪复杂着走出了灵山寺，但手里依然提着陶瓶，陶瓶里是随瓶形而圆的醴泉。

寺外的慢坡下去有一条小河，河面上石桥拱得很高，上去下来都有台阶。我是准备着过了桥去那边的乡间小集市上要找饭馆。才过了桥，一家饭馆里轰出来了一男一女两个乞丐。乞丐的年纪已经大了，蓬头垢面地站在那里，先是无奈地咧咧嘴，然后男的却一下子把女的背了起来，从桥的这边上去，从桥的那边下来，自转了一下，又从那边上去，从这边下来，被背着的女的就咯咯地笑，她笑得有些傻，饭馆门口就出来许多人看着，看着也笑了。

“这乞丐疯了！”有人在说。

“我们没疯！”男乞丐听见了，立即反驳，“今日是我老婆生日哩！”

“是我的生日，”女乞丐也郑重地说，“他要给我过生日的！”

我一下子镇在了那里，人间还有这样的一对乞丐啊，欢乐并不拒绝着贫贱！我羡慕着他们的俗气，羡慕着俗气中的融融情意，在那一刻里，请你原谅我，我是突然决定了把这一陶瓶的醴泉送给他们。

但他们没有接受。

“能给一碗饭吗？”

“这可是醴泉！”

“明明是水么，水不是用河用井装着吗？”

这话让我明白了，他们原是不配享用醴泉的。

我提着水瓶尴尬地站在太阳底下，趋脚向小集市上走，奇迹就在这时发生了，我无意地拐过一个墙角，那里堆放了一大堆根雕，卖主因无人过问，斜躺在那里开始打盹了。根雕里什么飞禽走兽的造型都有，竟然有了一只惟妙惟肖的凤，它没有任何雕琢痕迹，完全是一块古松，松的纹路将凤的骨骼和羽毛表现得十分传神。我立即将它买下。我是为你而买的，我兴奋得有点晕眩，为什么这个时候又让我获得这只凤呢，是天之赐予，还是我真有这缘分？我说，我是没有梧桐树的，但我现在有了醴泉，我有醴泉啊，饮醴泉你会更高洁的。

我明日就赶回去，你等着一个送醴泉的人吧。我已做好心理准备，如果你肯连陶瓶一并接受，那将是我的幸福；如果你接受了醴泉退还了陶瓶，我并不会沮丧，盛过了醴泉的陶瓶不再寂寞而变得从此高古，它将永远悬挂在我的书房，蓄满的是对你的爱恋和对那一对乞丐的记忆，以及发生在灵山寺的一系列故事。

2001 年 6 月 19 日

走进塔里木

八月里走进塔里木，为的是看油田大会战。沿着那条震惊了世界的沙漠公路深入，知道了塔克拉玛干为什么称作死亡之海，知道了中国人向大漠要油的决心有多大。那日的太阳极好，红得眼睛也难以睁开，喉咙冒烟，嘴唇干裂，浑身的皮也明显地觉得发紧。车上的司机告诉说，地表温度最高时是七十摄氏度，那才叫个烤呀！公路未修的时候，车队载着人和物资从库尔勒出发，沿着塔里木盆地边沿走，经过阿克苏，经过喀什，再到和田，这是多么漫长的道路，然后沙漠车才能进入塔克拉玛干腹地。这么一趟回来，人干巴巴的，完全都失了形！司机的话使我们看重了车上带着的那几瓶矿泉水，并且相互恶作剧，拧对方的肉，问：熟了没？喉咙也就疼得咽不下唾沫，将手巾弄湿捂在口鼻上。在热气里闷蒸了两个小时，突然间却起风了，先是柏油路上沙流如蛇、如烟，再就看见路边有人骑毛驴，人同毛驴全歪得四十度斜角地走，倏忽飘起，像剪纸一般落在远处的沙梁上。天开始黑暗，太阳不知坠到哪里去了，前边一直有四辆装载着木箱的卡车在疾驶，一辆已经在风中掀翻了，另外的三辆停在那里用绳索拉扯，仍摇晃如船。我们的小车是不敢停的，停下来就有可能打滚，但开得快又有御风起空的危险。司机说，这毕竟还不是大沙暴，在修这条公路和钻井的时候，大沙暴卷走了许多器械，单是推土机就有十多台没踪影了。我们紧张得脸都煞白了，幸好大的沙暴并没有发生，而沉甸甸的雾和沙尘，使车灯打开也难见路。艰艰难难地赶到塔中，风沙大得车门推不开，迎接我们的工人已都穿着棉大衣，谁也不敢张嘴，张嘴一口沙。

接待我们的是副调度长王兆霖，人称沙漠王的，他笑着说：中央领导每次来，天气总是好的，你们一来就坏了。我们也笑了，说这正是老天想让我们好好体验体验这里的生活嘛！

我们走进了大漠腹地，大漠让我们在一天之内看到了它多种面目，我们不是为浪漫而来，也不是为觅寻海市蜃楼和孤烟直长的诗句。塔里木大到一个法国的面积，号称第二个中东，它的石油储量最为丰富，地面自然条件又最为恶劣，地下地质结构又最为复杂，国家石油开发战略转移，二十一世纪中国石油的命运在此所系，那么，这里演绎着的是一场什么样的故事，这里的人如何为着自己的生存和为着壮丽的理想在奋斗呢？我们在塔中始终未逢到好天气，风沙依旧肆虐，所带的衣服全然穿在身上，仍冻得嘴脸乌青。沙漠王是典型的石油人性格，高声快语，又诙谐有趣，领我们去看第一口千吨井，讲这里的过去，讲这里的将来。去英雄的沙漠车队，介绍每一个司机的故事，去看用铁板铺成跑道的飞机场，去亲自坐上沙漠车在沙梁间奔驶，领受颠簸的滋味，去看各处的活动房，去看工人床头上都放的什么书。在过去有关大庆油田的影视中，我们了解了石油人生活的简陋，而眼前的塔里木，自然条件的恶劣更甚于大庆，但生活区的活动房里却也很现代化了，有电视录像看，有空调机和淋浴器，吃的喝的全都从库尔勒运进，竟也节约下水办起了绿色试验园，绿草簇簇，花在风沙弥漫的黄昏里明亮。艰苦奋斗永远是石油人生活的主旋律，但石油人并不是只会做苦行僧，他们在用着干打垒的精神摧毁着干打垒，这里仍是改革的前沿阵地。不论是筑路、钻井、修房和运输，生产体制已经与世界接轨，机械和工艺是世界一流，效益当然也是高效益，新的时代，新的石油人，在荒凉的大漠里，为国家铸造着新的辉煌。

我们在沙漠腹地的日子并不长，嘴里的沙子总是刷不净，忽冷忽热的气候难以适应，我就感冒了，又开始拉肚子，但我们太喜欢那红色的信号服和安全帽，喜欢去井位，在飓风中爬井台，虽然到底弄不明白那里的生产程序和机械名称，却还要喋喋不休地问这问那。新疆是中国最大气的地方，过去的年月里容纳了多少逃难的人，逃婚的人，甚至逃罪的人，而今的塔里木油田上，为了一个共同的目标，五湖四海的人走到一起。塔里木改变了他们的人生观，培养了他们特有的性格和行为方式。他们是那样好客，给你说，给你唱，却极少提到这里的艰苦，也不抱怨这恶劣的气候，说许多趣话，甚至那些带彩的段子，使你感受到生命的蓬勃和饱满。我们采访了那些在石油战线上奋斗了一生的老大学生，更多地采访了那些才从大学毕业分配来的大学生，问他们为什么没有留在大城市，没有去东南沿海地区。他们对这些似乎毫无兴趣，只是互相戏谑：谁谁在这里举行婚礼的那天，竟自己喝醉了酒，沉睡得一夜不起；谁谁去出车，车在半途坏了，爬了两天两夜，又饥又渴昏倒在沙梁上，幸亏派飞机搜索才救回来，去修那辆车时，才发现车座下面还有着一瓶矿泉水的，真是笨得要死；谁谁的媳妇千里迢迢到库尔勒，指挥部派专车将人送到工地，说好明日再送回库尔勒，可活该倒霉，这一夜却起了特大沙暴，甭说亲热，连睁大眼睛端详一下媳妇都不可能。这些年轻人给我们留下了极深的印象，从沙漠回来后，当我们在繁华的城市坐着小车，就每每想起了他们。世上有许多东西我们一时一刻离不了，但我们却常常忽略，如太阳如空气，我们每日坐车，就忘了车的行走需要的是石油！现在的小孩子，肚子饥了要馍馍吃，馍馍是哪儿来的，孩子们只知道馍馍是从厨房来的。我们也做过一次小小的调查，问过十三个坐车的人：车没油了怎么办？回答都是：去加油站啊！谁又知道发生在沙漠中的这些极普通又极普遍的故事呢？

接触了不同岗位不同层次的石油人，临走时，我们见到了塔指的三个领导。邱中建，这是石油战线上无人不晓的一个名字，他的一生几乎与中国所有的大油田的历史连在一起，如今已经六十多岁的人，祖国需要他到塔里木来，需要他来指挥这一场新体制新工艺高水平高效益的石油大会战，他离开了北京和家人，一人就长年待在塔里木。钟树德呢，这位塔指的大功臣，为了中国的石油事业，他献出了自己的一只眼睛。他自始至终在塔指，大漠中的每一口井台上都流过他的血汗。当我们见到他的时候，他才从塔中回到库尔勒不久，而那只完全失明的眼睛，因失去了功能，沙子落进去，摩擦得还是血红血红。梁狄刚更是个传奇人物，他的母亲居住在香港，年纪大了，一直希望他也能定居香港，但他虽是大孝子，可忠孝难两全，当中央电视台的记者采访他时，他没有什么华丽的辞藻，只说了句：我不能丢弃我的专业。与这些领导交谈，你如坐在一张世界地图前，坐在一张中国地图前，他们的襟怀和视角是那么大，绝口不提自己的事，只强调这一生就是要为中国找石油。塔里木油田可能是他们人生最后要找的一个大油田了，党和人民让他们来，这就是他们一生最大的幸福。但他们压力很大，因为中央领导一个接一个来塔里木，历史的重任使他们不敢懈怠，如何尽快地发现大的场面，使他们只有日日夜夜超负荷地工作着。

我们去塔里木，我们是几个普通得不能再普通的人，又行色匆匆，但石油人却是那样地热情！所到之处，工人们让签字。签什么字呀，一个作家浪得再有虚名，就是写出的书到处有人读，而比起石油人是多么微不足道啊！他们一有机会就让我写毛笔字，我写惯了那些唐诗宋词，我依旧要这么写时，工人们却自己想词，他们想出的词几乎全是豪言壮语。这些豪言壮语在别的地方已经消失了，或者有，只是领导的鼓动词，而这里的工人却已经将这些语言渗进了自己的生活，他们实实在在，没有丁点虚伪和矫饰，他们就是这样干的，信仰和力量就来自这里。于是，我遵嘱写下的差不多都是“笑傲沙海”“生命在大漠”“我为祖国献石油”等等。写毕字，晚上躺下，眼前总还是这些石油人的一张张黑红的面孔，想，这里真是一块别种意义的净土啊，这就是涌动在石油战线上的清正之气，这也是支持一个民族的浩然之气啊！回到库尔勒，我们应邀在那里做报告。我们是作家，却并没有讲什么文学和文学写作的技巧，只是讲几天来我们的感受。是的，如何把恶劣的自然环境转化为生存的欢乐，如何把国家的重托和期望转化为工作的能量，如何把人性的种种欲求转化为特有的性格和语言，使我们进一步了解了石油人。如今社会，有些人在扮演着贪污腐化的角色，有些人在扮演着醉生梦死的角色，有些人在扮演着浮躁轻薄的角色，有些人在扮演着萎靡不振的角色，而石油人在扮演着自己的英雄角色。石油人的今生担当着的是找石油的事，人间的一股英雄气概便驰骋纵横！

从沙漠腹地归来，经过了塔克拉玛干边沿的塔里木河，河道的旧址上是一眼望不到头的胡杨林。这些胡杨林证明着历史上海洋的存在，但现在它们全死了，成了之所以称为死亡之海的依据。这些枯死的胡杨粗大无比，树皮全无，枝条如铁如骨僵硬地撑在黄沙之上。据说，它们是千年不死，死了千年不倒，倒了千年不烂。去沙漠腹地时，我们路过这里，拍摄了无数的照片。胡杨林如一个远古战场的遗迹，悲壮得使我们要哭。返回再经过这里，我们又是停下来去拍摄。那里修公路时所堆起的松沙，扑扑腾腾涌到膝盖,我们大喊大叫。为什么呐喊,为谁呐喊,大家谁也没说，但心里又都明白，塔里木油田过去现在是没有个雕塑馆的，但有这个胡杨林，我们进入大漠腹地看到了当今的石油人，这些树就是石油人的形象，一树一个雕塑，一片林子就是一群英雄！我们狂热地在那里奔跑呐喊之后，就全跪倒在沙梁上，每人将矿泉水喝干，捧着沙子装了进去带走。这些沙子现在存放在我们各自的书房，我们不可能去当石油人，也不可能长时间生活在那里，而那个八月长留在记忆中，将成为往后人生长途上要永嚼的一份干粮了。

1996 年 10 月

震后小记

2008 年 5 月 12 日 14 时 28 分，四川汶川一带发生八级地震，西安震感强烈，当时我正在工作室午休，经历了一场生死惊恐。

我的工作室离我居家的地方较远，我题为上书房，即永松路一座公寓最上边的书房，十三楼，上下两层，挑空结构，面积近二百平方米。每个房间靠墙都竖有大型的木格玻璃柜，下三格装着书籍，上三格放了各类收藏的古董，柜子上又紧挨着摞满秦、汉、唐时期的陶罐。而书案上以及案左和案前的木架上又摆放了数十尊石的木的铜的佛像和奇石、瓷器。地上也随处堆着书籍、石雕、砖刻、根艺、缸盆。我是前一星期在成都办书画展，展览期间去游历的地方正是四川重灾区，如绵阳、德阳、都江堰、绵竹、广元等。书画作品带回后还未装框，数十个四尺到八尺不等的玻璃镜框就倚靠在二层书画间的柜前，或二层楼沿栏里。5 月 11 日，即前一天晚上，得一彩绘云纹的桃木桩，粗若盆口，高近一米，立于书案前的巨型汉罐上的瓷盆中，其状如祥云涌出，很是喜欢，还说上书房多有佛像镇宅，又添桃木柱可以避邪，就摆弄到深夜才离开。

12 日一早，从居家处到工作室，惦记着这一天是释迦牟尼佛诞日，要在诸佛像前敬香。敬过香了，读了一阵《山海经》，有人敲门，是抱了一捆书要求签名。十二点下楼在街上吃饭，饭后困顿，便在卧间的小床上休息，地震就发生了。那时正睡得沉，床摇晃不已，我属相是龙，平日好龙的形象，在梦里似乎身处云上，还说：云从龙。突然醒来，床已如浪中船舟，差点被簸下床，意识到地震了，急往外跑。地板已立脚不稳，踉跄着到客厅，人像过浮桥，跑不动，便听见写作间声响一片，有什么在撞，在倒，在碎，咕哩咯哐，有什么在砸下来，断裂声尖锐恐怖，接着又是一声巨响，似乎在二层书画间。心想：楼要垮了，楼顶已经开始垮了！扑到大门口，拉开了门，门还未扭曲能拉开，楼道上没有人，那一盆橡皮树连盆带树在跳，估计已逃不出去了，想就站在门框下，又觉得不对，想返回洗手间，又怕客厅的柜子上东西砸下来，就去按电梯，意识到电梯不能乘，就顺楼梯往下跑。跑到十二层，感觉楼梯要掉了，因为楼梯是水泥部件，里边并没多少钢筋吧，就听见书房里倒坍和破碎声更大，如电影里常见的那种镜头，人在前边跑，身后一切都爆炸了。瞬间里想：跑不下去了，十三层楼怎么能跑得下去？！到了十层，一男子也往下跑，还有一老太太，老太太举着手，给我说：我没关门！我没关门！我说：我也没关，快跑，快！

老太太跑不动，她挡着我的路，但我不能超过她，更不能拨开她，就在她身后，防着她跌倒。终于和老太太跑下一层，出了楼道，楼前空地上站满了人，个个面如土色，一男子只穿了条裤衩，一女的光脚抱着小孩，小孩在哭。有人在喊：往街上跑，楼要坍啦！人群又往街上跑，街道上人黑压压一片。

到了街上，地再未动，楼也没见坍，所有人都在打手机，手机竟然打不通，骂现代化没用，有人就把手机摔了。更多的人在叫苦，屋门未关，担心被盗，但没人敢再上楼，有人说：盗不了，贼也怕死的。仍有一群人一直盯着楼门洞。

差不多两个小时后，有人的手机上偶尔出现一条信息，立即互相传着，是四川汶川地震，西安只是波及。既然西安不是震源区，人心稍定，人群就开始谈刚才各自的经历，楼层低的人在说桌子在跳，鱼缸中的水泼了出来，一老头头晕，以为血压又高了，忙去取药，人就跌坐地上，一人正吃饭，夹了饺子往嘴里送，却送到了鼻子上。楼层高的人在说晃动有近乎一米，衣柜就倒了，饮水器倒了，水像蛇一样满地钻，他跑时头撞在墙上，在楼梯上又崴了脚，刚才不疼，现在咋肿成棉花包了。我浑身发软，脸上的肉都僵着，痴了眼看坐在街沿上的一个人，他的腿在抖，说：这阵咋抖哩？用手去按，脚抖得像装了弹簧。

我是直到晚上才约了几个朋友上楼去工作室，室内狼藉不堪，几乎不能插脚。经查，客厅案上的那尊三十余斤重的古铜佛像掉在地板上。此铜佛在“文革”中被砸开两半，我收藏时用胶黏合的，它掉下来，是先落在案下的条凳上，再落地，旧痕再次裂开，将地板砖砸出一个洞。客厅四个书柜里，一片零乱，虽玻璃门挡着，但小陶人鼻子蹭掉，硅化石栽倒，压烂瓷碗。写作间，靠在二层楼沿栏里的八尺镜框翻下来，又推倒了靠在楼层下的一个四米高的占门扇，再砸倒了地板上诸多摆设，玻璃破碎一地，镜框后背断裂，压折了养着的一株灵芝。八尺镜框翻下来，完全可以砸到空中的巨型吊灯，但没有砸到，可能是灯刚好摇摆过去后，镜框翻下来，但楼上的那个非洲大羊被镜框翻下时砸着，一犄角飞下来如长矛一样就扎在书桌前的书堆缝里。大吊灯亮着,是一镜框从墙上掉下来砸开了开关。小条案上的一尊木菩萨落地，断一手。书桌后架子上木佛落下，伤头冠一角。桌左架子上两个明清琉璃龙头坠地，一个断其座，一个成独眼。状如孔丘的奇石重约二十斤，滚下架子，幸好卡在架子与墙之间，未砸着地板。桌左前书柜顶上空出一个位置，柜下是一堆陶片。桌右书柜顶上空出两个位置，柜下是一堆彩陶碎片。彩绘云纹桃木柱从古汉罐上坠地，汉罐未伤，下一盘龙根艺断一角。桌对面架子上十多尊石佛还在，上边挂着的弘一法师书法镜框落下，玻璃已破。所有书柜书籍零乱，摆着的古董移位倾斜，一汉马断一足，一汉俑头平躺了，额角伤残。到卧间，还好，靠在墙角的画像石板倒在人面狮身的石雕上。竟然未断。急跃上层书画间，楼梯台阶上站立的两排小石狮尚完整，只是两个背了身去。门口靠立的另一八尺镜框横倒，玻璃一地，清代一对木门联交叉在门框内。一玻璃罩破碎。花架上的大砚台移位，砚台上的根艺凤凰坠落，断其颈。间内四壁靠立的文件柜顶上，原摆有数十马家窑彩陶罐，六个位置空了。门后一块重约百斤的石雕从宽凳上掉下。文件柜前斜靠的八个大画框全倒，砸坏了存放在那里的一灯具，玻璃碴和彩陶片搅在一起。四个人花了三个小时清理，垃圾装了四麻袋。

当天夜里，传说还有余震，再不敢睡，在地板上立一啤酒瓶，一直看电视新闻，五次觉得吊灯在动，惊跳起来，定睛才看到吊灯并未动。至四时，又觉吊灯摇，急唤家人外逃，在院中坐到六时，返屋，家人轮流值班，让我睡一会儿，却怎么也睡不着，总觉得床在晃，又坐起来守着那啤酒瓶。如此两天，如马惊了一般，又见人便说那天的惊恐，先听者表情丰富，随我惊乍，后说得多了，人家就说：你深呼吸，多做深呼吸。

我想这样一个问题：如果当时不在卧间午休，而在写作间，架子上和二层楼栏里的东西一齐往下落，我肯定跑不出去，即便跑出来必受重伤。再想一个问题：落下来的八尺镜框、羊犄角、陶罐、奇石，虽都有未放稳的原因，可那些木佛、石佛，甚至三十余斤重的铜佛，连同装着大符咒的玻璃框、彩绘云纹桃木柱不应该倒呀，却怎么也倒了，毁了？想通了，正是灾难到来，邪气所袭，这些东西挺身为我受难，以败坏自己发出响声催我逃离，这就如佩玉器，身有难时玉先碎而为人预兆。

如此思想，魂魄逐渐附体，才坐回书桌，记下此次惊恐和损失。

2008年5月14日

4月30日游青城后山

那里峰峦错综，沟壑复杂，一早进去，愈进愈深，到了下午不知了出路。迷糊着转过竹坡，忽然看见了一座古寺，山面逼仄，一和尚在那里读书，旁边的木牌子写有“天亮开门，天黑关门”，顿时心生喜欢。

在寺里烧过香了，沿寺前的小路往右走，涉过小溪，前面就是一个深坳。坳里尽是高大的楠木。也有樟和漆，树干光洁，没有苔藓和藤蔓纠缠，像无数的柱子栽在那里。走进去，人全然都绿了。脚底没有声响，仰头看树，树都直端端往上长，看不到顶，高高的空中枝叶联合，如盖了青云，阳光就从青云间下来，一道一道的白。

林子的中间，有人在卖菜，一间草房，一张竹桌。或许是大半天没有游客到来，卖菜人立在房前，数着落在竹桌上的七只鸟，又来了一只，是八只鸟。

我说：漫山就这里的树木大呀！他说：这坳子深么。我说：哪棵最高呢？他说：都争着太阳长的，差不多吧。

去搂了一棵树，羡慕着树安静地长在这里，太阳是树的宗教，才长得这么粗这么高。

在一棵树下，让一片光罩着，有细雨就下起来，雨并未湿衣，却身上脚下一层褐色的颗粒，捡起来，竟然是米粒大的花蕾。卖菜人说：那是漆树落花。我就站住不动，让花雨淋着。

2008 年 5 月 3 日追记

第五章

那些安妥灵魂的物事

人可以无知，但不可以无趣，这是从旁观的眼光看的，与无趣之人对坐，如坐牢狱。

人可以无爱，但不可以无好，这是从自身的眼光看的，无好之人活着，活着如同死了。

人有好，人必有趣，有趣之人则肯定有神至而灵，是性情中人。

安妥我灵魂的这本书（《废都》后记）

一晃荡，我在城里已经住罢了二十年，但还未写出过一部关于城的小说。越是有一种内疚，越是不敢贸然下笔，甚至连商州的小说也懒得作了。依我在四十岁的觉悟，如果文章是千古的事——文章并不是谁要怎么写就可以怎么写的——它是一段故事，属天地早有了的，只是有没有宿命可得到。姑且不以国外的事做例子，中国的《西厢记》《红楼梦》，读它的时候，哪里会觉它是作家的杜撰呢？恍惚如所经历，如在梦境。好的文章，囫囵囵是一脉山，山不需要雕琢，也不需要机巧地在这儿让长一株白桦，那儿又该栽一棵兰草的。这种觉悟使我陷于了尴尬，我看不起了我以前的作品，也失却了对世上很多作品的敬畏，虽然清清楚楚这样的文章究竟还是人用笔写出来的，但为什么天下有了这样的文章而我却不能呢?！检讨起来，往日企羡的什么辞章灿烂，情趣盎然，风格独特，其实正是阻碍着天才的发展。鬼魅狰狞，上帝无言。奇才是冬雪夏雷，大才是四季转换。我已是四十岁的人，到了一日不刮脸就面目全非的年纪，不能说头脑不成熟，笔下不流畅，即使一块石头，石头也要生出一层苦衣的，而舍去了一般人能享受的升官发财、吃喝嫖赌，那么搔秃了头发，掏虚了身子，仍没美文出来，是我真个没有宿命吗?

我为我深感悲哀。这悲哀又无人与我论说。所以，出门在外，总有人知道了我是某某后要说许多恭维话，我脸烧如炭；当去书店，一发现那儿有我的书，就赶忙走开。我愈是这样，别人还以为我在谦逊。我谦逊什么呢?我实实在在地觉得我是浪了个虚名，而这虚名又使我苦楚难言。

有这种思想，作为现实生活中的一个人来说，我知道是不祥的兆头。事实也真如此。这些年里，灾难接踵而来，先是我患乙肝不愈，度过了变相牢狱的一年多医院生活，注射的针眼集中起来，又可以说经受了万箭穿身；吃过大包小包的中药草，这些草足能喂大一头牛的。再是母亲染病动手术；再是父亲得癌症又亡故；再是一场官司没完没了地纠缠我；再是为了他人而卷入单位的是是非非中受尽屈辱，直至又陷入另一种更可怕的困境里，流言蜚语铺天盖地而来……我没有儿子，父亲死后，我曾说过我前无古人后无来者了。现在，该走的未走，不该走的都走了，几十年奋斗营造的一切稀里哗啦都打碎了，只剩下了肉体上精神上都有着毒病的我和我的三个字的姓名，而名字又常常被别人叫着写着用着骂着。

这个时候开始写这本书了。

要在这本书里写这个城了，这个城里却已没有了供我写这本书的一张桌子。

在一九九二年最热的天气里，托朋友安黎的关系，我逃离到了耀县。耀县是药王孙思邈的故乡，我兴奋的是在药王山上的药王洞里看到一个“坐虎针龙”的彩塑，彩塑的原意是讲药王当年曾经骑着虎为一条病龙治好了病的。我便认为我的病要好了，因为我是属龙相。后来我同另一位搞戏剧的老景被安排到一座水库管理站住，这是很吉祥的一个地方。不要说我是水命，水又历来与文学有关，且那条沟叫锦阳川就很灿烂辉煌；水库地名又是叫桃曲坡，曲有文的含义，我写的又多是女人之事，这桃便更好了。在那里，远离村庄，少鸡没狗，绿树成荫，繁花遍地，十数名管理人员待我又敬而远之，实在是难得的清静处。整整一个月里，没有广播可听，没有报纸可看，没有麻将，没有扑克。每日早晨起来去树林里掏一股黄亮亮的小便了，透着树干看远处的库面上晨雾蒸腾，直到波光粼粼了一片银的铜的，然后回来洗漱，去伙房里提开水，敲着碗筷去吃饭。夏天的苍蝇极多。饭一盛在碗里，苍蝇也站在了碗沿上，后来听说这是一种饭苍蝇，从此也不在乎了。吃过第一顿饭，我们就各在各的房间里写作，规定了谁也不能打扰谁的，于是一直到下午四点，除了大小便，再不出门。我写起来喜欢关门关窗，窗帘也要拉得严严实实，如果是一个地下的洞穴那就更好。烟是一根接一根地抽，每当老景在外边喊吃饭了，推开门直感烟雾笼罩了你了！再吃过了第二顿饭，这一天里是该轻松轻松了，就趿个拖鞋去库区里游泳。六点钟的太阳还毒着，远近并没有人，虽然勇敢着脱光了衣服，却只会狗刨式，只能在浅水里手脚乱打，打得腥臭的淤泥上来。岸上的蒿草丛里嘎嘎地有嘲笑声，原来早有人在那里窥视。他们说，水库十多年来，每年要淹死三个人的，今年只死过一个，还有两个指标的。我们就毛骨悚然，忙爬出水来穿了裤头就走。再不敢去耍水，饭后的时光就拿了长长的竹竿去打崖畔儿上的酸枣。当第一颗酸枣红起来，我们就把它打下来了，红红的酸枣是我们唯一能吃到的水果。后来很奢侈，竟能贮存很多，专等待山梁背后的一个女孩子来了吃。这女孩子是安黎的同学，人漂亮，性格也开朗，她受安黎之托常来看望我们，送笔呀纸呀药片呀，有时会带来几片烙饼。夜里，这里的夜特别黑，真正的伸手不见五指，我们就互相念着写过的章节，念着念着，我们常害肚子饥，但并没有什么可吃的。我们曾经设计过去偷附近村庄农民的南瓜和土豆，终是害怕了那里的狗，未能实施。管理站前的丁字路口边是有一棵核桃树的，树之顶尖上有一颗青皮核桃，我去告诉了老景，老景说他早已发现。黄昏的时候我们去那里抛着石头掷打，但总是目标不中，歇歇气，搜集了好大一堆石块瓦片，掷完了还是打不下来，倒累得脖子疼胳膊疼，只好一边回头看着一边走开。这个晚上，已经是十一点了，老景馋得不行，说知了的幼虫是可以油炸了吃的，并厚了脸借来了电炉子、小锅、油、盐，似乎手到擒来，一顿美味就要到口了。他领着我去树林子；用手电在这棵树上照照，又到那棵树上照照，树干上是有着蝉的壳，却没有发现一只幼虫。这样为着觅食而去，觅食的过程却获得了另一番快感。往后的每个晚上这成了我们的一项工作。不知为什么，幼虫还是一只未能捉到，捉到的倒是许多萤火虫，这里的萤火虫到处在飞，星星点点又非常地亮，我们从林子中的小路上走过，常恍惚是身在了银河的。

老景长得白净，我戏谑他是唐僧，果然有一夜一只蝎子就钻进他的被窝咬了他，这使我们都提心吊胆起来，睡觉前翻来覆去地检查屋之四壁，抖动被褥。蝎子是再也没有出现的，而草蚊飞蛾每晚在我们的窗外聚会，黑乎乎的一疙瘩一疙瘩的，用灭害灵去喷，尸体一扫一簸箕的。我们便认为这是不吉利的事。我开始打磨我在香山捡到的一块石头，这石头很奇特，上边天然形成一个“大”字，间架结构又颇似柳体。我把“大”字石头雕刻了一个人头模样系在脖子上，当作我的护身符。这护身符一直系着，直到我写完了这部书。老景却在树林子里捡到了一条七寸蛇的干尸，那干尸弯曲得特别好，他挂在白墙上，样子极像一个凝视的美妙的少女。我每天去他房间看一次蛇美人，想入非非。但他要送我，我不敢要。

在耀县锦阳川桃曲坡水库——我永远不会忘记这个地名的——待过了整整一个月，人明显是瘦多了，却完成了三十万字的草稿。那间房子的门口，初来时是开绽了一朵灼灼的大理花的，现在它已经枯萎。我摘下一片花瓣夹在书稿里下山。一到耀县，我坐在一家咸汤面馆门口，长出了一口气，说：“让我好好吃顿面条吧！”吃了两海碗，口里还想要，肚子已经不行了，坐在那里立不起来。

回到西安，我是奉命参加这个城市的古文化艺术节书市活动的。书市上设有我的专门书柜，疯狂的读者抱着一摞一摞的书让我签名，秩序大乱，人潮翻涌，我被围在那里几乎要被挤得粉碎。几个小时后幸得十名警察用警棍组成一个圆圈，护送了我钻进大门外的一辆车中急速遁去。那样子回想起来极其可笑。事后我的一个朋友告诉说，他骑车从书市大门口经过时，正瞧着我被警察拥着下来，吓了一跳，还以为我犯了什么罪。我那时确实有犯罪的心理，虽然我不能对着读者说我太对不起你们了，但我的脸上没有一丝笑容。离开了被人拥簇的热闹之地，一个人回来，却寡寡地窝在沙发上吸烟落泪。人人都有一本难念的经，我的经比别人更难念。对谁去说？谁又能理解？这本书并没有写完，但我再没有了耀县的清静，我便第一次出去约人打麻将，第一次夜不归宿，那一夜我输了个精光。但写起这本书来我可以忘记打麻将，而打起麻将了又可以忘记这本书的写作。我这么神不守舍地握着日子，白天害怕天黑，天黑了又害怕天亮。我感觉有鬼在暗中逼我，我要彻底毁掉我自己了，但我不知道我该怎么办。这时候，我收到一位朋友的信，他在信中骂我迷醉于声名之中，为什么不加紧把这本书写完？！我并没有迷醉于声名之中，正是我知道成名不等于成功，才痛苦得不被人理解，不理解又要以自己的想法去做，才一步步陷入了众要叛亲要离的境地！但我是多么感激这位朋友的责骂，他的骂使我下狠心摆脱一切干扰，再一次逃离这个城市去完成和改抄这本书的全稿了。我虽然还不敢保证这本书到底会写成什么模样，但我起码得完成它！

于是我带着未完稿又开始了时间更长更久的流亡写作。

我先是投奔了户县李连成的家。李氏夫妇是我的乡党，待人热情，又能做一手我喜爱吃的家乡饭菜。一九八六年我改抄长篇小说《浮躁》就在他家。去后，我被安排在计生委楼上的一间空屋里。计生委的领导极其关照，拿出了他们崭新的被褥，又买了电炉子专供我取暖，我对他们的接纳十分感激，说我实在没法回报他们，如果我是一个妇女，我宁愿让他们在我肚子上开一刀，完成一个计划生育的指标。一天两顿饭，除了按时去连成家吃饭，我就待在房子里改写这本书，整层楼上再没有住人，老鼠在过道里爬过，我也能听得它的声音。窗外临着街道，因不是繁华地段，又是寒冷的冬天，并没有喧嚣。只是太阳出来的中午，有一个黑脸的老头总在窗外楼下的固定的树下卖鼠药，老头从不吆喝，却有节奏地一直敲一种竹板。那梆梆的声音先是心烦，由心烦而去欣赏，倒觉得这竹板响如寺院禅房的木鱼声，竟使我愈发心神安静了。先头的日子里，电炉子常要烧断，一天要修理六至八次；我不会修，就得喊连成来。那一日连成去乡下出了公差，电炉子又坏了，外边又刮风下雪，窗子的一块玻璃又撞碎在楼下，我冻得握不住笔，起身拿报纸去夹在窗纱扇里挡风；刚夹好，风又把它张开；再去夹，再张开，只好拉闭了门往连成家去。袖手缩脖下得楼来，回头看三楼那个还飘动着破报纸的窗户，心里突然体会到了杜甫的《茅屋为秋风所破歌》的境界。

住过了二十余天，大荔县的一位朋友来看我，硬要我到他家去住，说他新置了一院新宅，有好几间空余的房子。于是连成亲自开车送我去了渭北的一个叫邓庄的村庄，我又在那里住过了二十天。这位朋友姓马，也是一位作家，我所住的是他家二楼上的一间小房。白日里，他在楼下看书写文章，或者逗弄他一岁的孩子；我在楼上关门写作，我们谁也不理谁。只有到了晚上，两人在一处走六盘象棋。我们的棋艺都很臭，但我们下得认真，从来没有悔过子儿。渭北的天气比户县还要冷，他家的楼房又在村头，后墙之外就是一眼望不到边的大平原，房子里虽然有煤火炉，我依然得借穿了他的一件羊皮背心，又买了一条棉裤，穿得臃臃肿肿。我个子原本不高，几乎成了一个圆球，每次下那陡陡的楼梯就想到如果一脚不慎滚下去，一定会骨碌碌直滚到院门口去的。邓庄距县城五里多路，老马每日骑车进城去采买肉呀菜呀粉条呀什么的。他不在，他的媳妇抱了孩子也在村中串门去了。我的小房里烟气太大，打开门敞着，我就站立在楼栏杆处看着这个村子。正是天近黄昏，田野里浓雾又开始弥漫，村巷里有许多狗咬，邻家的鸡就扑扑棱棱往树上爬，这些鸡夜里要栖在树上，但竟要栖在四五丈高的杨树梢上，使我感到十分惊奇。

二十天里，我烧掉了他家好大一堆煤块，每顿的饭里都有豆腐，以致卖豆腐的小贩每日数次在大门外吆喝。他家的孩子刚刚走步，正是一刻也不安静地动手动脚，这孩子就与我熟了，常常偷偷从水泥楼梯台爬上来，冲着我不会说话地微笑。老马的媳妇笑着说："这孩子喜欢你，怕将来也要学文学的。"我说，孩子长大干什么都可以，千万别让弄文学。这话或许不应该对老马的媳妇说，因为老马就是弄文学的，但我那时说这样的话是一片真诚。渭北农村的供电并不正常，动不动就停电了，没有电的晚上是可怕的，我静静地长坐在藤椅上不起，大睁着夜一样黑的眼睛。这个夜晚自然是失眠了，天亮时方睡着。已经是十一点了，迷迷糊糊睁开眼，第一个感觉里竟不知自己是在哪儿。听得楼下的老马媳妇对老马说："怎不听见他叔的咳嗽声，你去敲敲门，不敢中了煤气了！"我赶忙穿衣起来，走下楼去，说我是不会死的，上帝也不会让我无知无觉地自在死去的，却问："我咳嗽得厉害吗？"老马的媳妇说："是厉害，难道你不觉得？！"我对我的咳嗽确实没有经意，也是从那次以后留心起来，才知道我不停地咳嗽着。这恐怕是我抽烟太多的缘故。我曾经想，如果把这本书从构思到最后完稿的多半年时间里所抽的烟支接连起来，绝对有一条长长的铁路那么长。

当我所带的稿纸用完了最后一张，我又返回到了户县，住在了先前住过的房间里。这时已经月满，年也将尽，"五豆""腊八"、廿三，县城里的人多起来，忙忙碌碌筹办年货。我也抓紧着我的工作，每日无论如何不能少于七千字的速度。李氏夫妇瞧我脸面发胀，食欲不振，想方设法地变换饭菜的花样，但我还是病了，而且严重地失眠。我知道一走近书桌，书里的庄之蝶、唐宛儿、柳月在纠缠我；一离开书桌躺在床上，又是现实生活中纷乱的人事在困扰我。为了摆脱现实生活中人事的困扰，我只有面对了庄之蝶和庄之蝶的女人，我也就常常处于一种现实与幻想混在一起无法分清的境界里。这本书的写作，实在是上帝给我大大的安慰和太大的惩罚，明明是一朵光亮美艳的火焰，给了我这只黑暗中的飞蛾兴奋和追求，但诱我近去了却把我烧毁。

腊月廿九的晚上，我终于写完了全书的最后一个字。

对我来说，多事的一九九二年终于让我写完了，我不知道新的一年我将会如何生活，我也不知道这部苦难之作命运又是怎样。从大年三十到正月十五，我每日会坐在书桌前目注着那四十万字的书稿，我不愿动手翻开一页。这一部比我以前的作品更优秀呢，还是情况更糟？是完成了一桩宿命呢，还是上苍的一场戏弄？一切都是茫然，茫然如我不知我生前为何物所变、死后又变何物。我便在未做全书最后的一次润色工作前写下这篇短文，目的是让我记住这本书带给我的无法向人说清的苦难，记住在生命的苦难中又唯一能安定我破碎了的灵魂的这本书。

1993 年 1 月下旬

《高兴》后记

三年前的一个下午，我在家读《西游记》，正想着唐僧和他的三个徒弟其实是一个人的四个侧面，门就被咚咚敲响。在电话普及的年代，人与人见面都是事先要约好的，这是谁，我并没有在这个时候约任何人呀，就故意不立即去开门，要让这不速之客知道我是反感这种行为的。咚，咚，门还在敲，而且声音越来越大，最后是哐的一下，用脚踢了。

我有些愤怒，一把将门拉开，门口站着的却是刘书祯。

他说：哎呀，我还以为你不在家哩！

我说：是你呀，几时进城的？

他说：我已经在城市生活啦！

他的嘴里永远没有正经话，我就笑了，让他进屋坐下，说：书祯，你个嘴儿匠！

他说：你不要叫我书祯，我现在改名高兴了，你得叫我刘高兴！

这就是刘高兴。这也就是我第一次见到过着城市生活的刘高兴。

如果读了《秦腔》，而且还记得的话，《秦腔》书中的书正就是以他为原型的。我们是一块长大的。小的时候，我并不热惦他，他头发有些卷，鼻孔里老流着黄涕，但我崇拜他大，我们那儿把父亲都叫大。因为他大不是贾族人，叫叔时前边要加上名字，就是五林叔。五林叔不识字，但出口成章，能背戏本子，能讲三国和岳飞大战朱仙镇。尤其一米八的个头，在骂老婆的时候，要盘脚搭手坐在蒲团上，骂得没有火气，却极尽挖苦，妙语连珠，像是在说单口相声。“文革”中我和书祯又是一起从初中辍学回乡务了农，后来他去当兵，我上了大学。再后来我是逢年过节回老家看望父母，他已经在乡政府做起饭，但人家嫌他不卫生，又常常将剩菜剩饭要送回家喂猪，就辞退了他。再再后来，我写我的书，他做过泥水匠，吊过挂面，磨过豆腐，也在三六九日的集市上摆过油条摊子。他几乎什么都干过了，什么都没干出个名堂，日子过得狼狈，村里许多人都在笑话他。但我一回去，他逮住消息了，天晴下雨或黑漆半夜，肯定要跑来看我。我们便嘻嘻哈哈谈说几个小时，不累不困，直到我母亲做过饭一块吃了，他嘴里叼着纸烟，耳朵上再别上一根，才走了。

我喜欢和他说活，他说话有细节。

有一年夏天回去，儿时的伙伴来了几个，却没见他，我问书祯呢，他们说可能在西河地里插秧吧。那时节村里的麦早收过了，秧也开始灌二遍水，书祯竟然才插秧？他们说还不是娃们都小，就他一个劳力，地里活啥时候干到人前去？！到了晚上，月光一片，我去西河滩地看他。地是个窄长溜，他弯着腰在那头插秧，隐隐约约像是鬼影，这边地堰上却放着个收音机，正唱宋祖英。我大声喊他，他稀里哗啦蹚着泥水跑了过来，说：咱回，咱回！我说：你插你的秧！他说：反正黄花菜已经凉了，看它还能凉到哪儿去？他的家就盖在半涧上，门口没有场地，但门框上还保留着过年时写的对联，一边是：张开口除了吃喝还要笑，一边是：一闭眼都在黑里就睡美。我说：词儿你编的？他说：不对仗。又说：我在村里宣布了，谁揭我房上瓦可以，谁揭这春联，我打断他的腿！

一进院门，他就喊老婆烧开水，说城里人讲究喝开水不喝生水的，把水往滚着烧！开水端上来了。他从柜里取了一包白糖，抓一把就放进去。又对老婆说：快炒上几个鸡蛋来！他老婆愣了，说：咱没养鸡哪儿有鸡蛋？！他说：没鸡蛋？我赶紧圆场说这么晚了吃什么鸡蛋呀。他嘎嘎笑起来，说：你这老婆不会做事，没鸡蛋你就说我给你借去，你一借再不闪面不就完了，你偏说没鸡蛋！说得我也笑了。他说：不吃鸡蛋了，咱不吃鸡屙下的东西，总得让平凹高兴呀，你把咱钱柜子拉来！老婆还是没配合好，说：钱柜子？他说：母猪还不是钱柜子？没脑子！结果把已经关了圈的猪又放出来。这是头拖着大肚皮的母猪，一赶进屋他就搔猪后腿，母猪立马舒服得卧下，挓起了四条腿。而十二个猪崽也一溜带串儿从门槛上往里翻，一翻一个肉疙瘩，一翻一个肉疙瘩。他说：不得了啊，一个猪崽五十八元，五十八元哩，你算算，十二个猪崽是多少钱？！

那天我们谈说得非常久，原本他后半夜插秧也没去成。问起村里的事，他说了，咱这儿啥都好，就是地越来越少。一级公路改造时占了一些地，修铁路又占了一些地，现在又要修高速路呀，还得占地，村里人均只剩下二分地了。交通真是大发达了，可庄稼往哪儿种，科学家啥都发明哩，咋不发明种庄稼？他说了，村道里你还看见有几个小伙姑娘？没了，都出去打工了。旧社会生了儿子是老蒋的，生下姑娘是保长的，现在农民给城里生娃哩！他说了，狗日的 ××× 总算把两间屋拆椽卖了，老婆病成那样，是要人呀还是要钱呀？！他说了，××× 终于结束光棍生活了，那女的是三个娃，丈夫从树上摔下来成了瘫子，他被招夫养夫了的，不出力就有三个娃了！他问我有没有认识治精神病的大夫？我问咋啦？他说知道 ××× 吗，我说我记不起了，他说 ××× 你记不起？就是咱小时偷人家的杏，让人家撵得咱掉到莲菜池里的 ××× 么！我说 ××× 疯了？他说两口子好苦，成年磨豆腐卖供儿子上大学，儿子大学毕业了不愿意回县来教书，在西安做盲流，文化盲流。这还罢了，那小女儿出外打工，出去了两年没音讯，××× 没疯，他老婆疯了，你介绍个大夫给治治，要不我不敢从他家门口过，她不知了羞耻，动不动不穿裤子往出跑，我眼睛没处瞅么。听了他的话，我就叹息了，他说：你叹息啥哩？我说：农村还这么苦。他说：瞧你，苦瓜不苦那还叫苦瓜？！

先前他来过西安，曾费尽周折寻到了我家，但我去外地开会，回来听孩子讲，有一个自称是我同学的人来了，来了一身的土，倒茶不喝，要到水龙头接喝生水，在地板上吐痰，吐了痰又用脚蹭，说了一堆他们听不明白的话，后来就起身走了。我听了，觉得肯定是刘书祯，就埋怨孩子慢待了他。家乡生活苦焦，苦焦人心事多，最受不了的是城里的亲朋好友慢待。如果你待他们好，他们便四处给你扬名，你是个科长也会说你就是局长，坐小车，住洋房，读砖头厚的书，即便吃豆面糊糊里边也放着人参燕窝。他们还会竭力保护你的老屋，院子里的梨不会少一颗，清明节去上坟，也要在你家的祖坟上培几锨土。如果你慢待了他，他们就永远记仇，你就是在外把事情干得惊天动地，那是你的事，与他们无关，来了人问起你，他们说：噢，他那人呀，该怎么说呢，不说了吧。你回去了，他们避而远之，避不及的，最多说一句，你回来了，脚不停就走了。你在老家过什么红白事，摆上酒桌他们不来，来了就提个水桶，吃一碗往水桶里倒半碗，把一桶剩菜剩饭提回去喂猪。我们邻村就有一个在县上当局长的，慢待了老家人，他坐着小车进村，村道里有人铺了席晒苞谷，就是不肯收席让小车过去，而后来小车轮子碾着了苞谷，拦住车须要数着被碾碎的苞谷，一颗赔一元钱，不赔不行。所以我告诉孩子，以后不管我在家不在家，凡是老家来了人，一定要笑脸相迎，酒饭招待，不要让他们进门换鞋，不要给人家纸烟了又把烟灰缸放在旁边，他们说话要看着他们认真倾听，乡里人有乡里人的不文明，他们却有城里人没有的幽默和智慧。

我只说孩子慢待了刘书祯，刘书祯再也不会来城里找我了，但他这一次又来了，而且成了刘高兴。

他这次进城投奔的是他的儿子。他的儿子多年前就来到西安打工，在一家煤店里送煤。他的儿子没有继承他和他父亲的乐观幽默，总是沉默寡言，又总是愤愤不平，初中毕业后一直谋着要出外打工，他就让儿子去打工了。他说：父子是冤家，让狗日的去吧，饿不死就算成功了！可当儿子春节回来过年时，儿子却穿了件西服，每次打扑克小赌，输掉一元钱了就从怀里掏出一指厚一沓百元钱来取出一元，然后把那沓钱装进怀里，再输一元钱了，又掏出那沓钱再取出一元。但儿子没有把钱交给他。他说：我这个人民咋就没有个人民币？！也就出来打工了。他已经五十三岁了，一张嘴仍然是年轻的，腰和腿却不行了，跑不快，干活就蔫。他在儿子的煤店里干了一个月。他说和儿子住在那个塑料板搭成的棚子里，热得他夜夜在地上泼了水，铺上张竹席睡，这些他都不在乎，恼气的是儿子和他想法不一样。他是有了钱就攒，儿子有了钱就花，他要儿子把钱交给他了他在老家给儿子盖新房，儿子就是不给。父子俩闹矛盾了，大吵了一顿，他一气出来单独干，单独干只能拾破烂，他就拾起破烂了。

拾破烂？我可是从来没有关注过这个行业，甚至作想也没有作想过。事后琢磨，虽然我在西安三十多年了，每天都要见城里有拉着架子车或骑着三轮车拾破烂的人，也曾招呼着拾破烂人来家收过旧书刊报纸，但我怎么就没有在脑子里想过这些人是从哪儿来的，为什么来拾破烂，拾破烂能顾住吃喝吗，白天转街晚上又睡在哪儿呢？城市人，也包括我和我的家人，得意我们的卫生间修饰得是多么豪华漂亮，豪华漂亮地修饰卫生间认为是先进的时尚的文明的，可城市如人一样，吃喝进多少，就得屙尿出多少，而我们对于这个城市的有关排泄清理的职业行当为什么从来视而不见、见而不理、麻木不仁呢？这就像我们每时每刻都在呼吸着却从不觉得自己在呼吸一样吗？我也时常在鼓呼着要有感恩的意识，可平日里感动我们的往往是那类雷锋式的好人好事，怎么就忘记了天上的太阳，地上的清水？！

那天，我们谈论就尽是有关拾破烂的事，而且，他的拾破烂的经历似乎成了他考察了解西安和来西安打工的过程。他见我惊讶的神色，越发得意扬扬，盘脚搭手坐在沙发上，一边口水淋漓地吸纸烟，一边慢条斯理地排说。他让我知道了在这个城市打工的哪儿的人都有，但因各地的情况又不相同：关中的东府和西府，经济条件相对还好，人也经见得多，他们多是在经济开发区的一些大公司打工。陕北的来人体格高大，又善于抱团，更多的是聚集在一些包工头手下，去盖楼，去筑路，或在宾馆和住宅区里做保安。陕南的三个区域，汉中、安康人貌如南方人，性情又乖巧，基本上都是在一些服务行业做事，如在店铺里卖货，如在饭馆、茶楼、洗脚屋里当服务生。而商州呢，商州是最贫困也最闭塞的地方，既不是产林区也没有石油煤炭天然气资源，历来当地挣钱的门道就是开一个小饭店，偏又普遍地喜文好学，尤其注重孩子上学，上学的目的就是早早逃离这山地。比如我们县，三十万人口，年财政收入两千多万，而供大学生上学，每年几乎从民间都要付出一亿元。每年一亿，每年一亿，老百姓就是一捆子谷秆，被榨着被拧着被挤着，水分一滴滴没有了，只剩下一把糠渣。这些学生大学毕业后却极少再回原籍，他们就在城里的一些单位、公司做临时工，不停地跳槽，不停地印制名片。可怜的商州山区水土流失了，仅有的钱被学生带走了，有了知识的精英人才也走了，中国出现了历史上最大的一次人口迁徙，迁徙地就是城市，城市这张大口，将一碗菜汤上的油珠珠都吸了。刘高兴说：新衣服都穿上走了，家里扔下的是破棉袄！商州的经济凋敝不堪，剩下的人也还得出走呀，西安在他们的心中是花花世界，是福地，是金山银海。可出走一没资金，二没技术，三没城里有权有势的人来承携，他们只有干最苦最累最脏又最容易干到的活，就是送煤拾破烂。但凡一个人干了什么，干得还可以，必是一个撺掇一个，先是本家亲戚一伙，再是同村同乡一帮，就都相继出来了，逐渐也形成以商州人为主的送煤群体和拾破烂群体。

自从刘高兴来到了我家，我们的往来就频繁了。每到下雨天，下雨天他就空闲了，他说那是他们的节日，要么到我家来，要么叫我去他租住处。从他的口里，我也才知道我们贾姓族里其实有很多晚辈都在城里打工，但他们从来没有和我联系过。或许是我长年不回去和他们隔远了，或许是他们都混得不好，觉得羞愧不愿见到我。我也曾想，即使他们来找我，我虽有文名但无官无权无钱的又能帮他们做些什么呢？刘高兴之所以来找我，他不想求我什么，他也知道我的处境和性情，又因为年龄相近，他需要说话，我需要倾听，所以我们就亲近了。当我有什么大的活动，比如给母亲祝寿，为女儿举办婚礼，我当然得通知他。他的衣着和容貌明显地和所有宾客不一样,就像苹果筐里突然有了一个土豆。但这个土豆是欢乐的，他的大嗓门和类似于周星驰式的笑使大家不习惯，可得知他的身份后惊奇着他的坦然和幽默，又兴致勃勃地与他交谈。他就会说许多乡下的和在城里拾破烂中的奇闻逸事，他说得绘声绘色，等大家听得一愣一愣的，他却一脸严肃地说一句很雅的古句：爱读奇书初不记，饱闻怪事总无惊。于是那些教授都感慨了，说：刘高兴，你形象思维好啊，比老贾还好！他说：我在学校的功课是比平凹好，可一样是瓷砖，命运把他那块瓷砖贴到了灶台上，我这块瓷砖贴到了厕所么！然后又是嘎嘎大笑，擦了一下鼻涕，说：我是闰土！我赶紧制止他，说你胡比喻，我可不敢是鲁迅。他说：你是不是鲁迅我不管，但我是闰土！

他不是闰土，他是现在的刘高兴。

现在的刘高兴使我萌生了写作的欲望。我想，刘高兴和他那个拾破烂的群体，对于我和更多的人来说，是别样的生活，别样的人生。在所有的大都市里，我们看多了动辄一个庆典几千万，一个晚会几百万，到处张扬着盛世的繁荣和豪华，或许从他们的生存状态和精神状态里能摸出这个年代城市的不轻易能触摸到的脉搏吧。当这种欲望愈来愈强烈，告知给我的一位朋友，朋友却不以为然：历史从来是精英创造的，过去是帝王将相才子佳人，现在是管理层的实业界的金融行的时尚群的叱咤风云人物，这样的题材才可能写出主流的作品，才可能写出大的作品。朋友的话是没有错，但我有我的实际情况，以我生存环境和我学识才情的局限，写那样的题材别人会比我写得更好，我还是写我能写的我也觉得我应该写的东西吧。我在这几年来一直在想这样的问题：在据说每年全国出版千部长篇小说的情况下，在我又是已经五十多岁的所谓老作家了，我现在要写到底该去写什么，我的写作的意义到底是什么？我掂量过我自己，我可能不是射日的后羿，不是舞干戚的刑天，但我也绝不是为了迎合和消费去舞笔弄墨。我这也不是在标榜我多么清高和多大野心，我也是写不出什么好东西，而在这个年代的作家普遍缺乏大精神和大技巧，文学作品不可能经典，那么，就不妨把自己的作品写成一份份社会记录而留给历史。我要写刘高兴和与刘高兴一样的乡下进城群体，他们是如何走进城市的，他们为何在城市里安身生活，他们又是如何感受认知城市，他们有他们的命运，这个时代又赋予他们如何的命运感，能写出来让更多的人了解，我觉得我就满足了。

在一次会上，有个记者反复地在追问我：你下一部作品写什么呢，下一部作品写什么呢？我不耐烦了，说了我的计划，不想这位记者就在报上发了消息，闹得到处的报纸转载，都知道我要写进城民工的作品了。而这时，一个陌生人，可能是读者吧，他寄给了我一信，信里什么也没说，只是两个纸条，一条写着：“看山是山，看水是水，看山不是山，看水不是水，看山还是山，看水还是水。”一条写着：“每有制述多用新事，并以文采妙绝当时。”这些话都是古人的话，而陌生人这个时候将此话抄寄给我，我知道这是提醒，这是建议，这是鼓励和期望。这就让我感动，也很紧张，有了压力。原本动笔写便觉得我仅仅了解刘高兴而并不了解拾破烂的整个群体，纯是萝卜难以做出一桌菜的，我得稳住，我得先到那些拾破烂的群体中去。

于是，我开始了广泛了解拾破烂群体的工作。这项工作我请了文友孙见喜先生给予帮忙，因为以前听他说过，他的老家村里几乎有三分之一的人在西安拾破烂。老孙也是商州人，好冲动又极热心，他立即联系在西安拾破烂的一个亲戚，并实话实说是我想去他们租住处看看。这位亲戚第一个反应是：贾平凹？是那个写书的吗？老孙说：你还知道贾平凹呀，是他，他想去看看你们。这位亲戚沉默了，说：他来看我们？像看耍猴一样看我们?！老孙说：不，他不是那样。这位亲戚说：要是作为乡里乡亲的，他啥时来谝都行，要是皇帝他妈拾麦图个好玩，那就让他不要来了。

老孙把这话转达给我，我想起了以前摄影界曾引起了一场争论的一件作品。那个作品是一个骑自行车人在马路上摔倒的瞬间，画面极其生动，艺术性非常高，但这个作者是为了拍这张照片，特意在马路上挖了一个洞而隐身于旁拍摄的。我告诉老孙：咱们虽然是为了更丰富写作素材去了解他们的，但去了就不要再想着要写他们，也不要表现出在可怜他们同情他们甚至要拯救他们的意思，咱们完全是串门。我们就去了，没有带笔记本，没有带录音机，也没有带照相机，而是所有口袋里都装了纸烟。

那是一个傍晚，我们按照老孙亲戚提供的地址寻去，没想在西安南郊城乡结合部的村子是那么多，这个村子和那个村子又没特别的标志，我们竟进入了另一个村子，这村子又有几十条巷道，两个小时过去了还没寻出个眉目。去问路灯下那个蹴着吃纸烟的人：这村里有没有个叫 ××× 的租住户？那人说：满天都是星星，你问哪个？我又问：住没住拾破烂的？那人说：前边那条巷里都是拾破烂的！我们走进去，果然巷道里有许多架子车，有妇女在那里分类着破烂，而两个男的端了碗在门口灯下吃饭，苞谷糁稀饭里煮着土豆，土豆没有切，吃的时候眼睁得老大。我们问知道不知道个 ××× 的，只摇头，不说话。钻进一个院子，四边的房像个炮楼，几十户人家门上都吊个门帘，看着如中药店的药屉，老孙放声喊：×××！有人揭了门帘出来倒水，说屋里有个病人哩，你不要喊。老孙说：我找 ×××。那人说：这里没个 ×××。

我们到底没有寻到 ×××。但是，也就在那一夜，我们以找乡党为名，钻进了十多个院子，接触了十五六个拾破烂的人，看了他们住得怎样，吃的什么，大致询问了他们各自的进城的原因、时间和收入状况。他们大多目光警惕，言语短缺，你让他多说些，他说这有啥说的或说我不会说，哧啦一笑就躲开了。他们中没个刘高兴，这让我遗憾。还好，最巷头的那个院子里一个瘸子健谈，他接过了我给他的一包纸烟，拆开了就天女散花一样分别给站在各个门口的人扔去一根，扔去的纸烟没有一根不被在空中接住，然后就围过来说：吓，贵纸烟么！瘸子说他是老破烂，来西安十年了，院子里的人都是他先后从村里带出来的，现在他们村就叫破烂村。老孙说我们老家村里有个老者，儿子孙子里七个人当了兵，人叫老者是兵种，那你是破烂种了！没想一句笑话，站在另一个门口的妇女却说：他算什么破烂种，连个老婆还没有哩！说得瘸子顿时尴尬，领我们到他的住屋，一边拍打着床沿上的土让我们坐，一边说：我又不是没有过老婆，我是有过三个老婆哩，合不来，都是不到一年我就撵走了。那是肮脏不堪的十平方米的小屋，没有窗户，味道难闻。老孙翻人家的被褥，揭人家的锅盖，又把人家晾在床头木板上的几块干馍掰开来说霉成这样了还能吃呀，再就是在枕头底下发现了一本杂志。老孙说：还看杂志？他说：看么。老孙说：知道不知道有个作家……我忙制止了老孙，把杂志拿过来，杂志上却有一半张页粘在一起揭不开。问怎么粘成这样，他一时脸面通红，支支吾吾说睡下胡思乱想哩就动了手，又嫌弄脏了褥子，就……把杂志夺过去又塞进枕头下。我没有反感他，也没有说什么话取笑他。我问了他的名字，他说白殿睿，不是建设的建，是宫殿的殿。名字起得很文雅。

我记住了白殿睿，过后又去找过他几次。他已经是拾破烂中的老油条了，我拿给他一条纸烟，他要把他拾来放在床头的一扇铝窗送我，我没接受。他问我是干啥的，是不是记者，是记者了给他拍个大照片，登到报上多好。但再次去我拿了照相机，他却病了，拉肚子拉得躺在床上不得起来，拒绝了我给他照相。

而老孙的那个亲戚，我们再次联系，终于弄清了那个城中村的位置。这次同我和老孙去的还有一位美术教授，他有私家车，说他也想画画拾破烂的人。车一到村口，××× 已经在那里张望，穿了双皮鞋，但腿老弓着。老孙说：这鞋是拾的吧？他说：哪能拾到这么新的鞋，人家送的，本来要留给儿子的，你们要来就穿上了，有些小。却低声问：穿西服的是贾平凹？老孙说不是，用手指我。他说：个子不高么！我当然还是带着纸烟，但他说他把烟戒了。进巷道，入一户院门，后边是一座六层简易楼，×××就住在顶层，而顶层一共七个房间，分别住了他的六家亲戚。他们都是才从街上回来，正生火做饭。我去每一家看的时候，他们也都是笑脸。后来我们就坐在×××的屋里，屋里小得打不开转身，天又热，一股子鞋臭味。美术教授就待不住了，他说他下去转转，要走的时候给他打个电话。美术教授是没在农村生活过，我生活过，我就脱了鞋坐上了床，问这房的租金，问他在哪条街上拾破烂，那么远的路早晨怎么去晚上怎么回来，就自己取了碗从保温瓶里要倒水喝。他脸上活泛多了，但回答我的话都是些通用话，比如，他说这租金合适，能接受。在朱雀门外那一带拾破烂，收入挺好。他有一辆自行车，早上带老婆进城，架子车都是存在收购站上的，日子比才来时好，日子会越来越好。老孙说：你不要那么正经，你想说什么就说什么，胡谝！他说：还真胡谝呀？我说：胡谝！三个人就都笑了。我们就乱七八糟地胡谝了，他竟是那样健谈，虽然没有刘高兴说得那么形象，但拾破烂中的一些事记得很准确，一件一件连时间地点都说得清。我先还真会逗引，逗着他说，后来就完全沉浸在他的故事中，随着他的高兴而高兴，随着他的难过而难过。他老婆在门外炉子上做饭，进来说：你只排夸你出五关斩六将哩，咋不说你走麦城！你出来。他出去了，又进来说：老婆问你们吃了没，没吃了就在我这儿吃？我说：就在你这儿吃。他就对老婆说：在咱这儿吃哩，你去村商店买些挂面。我赶紧说：买什么挂面？做啥我吃啥。我就又问了怎么个走了麦城？他讲了三宗，一宗是他在建筑工地被人家打了一顿，一宗是被街上的混混骗了三百元，一宗是被市容队没收了架子车。饭做熟了，是熬了一大锅的苞谷糁稀饭，给我盛了一大海碗，没有菜，没醋没辣子，说有盐哩，放些盐吧，给我面前堆上了一纸袋盐面。筷子是他老婆给我的，两根筷子粘连在一起，我知道是没洗净，但我不能说再洗一下，也不能用纸去擦，他们能用，我也就用，便扒拉着饭吸吸溜溜吃起来。××× 直是看着我吃，把那个风扇从床下取出来。那是个排气扇，吹过来的风是一股子，而且电线断了几处重新接上没缠绝缘胶布，我担心他触上了电，他说：没事。不停地转动着排气扇的方位给我吹。我把一大海碗饭吃完了，他说：够了没？我说：够了。他说：我估摸你也够了。

老孙的这位亲戚，后来虽然和我称不上朋友，却绝对成了熟人，他常到老孙那儿去，而他一去，老孙必定会给我电话，我也就去了。他有时拿着一些拾来的好东西送给我们，比如一个笛子，一个老式的眼镜盒，我们付给他一百元钱。他知道我喜欢收藏，有一次拿来了一个小黑陶罐，以为是个古董送我，我欣然接受，但我知道那是个几年前才烧制的罐子。我给他付钱的时候，他坚决不要，却说：要是今日我只收入十元钱，那我会收你的钱的，可我今日已经收入了十八元了，这就够够的了，我只求你帮个忙。原来他的一个兄弟拾破烂时把架子车停放在了马路边，而那一段马路立了牌子不准人力车通过，他兄弟不识字停放了，市容队就拉走了架子车，他兄弟去讨要，市容队说罚五百元了才能把架子车拉走。他求我能不能帮着把架子车要回来。

我说：我给你要回来。

他说：真能要回来了，我请你喝酒！

其实我和老孙哪儿有疏通市容队的能力呀？但我必须得帮他要回架子车，就叫来了电视台一个朋友，商量出一个阴谋。让他带着摄像机，如果他们不给架子车，便威胁着媒体要曝光这种粗暴对待弱势群体的行为。我们是一路上都在给自己壮胆，可万万没想到，去了市容队，那里竟有人认出了我，对我的到来兴奋不已，我成了座上宾。那就好，寒暄之后，我便说了情况，架子车不费吹灰之力要回来了。××× 激动地抱住我，说我牛，牛得很，并要了我的名片，说以后谁再欺侮他，他就拿出我的名片，说他是我的表哥。便问我：我能说是你的表哥吗？我说：是表哥！

几个月后，我终于写起拾破烂人的故事了。

但我没有想到，写起来却是那样地不顺手，因为我总是想象着我和刘高兴、白殿睿以及 ××× 的年龄都差不多，如果我不是 1972 年以工农兵上大学那个偶然的机会进了城，我肯定也是农民，到了五十多岁了，也肯定来拾垃圾，那又会是怎么个形状呢？这样的情绪，使我为这些离开了土地的人在城市里的贫困、卑微、寂寞和受到的种种歧视而痛心着哀叹着，一种压抑的东西始终在左右我的笔。我常常是把一章写好了又撕去，撕去了再写，写了再撕，想为什么中国会出现打工的这么一个阶层呢？这是国家在改革过程中的无奈之举、权宜之计，还是长远的战略政策？这个阶层谁来组织谁来管理，他们能为城市接纳融合吗？进城打工真的就能使农民富裕吗？没有了劳动力的农村又如何建设呢？城市与乡村是逐渐一体化呢，还是更加拉大了人群的贫富差距？我不是政府决策人，不懂得治国之道，也不是经济学家，有指导社会之术，但作为一个作家，虽也明白写作不能滞止于就事论事，可我无法摆脱一种与生俱来的忧患，使作品写得苦涩沉重。而且，我吃惊地发现，我虽然在城市里生活了几十年，平日还自诩有现代的意识，却仍有严重的农民意识，即内心深处厌恶城市，仇恨城市，我在作品里替我写的这些破烂人在厌恶城市，仇恨城市。我越写越写不下去，到底是将十万字毁之一炬。

我不写了，我想过一段时间再写。恰好这一段时间发生了一件特大的事，几个月就再没去摸笔。事情还是出在老孙的那伙拾破烂的同乡里，一个老汉，其实比我也就大那么几岁，他们夫妇在西安拾破烂时，其女儿就在一家饭馆里端盘子，有人说能帮她寻一个更能挣钱的工作，结果上当受骗，被拐卖到了山西。老汉为了找女儿，拾破烂每当攒够两千元就去山西探，先后探了两年，终于得知女儿被拐卖在五台县的一个山村里。老汉一直对外隐瞒着这事，觉得丢人，可再要去解救女儿时没了路费，来借钱，才给我和老孙说了。我、老孙埋怨，他出了这么大的事为什么不及时报警，也为什么不给我们说，而且凭你单枪匹马一个人去能把人解救回来？我们当即带他去报案，但他租住地的派出所却以他不是当地户口为理由不理睬这事，是老汉和他们吵了一场，案是报上了，派出所却强调要让去解救可以，但必须提供准确无误的被拐卖人的地址，并提供最少五千元的出警费。为了确凿地址，老汉再次去了五台县，我们给他出主意，叮咛如果查访到女儿，一定要稳住那家人。十几天后他回来了，哭着给我们说：我只说咱商州穷，五台县的深山野洼里比咱那儿还穷，一年四季吃不上白馍。咱女儿年纪那么小，整天像牲畜一样被绳子拴在屋里，已经给人家生了个娃了……他哭，我和老孙也流眼泪，拿了钱去给派出所，派出所却说当时警力不够，要等一个月后才能抽出人手。我和老孙又联系老孙老家的派出所，那里的派出所有认识的人，派出所所长答应亲自去解救，花销还可以减到三分之二。几番折腾后，组成了解救队伍就出发了。那个晚上，按计划是应该到了五台县的山村，被拐卖的女儿能不能见到，那家人和村民会不会放人，可能发生械斗吗，去的车辆夜里走山路能安全吗，我和老孙心都悬着，一直守在电话机旁，因为事先约好，人一解救出来就及时通报我们的。九点钟没有消息，十点钟没有消息，十一点了还没有消息，老孙拿出一小筐花生，说：应该没事，派出所所长有经验，他解救过三个被拐卖的妇女哩。我们就以吃花生缓解焦虑，但花生已吃完了，花生皮也一片一片在手里都捏成了碎末，十二点电话仍不响。我说：电话是不是有毛病？检查了一遍，线都好着，拿手机打了一次，立即就响了。老孙的母亲一直也陪着我们，七十多岁的人了，紧张得就哭起来，说那女儿多水灵的，怎么就被四十多岁的丑男人强迫着做媳妇生娃娃，如果这次失败了，肯定人家就转移了那女儿，那就永远不得回来了！老孙说：你不要说么，你不要说么！他母亲还在说，老孙就躁了，母子俩都生了气，屋子里倒一时寂静无声，只有墙上的钟表嗒嗒嗒地响。到了十二点二十一分，电话铃突然响了，老孙去接电话，老孙的母亲也去接电话，电话被撞得掉在了地上。电话是派出所打来的，只说了一句：成功啦，我们正往沟外跑哩！我和老孙大呼小叫，惊得邻居以为发生了什么事，咚咚地过来敲门。到了一点，老孙说他想吃一碗面条，他母亲竟就擀起面来，结果老孙吃了两碗，我吃了两碗。

这次成功解救，使我和老孙很有成就感，我们三天内见了朋友就想说，但三天后老汉来感谢我们，说了解救的过程，我们再也高兴不起来。因为解救过程中发生了村民集体疯狂追撵堵截事件，他们高喊着：我们为什么就不能有老婆？买来的十三个女人都跑了，你让这一村灭绝啊？！后来就乱打起来，派出所所长衣服被撕破了，腿上被石头砸出了血包，若不是朝天鸣枪，去解救的人都可能有生命危险，老汉的女儿是跑出来了，而女儿生下的不足一岁的孩子没能抱出来。这该是怎样的悲剧呀，这边父女团圆了，那边夫妻分散了，父亲得到了女儿，女儿又失去了儿子。我后来再去老汉那儿，老汉依然在拾破烂，他的女儿却始终不肯见外人。

我还是继续去那些拾破烂人租住的村巷，这差不多成了一种下意识，每每到城南了，就要拐过去看看，而在大街上碰上拾破烂的人了，也就停下来拉呱几句，或者目视着很久。差不多又过去了一年，我所接触和认识的那些拾破烂人，大都还在西安，还在拾破烂，状况并无多大改变。而那个供养孩子上大学的，孩子毕业了，但他患上了严重的哮喘病，已不能再拾破烂，又回到老家去。其中有一个攒了钱，与人合伙在县城办了个超市，还在老家新盖了一院房。他几乎是拾破烂人的先进榜样，他的事迹被他们普遍传颂。当然，也有死在西安的。死了三个，一个是被车撞死的，一个是肝硬化病死，一个是被同伴谋财致死。

当那个被同伴谋财致死的消息见诸了报纸后，我去了白殿睿租住的那个村子。白殿睿不在，碰上了一个年轻人，他是拾了两年破烂，我们说起那个被致死的人，他说他见过那个人，他想不到受害人拾了十年破烂积攒了十万元为什么不在西安买房呢？我说：那你有了钱就首先买房吗？他说：肯定要买房！买不了大的买小的，买不了新的买旧的，买不了有房产证的买没房产证的！我说：再不回老家啦？他说：我出来就在村口的碾盘前发了血誓，再也不回去！

刘高兴当然还在西安，身体似乎比以前还要好。他是一半个月了回去照料一下地里的庄稼，然后又来到西安，每次来了不是给我个电话说他又来了，就是冷不防地来敲门。他还是说这说那，表情丰富，笑声爽朗。

我就说了一句：咋迟早见你都是恁高兴的？

他停了一下，说：我叫刘高兴呀，咋能不高兴？！

得不到高兴但仍高兴着，这是什么人呢？但就这一句话，我突然地觉得我的思维该怎么改变了，我的小说该怎么去写了。本来是以刘高兴的事萌生了要写一部拾破烂人的书，而我深入了解那么多拾破烂人却使我的写作陷入了困境。刘高兴的这句话其实什么也没有说，真是奇怪，一张窗纸就砰地捅破了，一直只冒黑烟的柴火忽地就起了焰了。这部小说就只写刘高兴，可以说他是拾破烂人中的另类，而他也正是拾破烂人中的典型，他之所以是现在的他，他越是活得沉重，也就越懂得轻松，越是活得苦难，他才越要享受着快乐。

我说：刘高兴，我现在知道你了！

他说：知道我了，知道我啥？

我说：你是泥塘里长出来的一枝莲！

他说：别给我文绉绉地酸，你知道咱老家砖泥窑吗，出窑的时候脸黑得像锅底，就显得牙是白的。

是的，在肮脏的地方干净地活着，这就是刘高兴。

他说得比我好，我就笑了，他也嘎嘎地笑。那天我们吃的是羊肉泡馍。

我重新写作。原来的书稿名字是《城市生活》，现在改成了《高兴》。原来是沿袭着《秦腔》的那种写法，写一个城市和一群人，现在只写刘高兴和他的二三个同伴。原来的结构如《秦腔》那样，是陕北一面山坡上一个挨一个层层叠叠的窑洞，或是一个山洼里成千上万的野菊铺成的花阵；现在是只盖一座小塔只栽一朵月季，让砖头按顺序垒上去让花瓣层层绽开。

我很快写完了书稿，写完了书稿是多么轻松呀，再没有做最后的修改，我就回了老家一次。老家的那条一级公路在改造之后，许多路段从丹江北岸转移到了南岸，过去的几十年老是从北岸的路上走，看厌了沿途的风光，而从南岸走，山水竟然是别样的景致。每次回老家，肯定要去父亲的坟上烧纸奠酒，父亲虽然去世已有十八年，痛楚并没有从我心上逝去，一跪到坟前就止不住地泪流满面。这一次当然不能例外，但这一次我看见了父亲的坟地里有一片鲜花。我的弟弟一直在父亲的坟地里栽种各类花木，而我以往回去都不是花季，现在各种形态各种颜色的花都开了，我跪在花丛中烧纸，第一次感受到死亡和鲜花的气息是那样地融合。我流着泪正喃喃地给父亲说:《秦腔》我写了咱这儿的农民怎样一步步从土地上走出，现在《高兴》又写了他们走出土地后的城里生活，我总算写了……就在这时，一股风吹了过来，花草摇曳，纸灰飞舞，我愣了半天，蓦地又觉得《高兴》还有哪儿不对。从坟地出来，脑子里挥之不去的仍是父亲坟地里死亡和鲜花的气息，考虑起书稿中虽然在那么多拾破烂人的苦难的底色上写着刘高兴在城市里的快活，可写得并不到位，是哪儿出了问题，是叙述角度不对？我当然还没有想得更明白，但已严重地认为小改动是不行的，要换角度，要变叙述人就得再一次书写。

我终止了还要到商州各县去走一圈的计划，急匆匆返回西安，开始了第五次写作。这一次主要是叙述人的彻底改变，许多情节和许多议论文字都删掉了，我尽一切能力去抑制那种似乎读起来痛快的极其夸张变形的虚空高蹈的叙述，使故事更生活化、细节化，变得柔软和温暖。因为情节和人物极其简单，在写的过程中常常就乱了节奏而显得顺溜，就故意笨拙，让它发涩发滞，似乎毫无了技巧，似乎是江郎才尽的那种不会了写作的写作。

这期间，刘高兴又来过几次。他真是个奇怪的人，他看我平日弄些书画玩的，他竟也买了笔墨在旧报纸上写起了书法，就一张一张挂在他租住的屋里。更令我吃惊的是，他知道了我以他为原型写这本书，他也开始要为我写文章，在一个纸本上用各种颜色的笔写出了我和他少年时期的三万字的故事。我读了那三万字，基本上是流水账式的，错别字很多，但过去的事写得活灵活现。我能对他说什么呢，写这样的文字发表肯定是不行的，他在那样的条件下写了只能是浪费精力和时间，可我能让他不写吗？我说了这样的活：刘高兴，如果三十多年前你上了大学留在西安，你绝对是比我好几倍的作家。如果我去当兵回到农村，我现在即便也进城拾破烂，我拾不过你，也不会有你这样的快活和幽默。

但是，就在我写到了四分之三时，一个不好的消息传来，几乎使我又重新改写。那是一个文友来聊天，我一激动，就给他念写好的前三章，他突然说：你开头写了民工背尸回乡的事？我说：这开头好吧。他说：这材料是哪儿来的？我说：是看了凤凰卫视上的一则报道而改造的。他说：你看过电影《叶落归根》没？我说：没看过，怎么啦？他说：《叶落归根》就写了背尸的事。我一听脑袋大了，忙问那电影是怎么个样儿，这位文友详细讲了电影的故事情节，我心放下了。电影可能也是看到了那个报道，但电影纯粹演绎了背尸的过程。我的小说仅仅是做了个引子罢了。文友说你最好改改，我不改，在2005年我在初稿中就这么写了，怎么改呢？电影是他的电影，小说却绝对是我的小说，骡子和马那是两回事。

又是过了二十多天吧，那天雨下得哗哗哗，我正在写小说的结尾，电话响了，我烦这时候来电话，不去接，可过一会儿电话又响了。我拿起电话，说：谁？！声音传过来是刘高兴，他说：怎么不接电话呀？我说：我正忙着……他说：知道你忙，我不能贸然去敲门，可我打电话约时间你又不接！忙什么，是不是忙着写我，什么时候写完呀！我说：快完了，还得再小改小改。他说：你写东西还这么艰难，我可写完你的传记了！说完他在电话里嘎嘎嘎地大笑。

其实他就在我的楼下打电话。

于是我放下笔，开门，刘高兴湿漉漉地进来了。

—

《秦腔》后记

在陕西东南，沿着丹江往下走，到了丹凤县和商县（现在商洛专区改制为商洛市，商县为商州区）交界的地方有个叫棣花街的村镇，那就是我的故乡。我出生在那里，并一直长到了十九岁。丹江从秦岭发源，在高山峻岭中突围去的汉江，沿途冲积形成了六七个盆地，棣花街属于较小的盆地，却最具备盆地的特点：四山环抱，水田纵横，产五谷杂粮，生长芦苇和莲藕。村镇前是笔架山，村镇中有木板门石老街、高高的台阶、大的场子，分布着塔、寺院、钟楼、魁星阁和戏楼。村镇人一直把街道叫官路，官路曾经是古长安通往东南的唯一要道，走过了多少商贾、军队和文人骚客，现还保留着骡马帮会会馆的遗址，流传着秦王鼓乐和李自成的闯王拳法。

如果往江南岸的峭崖上看，能看到当年逃兵荒匪乱时的石窟，据说如今石窟里还有干尸，一近傍晚，成群的蝙蝠飞出来，棣花街就麻碴碴地黑了。让村镇人夸夸其谈的是祖宗们接待过李白、杜甫、王维、韩愈一些人物，他们在街上住宿过，写过许多诗词。我十九岁以前，没有走出过棣花街方圆三十里，穿草鞋，留着个盖盖头，除了上学，时常背了碾成的米去南北二山多换人家的苞谷和土豆，他们问:“哪里的？”我说:“棣花街的！”他们就不敢在秤上捣鬼。那时候这里的自然风景和人文景观依然在商洛专区著名，常有穿了皮鞋的城里人从312国道上下来，在老街上参观和照相。但老虎不吃人，声名在外，棣花街人多地少，日子是极度的贫困。那个春上，河堤上的柳树和槐树刚一生芽，就会被捋光了，泉池里是一筐一筐，石头压着煮过的树叶，在水里泡着拔涩。我和弟弟帮母亲把炒过的干苕蔓在碾子上砸，罗出面儿了便迫不及待地往口里塞，晚上稀粪就顺了裤腿流。我家隔壁的厦子屋里，住着一个李姓的老头，他一辈子编草鞋，一双草鞋三分钱，临死最大的愿望能吃上一碗苞谷糁糊汤，就是没吃上，队长为他盖棺，说:“别变成饿死鬼。”塞在他怀里的，仍是一颗熟红苕。全村镇没有一个胖子，人人脖子细长，一开会，大场子上黑乎乎一片，都是清一色的土皂衣裤。就在这一群人里谁能想到有那么多的能人呢:宽仁善制木。本旺能泥塑。东街李家兄弟精通胡琴,夜夜在门前的榆树下拉奏。中街的冬生爱唱秦腔，吃了上顿没下顿的，老婆都跟人去讨饭了，他仍在屋里唱，唱着旦角。五林叔一下雨就让我们一伙孩子给他剥玉米棒子或推石磨，他然后盘脚搭手坐在那里说《封神演义》,有人对照了书本,竟和书本上一字不差。

生平在偷偷地读《易经》,他最后成了阴阳先生。百庆学绘画,拿锅黑当墨,在墙上可以画出二十四孝图。刘新春整理鼓谱。刘烈有土木设计上的本事,率领八个弟子修建了几乎全县所有的重要建筑。西街的韩姓和东街的贾姓是棣花街上的大族,韩述绩和贾毛顺的文墨最深,毛笔字写得宽博温润,包揽了全村镇门楼上的题匾。每年从腊月三十至正月十五,棣花街都是唱大戏和闹社火,演员的补贴是每人每次三斤热红苕,戏和社火去县上会演,总能拿了头名奖牌。以至于外地来镇上工作的干部,来时有人叮咛:到棣花街了千万不能随便说文写字。再是我离开了故乡生活在了西安,以写作出了名,故乡人并不以为然,甚至有人在棣花街上说起了我,回应的是:像他那样的,这里能拉一车!

就在这样的故乡,我生活了十九年。我在祠堂改做的教室里认得了字。我一直是病包,却从来没进过医院,不是喝姜汤捂汗,就是拔火罐或用瓷片割破眉心放血,久久不能治愈的病那都是“撞了鬼”,就请神作法。我学会了各种农活,学会了秦腔和写对联、铭锦。我是个农民,善良本分,又自私好强,能出大力,有了苦不对人说。我感激着故乡的水土,它使我如芦苇丛里的萤火虫,夜里自带了一盏小灯,如漫山遍野的棠棣花,鲜艳的颜色是自染的。但是,我又恨故乡,故乡的贫困使我的身体始终没有长开,红苕吃坏了我的胃。我终于在偶然的机遇中离开了故乡,那曾经在棣花街是一件惊天动地的事情,记得我背着被褥坐在去省城的汽车上,经过秦岭时停车小便,我说:我把农民皮剥了!可后来,做起城里人了,我才发现,我的本性依旧是农民,如乌鸡一样,那是乌在了骨头上的。

我必须逢年过节就回故乡，去参加老亲世故的寿辰、婚嫁、丧葬，行门户，吃宴席，我一进村镇的街道，村镇人并不看重我是个作家，只是说：贾家老四的儿子回来了！我得赶紧上前递纸烟。我城里小屋在相当长的年月里都是故乡在省城的办事处，我备了一大摞粗瓷海碗，几张钢丝床，小屋里一来人肯定要吃捞面，腥油拌的辣子，大疙瘩蒜，喝酒就划拳，惹得同楼道的人家怒目而视。所以，棣花街上发生了任何事，比如谁得了孙子，是顺生还是横生，谁又死了，埋完人后的饭是上了一道肉还是两道肉，谁家的媳妇不会过日子，谁家兄弟分家为一个筐篮成了仇人，我全知道。一九七九年到一九八九年的十年里，故乡的消息总是让我振奋，土地承包了，风调雨顺了，粮食够吃了，来人总是给我带新碾出的米，各种煮锅的豆子，甚至是半扇子猪肉，他们要评价公园里的花木比他们院子里的花木好看，要进戏园子，要我给他们写中堂对联，我还笑着说：棣花街人到底还高贵！那些年是乡亲们最快活的岁月，他们在重新分来的土地上精心务弄，冬天的月夜下，常常还有人在地里忙活，田堰上放着旱烟匣子和收音机，收音机里声嘶力竭地吼秦腔。我一回去，不是这一家开始盖新房，就是另一家为儿子结婚做家具，或者老年人又在晒他们做好的那些将来要穿的寿衣寿鞋了。农民一生三大事就是给孩子办结婚，为老人送终，再造一座房子，这些他们都体体面面地进行着，他们很舒心，都把邓小平的像贴在墙上，给他上香和磕头。我的那些昔日一块套过牛，砍过柴，偷过红苕萝卜和豌豆的伙伴会坐满我家旧院子，我们抽纸烟，喝烧酒，唱秦腔，全晕了头，相互称“哥哥”，棣花街人把“哥哥（ɡē）”发音为“歌歌（ɡuǒ）”，热闹得像一窝鸟叫。

对于农村、农民和土地，我们从小接受教育，也从生存体验中，形成了固有的概念，即我们是农业国家，土地供养了我们一切，农民善良和勤劳。但是，长期以来，农村却是最落后的地方，农民是最贫困的人群。当国家实行起改革，社会发生转型，首先从农村开始，它的伟大功绩解决了农民吃饭问题，虽然我们都知道像中国这样的变化没有前史可鉴，一切都充满了生气，一切又都混乱着，人搅着事，事搅着人，只能扑扑腾腾往前拥着走，可农村在解决了农民吃饭问题后，国家的注意力转移到了城市，农村又怎么办呢，农民不仅仅只是吃饱肚子，水里的葫芦压下去了，一次就会永远沉在水底吗？就在要进入新的世纪的那一年，我的父亲去世了。父亲的去世使贾氏家族在棣花街的显赫威势开始衰败，而棣花街似乎也度过了它短暂的欣欣向荣岁月，这里没有矿藏，没有工业，有限的土地在极度地发挥了它的潜力后，粮食产量不再提高，而化肥、农药、种子以及各种各样的税费迅速上涨，农村又成了一切社会压力的泄洪池。体制对治理发生了松弛，旧的东西稀里哗啦地没了，像泼去的水，新的东西迟迟没来，来了也抓不住，四面八方的风方向不定地吹，农民是一群鸡，羽毛翻皱，脚步趔趄，无所适从，他们无法再守住土地，他们一步一步从土地上出走，虽然他们是土命，把树和草拔起来又抖净了根须上的土栽在哪儿都是难活。我仍然是不断地回到我的故乡，但那条国道已经改造了，以更宽的路面横穿了村镇后的塬地，铁路也将修有梯田的牛头岭劈开，听说又开始在河堤内的水田里修高速公路了，盆地就那么小，交通的发达使耕地日益锐减。而老街人家在这些年里十有八九迁居到国道边，他们当然没再盖那种一明两暗的硬梁房，全是水泥预制板搭就的二层楼，冬冷夏热，水泥地面上满是黄泥片，厅间蛮大，摆设的仍是那一个木板柜和三只四只土瓮。巷口的一堆妇女抱着孩子，我都不认识，只能以其相貌推测着叫起我还熟悉的他们父亲的名字，果然全部准确，而他们知道了我是谁时，一哇声地叫我“八爷”（我在我那一辈里排行老八）。我站在老街上，老街几乎要废弃了，门面板有的还在，有的全然腐烂，从塌了一角的檐头到门框脑上亮亮地挂了蛛网，蜘蛛是长腿花纹的大蜘蛛，形象丑陋，使你立即想到那是魔鬼的变种。街面上生满了草，没有老鼠，黑蚊子一抬脚就轰轰响，那间曾经是商店的门面屋前，石砌的台阶上有蛇蜕一半在石缝里一半吊着。张家的老五，当年的劳模，常年披着褂子当村干部的，现在中风了，流着哈喇子走过来，他喜欢地望着我笑，给我说话，但我听不清他说些什么。堂兄告诉我，许民娃的娘糊涂了，在炕上拉屎又把屎抹在墙上。关印还是贪吃，他当了支书的侄儿家被人在饭里投了毒，他去吃了三大碗，当时就倒在地上死了。后沟里有人吵架，一个说：你张狂啥呀，你把老子 × 咬了？！那一个把帽子一卸，竟然扑上去就咬 ×，把 × 咬下来了。村镇出外打工的几十人，男的一半在铜川下煤窑，在潼关背金矿，一半在省城里拉煤，捡破烂；女的谁知道在外边干什么，她们从来不说，回来都花枝招展。但打工伤亡的不下十个，都是在白木棺材上缚一只白公鸡送了回来，多的赔偿一万元，少的不足两千，又全是为了这些赔偿，婆媳打闹，纠纷不绝。因抢劫坐牢的三个，因赌博被拘留过十八人。选村干部宗族械斗过一次。抗税惹得公安局来了一车人。村镇里没有了精壮劳力，原本地不够种，地又荒了许多，死了人都熬煎抬不到坟里去。我站在街巷的石磙子碾盘前，想，难道棣花街上我的亲人、熟人就这么很快地要消失吗，这条老街很快就要消失吗，土地也从此要消失吗，真的是在城市化，而农村能真正地消失吗，如果消失不了，那又该怎么办呢？

父亲去世之后，我的长辈们接二连三地都去世，和我同辈的人也都老了，日子艰辛使他们的容貌看上去比我能大十岁，也开始在死去。我把母亲接到了城里跟我过活，棣花街这几年我回去次数减少，故乡是以父母的存在而存在的，现在的故乡对于我越来越成为一种概念。每当我路过城街的劳务市场，站满了那些粗手粗脚衣衫破烂的年轻农民，总觉得其中许多人面熟，就猜测他们是我故乡死去的父老的托生。我甚至有过这样的念头：如果将来母亲也过世了，我还回故乡吗？或许不再回去，或许回去得更勤吧。故乡呀，我感激着故乡给了我的生命，把我送到了城里，每一次想故乡那腐败的老街，那老婆婆在院子里用湿草燃起熏蚊子的火，火不起焰，只冒着酸酸的呛呛的黑烟，我强烈地冲动着要为故乡写些什么。我以前写过，那都是写整个商州，真正为棣花街写得太零碎太少。我清楚，故乡将出现另一种形状，我将越来越陌生，它以后或许像有了疤的苹果，苹果腐烂，如一泡脓水，或许它会淤地里生出了荷花，愈开愈艳，但那都再不属于我，而目前的态势与我相关，我有责任和感情写下它。法门寺的塔在倒塌了一半的时候，我用散文记载过一半塔的模样，那是至今世上唯一写一半塔的文字，现在我为故乡写这本书，却是为了忘却的回忆。

我决心以这本书为故乡树起一块碑子。

当我雄心勃勃在二〇〇三年的春天动笔之前，我奠祭了棣花街上近十年二十年的亡人，也为棣花街上未亡的人把一杯酒洒在地上，从此我书房当庭摆放的那一个巨大的汉罐里，日日燃香，香烟袅袅，如一根线端端冲上屋顶。我的写作充满了矛盾和痛苦，我不知道该赞歌现实还是诅咒现实，是为棣花街的父老乡亲庆幸还是为他们悲哀。那些亡人，包括我的父亲，当了一辈子村干部的伯父，以及我的三位婶婶；那些未亡人，包括现在又是村干部的堂兄和在乡派出所当警察的族侄，他们总是像抢镜头一样在我眼前涌现，死鬼和活鬼一起向我诉说，诉说时又是那么争争吵吵。我就放下笔盯着汉罐长出来的烟线，烟线在我长长的嘘气中突然地散乱，我就感觉到满屋子中幽灵飘浮。

书稿整整写了一年零九个月，这期间，我基本上没有再干别事，缺席了多少会议被领导批评，拒绝了多少应酬让朋友们恨骂，我只是写我的。每日清晨从住所带了一包擀成的面条或包好的素饺，赶到写作的书房，门窗依然是严闭的，大开着灯光，掐断电话，中午在煤气灶煮了面条和素饺，一直到天黑方出去吃饭喝茶会友。一日一日这么过着，寂寞是难熬的，休息的方法就写毛笔字和画画，我画了唐僧玄奘的像，以他当年在城南大雁塔译经的清苦来激励自己。我画了《悲天悯猫图》，一只狗卧在那里，仰面朝天而悲号，一只猫蹑手蹑脚过来看狗。我画《抚琴人》，题写："精神寂寞方抚琴。"又写了条幅："到底毛颖足吞虏，沧浪随处可濯缨。"我把这些字画挂在四壁，更有两个大字一直在书桌前："守候。"让守住灵魂的候来监视我。古人讲：文章惊恐成。这部书稿真的一直在惊恐中写作，完成了一稿，不满意；再写，还不满意；又写了三稿，仍是不满意，在三稿上又修改了一次。这是我从来都没有过的现象，我不知道是年龄大了，精力不济，还是我江郎才尽，总是结不了稿，连家人都看着我可怜了，说：结束吧，结束吧，再改你就改傻了！我是差不多要傻了，难道是土变的，身上的泥垢越搓越搓不净，书稿也是越改越这儿不是那儿不够吗？

写作的整个过程中，有一位朋友一直在关注着，我每写完一稿，他就拿去复印。那个小小的复印店，复印了四稿，每一稿都近八百页，他得到了一笔很好的收入，他就极热情，和我的朋友就都最早读这书稿。他们都来自农村，却不是文学圈中的人，读得非常有兴趣，跑来对我说："你要树碑了，这是个大碑子啊！"他们的话当然给了我反复修改的信心，但终于放下了最后一稿的笔，坐在烟雾腾腾的书房里，我又一次怀疑我所写出的这些文字了。我的故乡是棣花街，我的故事是清风街；棣花街是月，清风街是水中月；棣花街是花，清风街是镜里花。但水中的月镜里的花依然是那些生老病离死，吃喝拉撒睡，这种密实的流年式的叙写，农村人或在农村生活过的人能进入，城里人能进入吗？陕西人能进入，外省人能进入吗？我不是不懂得也不是没写过戏剧性的情节，也不是陌生和拒绝那一种"有意味的形式"，只因我写的是一堆鸡零狗碎的泼烦日子，它只能是这一种写法，这如同马腿的矫健是马为觅食跑出来的，鸟声的悦耳是鸟为求爱唱出来的。我唯一表现我的，是我在哪儿不经意地进入，如何地变换角色和控制节奏。在时尚于理念写作的今天，时尚于家族史诗写作的今天，我把浓茶倒在宜兴瓷碗里会不会被人看作是清水呢？穿一件土布袄去吃宴席会不会被耻笑我贫穷呢？如果慢慢去读，能理解我的迷惘和辛酸，可很多人习惯了翻着读，是否说“没意思”就撂到尘埃里去了呢？更可怕的，是那些先入为主的人，他要是一听说我又写了一本书，还不去读就要骂母猪生不下狮子，狗嘴里吐不出象牙。我早年在棣花街时，就遇着过一个因地畔纠纷与我家置了气的邻居妇女，她看我家什么都不顺眼，骂过我娘，也骂过我，连我家的鸡狗走路她都骂过。我久久地不敢把书稿交付给出版社，还是帮我复印的那个朋友给我鼓劲，他说：“真是傻呀你，一袋子粮食摆在街市上，讲究吃海鲜的人不光顾，要减肥的只吃蔬菜水果的人不光顾，总有吃米吃面的主儿吧？！”

但现在我倒担心起故乡人如何对待这本书了，既然张狂着要树一块碑子，他们肯让我树吗？认可这块碑子吗？清风街里的人人事事，棣花街上却能寻着根根蔓蔓，画鬼容易画人难，我不至于太没本事，要写老虎却写成了狗吧。再是，犯不犯忌讳呢？我是不懂政治的，但我怕政治。十几年前我写《商州初录》，有人就大加讨伐，说：“调子灰暗，把农民的垢甲搓下来给农民看，甭说为人民写作，为社会主义写作，连‘进步作家’都不如！”雨果说：人有石头，上帝有云。而如今还有没有这样的人呢？我知道，在我的故乡，有许多是做了的不一定说，说了的不一定做，但我是作家，作家是受苦与抨击的先知，作家职业的性质决定了他与现实社会可能要发生摩擦，却绝没企图和罪恶。我听说过甚至还亲眼见过一个乡级干部对着县级领导，一个县级干部对着省级领导，述职的时候，他们要使尽成绩，连虱子都长了双眼皮；当他们申报款项，却惶了还再惶，人在喝风屙屁，屁都没个屁味。树一块碑子，并不是在修一座祠堂，中国从来都没有像今天这样渴望强大，人们从来没有像今天需要活得儒雅，我以清风街的故事为碑了，行将过来的棣花街，故乡啊，从此失去记忆。

《高老庄》后记

今年我将出版我的文集，一共是十四卷，没有包括过去的《废都》和现在完成的《高老庄》。设计封面的曹刚先生在每一卷上以一个字做装饰，他选用了“大风起兮云飞扬，威加海内兮归故乡，安得猛士兮守四方”。这是刘邦的诗，二十三个字。瞬间的感觉里，我立即知道我的一生是会能写出二十三卷书的。《高老庄》应该为第十六卷，也就是我在这个世纪的最后一部长篇。

在世纪之末写完《高老庄》，我已经是很中年的人了。人是有本命年的，几乎每一个中国人在自己的本命年里莫不是恐慌惧怕，同样，天地运动也有它的周期性，过去的世纪之末景象如何，我们不能知道，但近几年来全球范围内的频繁的战争、骚乱、饥荒、瘟疫、旱涝、地震，恶性事故和金融危机，使得整个人类都焦躁着。

世纪末的情绪笼罩着这个世界，于我正偏偏在中年。中年是人生最身心憔悴的阶段，上要养老，下要哺小，又有单位的工作，又有个人的事业，肩膀上扛的是一大堆人的脑袋，而身体却在极快地衰败。经历了人所能经受的种种事变（除过坐牢），我自信我是一个坚强的男人，我也开始相信了命运，总觉得我的人生剧本早被谁之手写好，我只是一幕幕往下演的时候，有笑声在什么地方轻轻地响起。《道德经》再不被认作是消极的世界观，《易经》也不再是故弄玄虚的东西，世事的变幻一步步看透，静正就附体而生，无所羡慕了，已不再宠辱动心。一早一晚都在仰头看天，像全在天上，蹲下来看地上熙熙攘攘物事，一切又都在其中。年初的一个黄昏，低云飞渡，我出门要干事去，当一脚要踏下去的时候，我突然看见了一只虫子就在脚下活活地蠕动，但我的脚因惯性已无法控制，踏下去就把它踏死了。我站在那里，悲哀了许久，忏悔着我无意的伤害，却一时想到这只虫子是多么像我们人类呀，这虫子正快乐地或愁苦地生活着，突然被踏死，虫子们一定在惊恐着这是一场什么灾难呢？也就在那个晚上，我坐在书房里，脑子里还想着虫子们的思考，电视中正播放着西藏的山民向神灵祈祷的镜头，蓦地醒悟这个世界上根本是不存在着神灵和魔鬼的，之所以种种奇离的事件发生，古代的比现代的多，乡村的比城市的多，边地的比内地的多，那都是大自然的力的影响。类似这样的小事，和这样的小事的启示，几乎不断地发生在我的中年，我中年阶段的世界观就逐渐变化。我曾经在一篇短文里写过这样的话：道被确立之后，德将重新定位。于是，对于文学，我也为我的评判标准和审美趣味的变化而惊异了。当我以前阅读《红楼梦》和《楚辞》,阅读《老人与海》和《尤里西斯》，我欣赏的是它们的情调和文笔，是它们的奇思妙想和优美，但我并不能理解他们怎么就写出了这样的作品。而今重新捡起来读，我再也没兴趣在其中摘录精彩的句子和段落，感动我的已不在了文字的表面，而是那作品之外的或者说隐于文字之后的作家的灵魂！偶尔的一天，我见到了一副对联，其中下联是“青天一鹤见精神”，我热泪长流，我终于明白了鹤的精神来自于青天！

回过头来，那些曾令我迷醉的作品就离我远去了，那些浅薄的东西，虽然被投机者哗众取宠，被芸芸众生人云亦云地热闹，却为我不再受惑和所骗。对于整体的、浑然的、元气淋漓而又鲜活的追求，使我越来越失却了往昔的优美、清新和形式上的华丽。我是陕西的商州人，商州现属西北地，历史上却归之于楚界，我的天资里有粗犷的成分，也有性灵派里的东西，我警惕了顺着性灵派的路子走去而渐巧渐小，我也明白我如何地发展我的粗犷苍茫,粗犷苍茫里的灵动那是必然的。我也自信在我初读《红楼梦》和《聊斋志异》，我立即有对应感，我不缺乏他们的写作情致和趣味，但他们的胸中的块垒却是我在世纪之末的中年里才得到理解。我是失却了一部分我最初的读者，他们的离去令我难过而又高兴，我得改造我的读者，征服他们而吸引他们。我对于我写作的重新定位，对于曾经阅读过的名著的重新理解，我觉得是以年龄、经历的丰富后做基础的，时代的感触和人生的感触并不是每一个人都能深切体会的，即使体会，即在了第一台阶也只能体会到第二台阶，而不是从第一台阶就体会到了第四第五台阶。

世纪末的阴影挥之不去的今天，少男少女们在吟唱着他们的青春的愁闷，他们其实并没有多大的愁，满街的盲流人群步履急促，他们唠唠叨叨着所得的工钱和物价的上涨，他们关心的仅是他们自身和他们的家人。

大风刮来，所有的草木都要摇曳，而钟声依然是悠远而舒缓地穿越空间，老僧老矣，他并没有去悬梁自尽，也不激愤汹汹，他说着人人都听得懂的家常话。

《高老庄》落笔之后，许多熟人和生人碰见了我，总在问我又写了什么？我能写什么呢，长期以来，商州的乡下和西安的城镇一直是我写作的根据地，我不会写历史演义的故事，也写不出未来的科学幻想，那样的小说属于别人去写，我的情结始终在现当代。我的出身和我的生存的环境决定了我的平民地位和写作的民间视角，关怀和忧患时下的中国是我的天职。但我有致命的弱点，这犹如我生性做不了官（虽然我仍有官衔）一样，我不是现实主义作家，而我却应该算作一位诗人。对于小说的思考，我在许多文章里零碎地提及，尤其在《白夜》的后记里也有过长长的一段叙述，遗憾的是数年过去，回应我的人寥寥无几。这令我有些沮丧，但也使我很快归于平静，因为现在的文坛，热点并不在小说的观念上，没有人注意到我，而我自《废都》后已经被烟雾笼罩得无法让别人走近。现在我写《高老庄》，取材仍是来自于商州和西安，但我写的绝不是商州和西安，我从来也没承认过我写的就是行政管理意义上的商州和西安，以此延伸，我更是反对将题材分为农村的和城市的甚或各个行业。我无论写的什么题材，都是我营造我虚构世界的一种载体，载体之上的虚构世界才是我的本真。我终生要感激的是我生活在商州和西安二地，具有典型的商州民间传统文化和西安官方传统文化孕育了我作为作家的素养，而在传统文化的其中淫浸愈久，愈知传统文化带给我的痛苦，愈对其的种种弊害深恶痛绝。

我出生于一九五二年，正好是二十世纪的后半叶，经历了一次一次窒息人生命的政治运动和贫穷，直到现在，国家在改革了，又面临了一个速成的年代。我的一个朋友曾对我讲过，他是在改革年代里最易于接受现代化的，他购置了新的住宅，买了各种家用电器，又是电脑、VCD，又是摩托车，但这些东西都是传统文化里的人制造的第一代第二代产品，三天两头出现质量毛病,使他饱尝了修理之苦。他的苦我何尝没有体会呢，恐怕每一个人都深有感触。文学又怎能不受影响，打上时代的烙印呢？

我或许不能算时兴的人，我默默地欢呼和祝愿那些先蹈者的举动，但我更易于知道我们的身上正缺乏什么，如何将西方的先进的东西拿过来又如何作用，伟大的五四运动和五四运动中的伟人们给了我多方面的经验和教训。我在缓慢地、步步为营地推动着我的战车，不管其中有过多少困难，受过多少热讽冷刺甚或误解和打击，我的好处是依然不掉头就走。生活如同是一片巨大的泥淖，精神却是莲日日生起，盼望着浮出水面开绽出一朵花来。

《高老庄》里依旧是一群社会最基层的卑微的人，依旧是蝇营狗苟的琐碎小事。我熟悉这样的人和这样的生活，写起来能得于心又能应于手。为什么如此落笔，没有乍眼的结构又没有华丽的技巧，丧失了往昔的秀丽和清晰，无序而来，苍茫而去，汤汤水水又黏黏糊糊，这缘于我对小说的观念改变。我的小说越来越无法用几句话回答到底写的什么，我的初衷里是要求我尽量原生态地写出生活的流动，行文越实越好，但整体上却极力去张扬我的意象。这样的作品是很容易让人误读的,如果只读到实的一面,生活的琐碎描写让人疲倦，觉得没了意思，而又常惹得不崇高的指责，但只谈到虚的一面，阅历不够的人却不知所云。我之所以坚持我的写法，我相信小说不是故事也不是纯形式的文字游戏，我的不足是我的灵魂能量还不大,感知世界的气度还不够,形而上与形而下结合部的工作还没有做好。人在中年里已挫了争胜好强心，静伏下来踏实地做自己的事，随心所欲地去做,大白在地去做,我毕竟还有七卷书要写。沈从文先生在他的《边城》里写:“他或许明日就回来，或许永远也不回来了。”我套用他的话，我寄希望于我的第十七卷书，或者就寄希望于那第二十四卷了。

1998 年 6 月 10 日下午

《海风山骨——贾平凹书画作品选》序

日子过得真快，竟然五十九岁了，阴历的二月二十一是我的生日，《古炉》已经出版一月，空闲下来了，就编一本书画集吧，可以给读者汇报一下我的余事，也权当自己送自己个寿礼。

书画确实是我的余事。

之所以认作是余事，一是几十年来我都是在从事文学写作，文学写作是我的职业也是事业，立身之本，不敢懈怠。二是以我的才质和所下的功夫，自知很难在书画方面取得大成就，也要给自己的浅陋早早寻借口，就完全把书画作为陶冶自己心性之道，更作为以收入养文养家之策，那就只能是余事了。

但我是多么地喜欢书画艺术啊，自感到我生命的土壤里有各种颜色，能长绿的树，也能长红的花，我与书画应该有缘。在我的认识里，无论文学、书法、绘画、音乐、舞蹈，除了各有各的不可替代的技外，其艺的最高境界都是一样的。我常常是把文学写作和书画相互补充着去干的，且乐此不疲，而相得益彰。

我承认我没有临过帖，也没有临过《芥子园》一类的画谱，但我读美术史，读了很多的书画。对于书法，其实我每天的文学写作都是写字，虽然是钢笔字，对汉字的理解却是一致的。你可以把书法说得是如何的抽象艺术，而它最基本的属性还是实用性的，来源于象形，能把握住它的间架结构，能领会它认知世界的智慧和趣味，以你的心性和感觉去写，写出来的字就不会差到什么地方去。至于绘画，我是在有了书法实践的几年后开始的，因为我还能掌握了线条，就以写入画，自然界的所有形象都在眼前，只是捉那些模样去画就是了。

常听到这样的话：文如其人，字如其人，画如其人。其实这话是从事的文、字、画达到了一定程度后方可讲的。只有在达到一定程度上了，手里的钢笔和毛笔才能与人合而为一，那么，人是什么人，文字就是什么文字，书法就是什么书法，绘画就是什么绘画。我的体会是，我有我长期以来形成的对于世界对于人生的观念，我有我的审美，所以，我的文学写作和书画，包括我的收藏，都基本上是一个爱好，那便是一定要现代的意识，一定要传统的气息，一定要民间的味道。重整体，重混沌，重沉静，憨拙里的通灵，朴素里的华丽，简单里的丰富。

我是先文学写作，后书法，再后绘画。当每一项创作刚刚上手的时候，甚觉快意，而愈往前行，才知干什么都是那么艰难。在这每一条路上，到处都是夸父的尸体啊。我常常不知道该书画些什么，它和写作一样，没有了感觉和冲动，笔就提不到手里，而当有了感觉和冲动，又苦于表现不出来，即便表现出来了，今天看着还可以，明天又觉得太糟糕，苦恼复苦恼，总在煎熬中。十多年来，是出版过一些书法和绘画的集子，现在羞于让人翻阅，就想，编辑了这本集子，再过几年，恐怕又是不堪入目的命运吧。却又想，人生都是从幼稚走来，真到那一天了，或许看这些作品难看，那可能我是进步了，或许，那时候了，书画于我就不是余事了呢。

2011 年 3 月 11 日

《观云奇石》序

人可以无知，但不可以无趣，这是从旁观的眼光看的，与无趣之人对坐，如坐牢狱。人可以无爱，但不可以无好，这是从自身的眼光看的，无好之人活着，活着如同死了。人有好，人必有趣，有趣之人则肯定有神至而灵，是性情中人。

广东李观云好石。我去过他家，一座有三层楼的家院里，上上下下摆满了石头万件，有大若柜的，有小如珠的，五光十色，千奇百怪。他曾经开办过工厂，盈润颇丰，数年间却驱车全国各地，千金散去，广纳美石，人多不能理解，以为是疯子，他当然知道，苦苦奋斗了十多年，所赚的钱财原来全为了这些石头！这犹如招寻民间的鸡鸣狗盗之徒，组织演练了一支精兵，又犹如遗散于各地的孤儿终被收养。自己省吃俭用，独于山石不能廉，李观云有了孟尝君之风，天下奇石就为之而趋——这其中发生过许许多多神秘的故事——如果石能语，石类必有言传：今没梁山泊，却有观云庄。

今年夏初，观云突然从广东来西安，携一册他写的关于石头的书稿嘱我为序，哈，观云好石也知石，石能归他也始他，原是不捉笔之人现在竟一身斯文，笔意通脱沉着！我欣然应允，遂为记之。

1998 年 6 月

《贾平凹书画集》自序

这一本书画集，书多画少，可以说是本书法集，收辑了近几年所写的一部分，但我却是从六岁起至现在几乎天天在写字，以字活人的人。如果在古时，一个写字的人是不会出一本书法集的，他们的任何一位也比我在这本集中的字写得好，然而现在，我却是书法家，想起来委实可笑。苏东坡是我最向往的人物，他无所不能，能无不精，但他已经死在了宋朝。我的不幸是活在了把什么都越分越细，什么里都有文化都有艺术的年代，所以，字就不称之为字，称书法了。食之精细，是胃口已经衰弱，把字纯粹于书法艺术，是我们的学养已经单薄不堪。越是单薄不堪，越是要故弄玄虚，说什么最抽象的艺术呀，最能表现人格精神呀，焚香沐浴方能提笔呀，我总是不大信这个。庙里的大和尚，总是让乡下的老太太在佛像前磕头烧香，但他们知道佛是什么，骂佛是屎瓶子。

我喜欢写字，是我从事着写文章的工作不能不写字，没有当兵的不爱武器的。我看到过许多人，以至于许多人让他的孩子，没黑没明坐在房子里练字，我就想起了乡间剪窗花的妇人和日本人的相扑，有趣或许有趣，但毕竟过去了。我坦白招来，我没有临习过碑帖，当我用铅笔钢笔写过了数百万字的文章后，对汉字的象形来源有所了解，对汉字的间架结构有所理解，也从万事万物中体会了汉字笔画的趣味。如果我真是书法家，我的书法的产生是附带的，无为而为的，这犹如我去种麦子，获得了麦粒也获得了麦草。

有人说，书法必须是毛笔创造的。这话若被肯定，那么，我的字被书法了是八十年代的中期。那时，我用毛笔在宣纸上写字，有了一种奇异的感觉，从此一发不能收拾。我的烟也是那时吸上瘾的。毛笔和宣纸使我有了自娱的快意，我开始读到了许多碑帖，已经大致能懂得古人的笔意，也大致能感应出古人书写时的心绪。从那一阵起，有人向我索字了，我的字给许多人办过农转非、转干、调动的好事，也给许多人办过贿赂、巴结、讨官的坏事，我把我的字看得烂贱如草，谁要就给谁写，曾经为吃得三碗搅团写过一大卷纸哩。

但是，被人索字渐渐成了我生活中的灾难，我家无宁日，无法正常地读书和写作，为了拒绝，我当庭写了启事：谁若要字，请拿钱来！我只说我缺钱，钱最能吓人的，偏偏有人真的就拿钱来。天下的事有趣，假作真时真亦假，既然能以字易钱，我也是爱钱的，那我就做书法家呀！

在我有了做“书法家”的意识，也可以说有了“书法家”的责任后，我认真地了解了当今的书风。当今的书风，怎么说呢，逸气太重，好像从事者已不是生活人而是书法人了，象牙塔里个个以不食烟火的高人自尊，博大与厚重在愈去愈远。我既无夙命，能力又简陋，但我有我的崇尚，便写“海风山骨”四字激励自己，又走了东西两海。东边的海我是到了江浙，看水之海，海阔天空，拜谒了翁同龢和沙孟海的故居与展览馆。西边的海我是到了新疆，看沙之海，野旷高风，莫把冰山与大漠。我永远也不能忘记在这两个海边的日日夜夜，当我每一次徘徊在碑林博物馆和霍去病墓前石雕前，我就感念了两海给我的力量，感念我生活在了西安。

我最清楚不过，我的书法是缺乏基本训练——而这又是当今流行的一种要求——它充其量属于顿悟式，这如非洲的一些国家实行民选一样，民选是民选了，却常有军人们起来就把民选的总统颠覆。我也明白，我的书法多多少少借助了我在文学上的声名，但我想，这和那些领导的题字还是两码事吧，所以，才敢于让出版社出版这本集子。

但我仍坚持，我写的是一些汉字，不是书法，我也不要书法家。

1998 年 3 月 5 日

给你一根竹棍（《回忆录写作纵横》序）

世上的书有各种类型，回忆录却是我们常接触到且十分喜欢读的一种，它有史的庄严，人生的经验来得亲切。世界上几乎所有的伟人、名人必要做的一项最后工作，就是写回忆录，而更多的老人写回忆录使晚境愉悦和多彩，可以说，它是作家之内的事，又是作家之外的事，大而化之，是所有人的事业。

遗憾的是现有的教科书，并没有关于回忆录的写作教材，书省君的这本书的出版，姑且不论优与劣，得体与否，但补白的意义，确实令我们深表敬意。

如同世上一切写作一样，回忆录是不需要有什么框式的，书省君之所以写成《写作纵横》而不是《回忆录写法》，它只是告诉你每一部作品本身都在向你说明作品该怎么写的道理,只是向你提供一种借鉴和启发。“这本书只能是一根竹棍”，书省君对我如是说。是的，一根竹棍扶持腿力不济的老人攀上人生最后的顶巅，到达了是可以扔掉的，但是当我们在到达了顶巅后扔掉了竹棍，我们也就深深地懂得了竹棍的价值了。

书省君是我的大学同学，十数年来，他以学业的优异一直留在母校从事写作教学，凡是写作范围内的事体他无一不涉猎和实践过，这本书耗费了他许多心血，长时间的求实而又充满激情的工作，得以使全书如此平易、通俗、自然、亲切，它的出版必会得到社会的欢迎。所以，在出版之际，愿以同学同志的身份与书省君共享收获后的欢欣。

读《陈礼忠寿山石雕刻艺术》

西安的寿山石雕并不多，见到的都是一些印石。但寿山石因资源日趋枯竭，价格飞涨，都是知道的。而福建人多有雕刻高手，如冯久和呀郭功森呀林寿堪、王乃杰呀，也都知道。西安人的意识里，南方人精巧是精巧，那可能是天性使然，或环境造就，西北人没有那种石头，也没有那种手艺，索性审美的情趣就变了。比如我，更多地去收藏汉代的石刻和陶器，重朴素重浑然，倒没有产生过要藏那些更值钱的太细致东西的念头，即便是和田玉，仅收籽料，寿山石也只是一堆章料而已。可今年夏天，田四新先生数次邀我去福建，并夸赞着那里的寿山石雕刻，我似乎不以为然，迟迟未能成行。他寄来了一本图册，也就是这本画册，彻底改变了我的看法。

打开扉页，是一幅《留得枯荷听雨声》，我就惊讶了，原来我对寿山石雕了解得太浅薄了，南方人竟有这么大气的作品！再往后看，那《春声赋》，那《武夷晨曲》，那《溪山行旅图》《山居图》《春风又绿江南岸》，真读得我血脉贲张，当时家里有几个文友吃茶，忙喊他们过来欣赏，大家没有不叫好的。在那个晚上，我又细细地翻阅图册，顺手在笔记本上写下了这么一段文字——

国画家讲究笔墨当随时代。一切艺术，包括寿山石雕刻，何尝不也是这样呢？我们遇到了社会转型期的这个时代，它是粗糙的，也是气势饱满的。陈礼忠继承了传统的雕刻手法，又突破了传统的雕刻理念，其之所以感到作品不陈旧，又大气，体现在题材的开掘上，构图的处理上。可以想见，当他拿到一块石头，反复观察，仔细斟酌，借色借形，施展想象，该繁时极繁，繁到一种令人震撼的程度，该简时又特简，大肆写意，加减法以自己的思维和审美运用自如，似乎那块石头中就有荷，有鹰，有山川树木、花草鱼虫，只是被一些多余的石头包着，他只是把多余的石头去掉了。雕刻得像，甚至活灵活现，巧夺天工，那都是起码的。雕刻什么，怎么雕刻，是人的境界的事。任何艺术，到了一定程度，并不是比技术了，而是作品后边的人，看这人能量的大小，看这人修养的深厚，看这人感情倾注的强弱。技术还不成熟的时候，谈不上得心应手，能得心应手了，人的问题是最重要的，才是什么人有什么作品。

我读中外文学史上的一些大作家的作品，如果喜欢上了，就要读他们生活和写作的环境的资料，读生平，读当时的评论。对于陈礼忠，我同样是喜欢和尊敬了，也做如此的工作，听了田四新先生的介绍，又看了许多关于他的文章。果然是，陈礼忠的出现并不是偶然的，他是悟性极高的人，天生就是从艺的，即便不是从事寿山石雕刻，搞别的，依然会出人头地，脱颖而出，做下不凡的业绩。再是他雕刻的基本功非常扎实，一把刻刀如同从身上长出来的，应用自如。还有，就是他太善于学习和吸收。古人讲游名川读奇书见大人以养浩然之气，他是将大量的时间和精力用在交流和读书上，对于美术史上的大家作品，对于文学史上的诗文歌赋，他都钻研。他是在寿山石的雕刻里，尽情抒发他的人生观、生命观和审美情趣。他的作品，既是本行当的，又超越本行当，达到普遍性。

和田玉资源出现危机，所以我收藏玉并不让雕刻，害怕一些拙劣的雕刻将其糟蹋了。寿山石资源同样面临着危机，我也曾主张过还是少雕刻好。但读了陈礼忠的这本作品图册，我想，一个时代有一个时代的人杰，说他是国手也罢，说他是大师也罢，总之，这个时代的寿山石是不幸的，同时，又是有幸的。

2010 年 9 月 11 日

说宋艳刚的摄影作品

一

当人人都会开车、人人又都随身带着相机的时候，司机和摄影再也不是一种职业了。但越是这样，更显出了什么是赛车手，什么是摄影家。

已经熟识了陕西好多的摄影家，又认识了一位，且立即产生亲近和敬意的，这就是宋艳刚。

宋艳刚的作品非常唯美，但又有强烈的现实感，在选材的角度上、构图上、光线上、色调上，不是人为地摆布和制作的修饰，没有俗气，也不矫情，一切又都那么讲究，那么华美，让我想到一句话：致广大而尽精微，极高明而道中庸。

同任何艺术一样，在掌握了其技术后，作品的高低就看作品的背后是否站起了人。没有站起人，那姑且不论，既是站起了人，这人的能量如何，格局如何，投入的情感如何，就分出了作品的优秀和平庸。宋艳刚的摄影生涯已经很长，拍摄了大量的作品，这些我都不多理会，当我看到他对于寺与僧人的系列作品后，我惊讶着他的非常之处。首先，他能想到去拍摄这类题材。终南山有着中国最多的寺院和修行人，一般很少有人去关注，即便拍摄，也出于好奇，他能长年累月地进山，用相机叩开这一神秘世界，以镜头与僧人对语，其真挚和虔诚，犹如西藏的那些信徒刻凿玛尼石。所以，他的作品，虽然环境是那么普通却表现得那么优美，人物是那么平常却表现得那么独特，看后令人感动和难忘。

看到了宋艳刚的作品，就感兴趣了他的人。他当商人，身上没有社会气和铜臭气；他从事艺术，身上又没有酸腐气和虚夸气。这样一个人，本本色色，憨憨厚厚，甚至羞羞怯怯的，正是成大事的秉性啊。

2010 年 7 月 26 日

二

一边是郁勃的苍松，一边是杂林，树的叶子黄了红了，小路就从中间穿过，寂寂静静，又是午时的阳光照着，听得见鸟叫和虫鸣，还有秋叶在落。秋叶落下时是划着弧线的，空气如同水面，和尚似乎听到了那同样涟漪的颤音。

和尚是从山下化缘归来的吗?

他踏着厚厚的落叶已经走了许多路，鞋和长袍的下摆使碎叶在身后跳跃,又软软地平覆在地,斑斓如金如银。他缓缓地往前走,可能是捻着佛珠，不停歇，也没有回头。

和尚的前方是一片光亮。

这和尚我是认识的,他是悟真寺的性云。悟真寺在蓝田的一座高山上，寺里就只有他一个和尚。我曾去过寺里三次，每次回来，都写一遍佛书上的话:安忍不动，犹如大地，静虑深藏，犹如地藏。

2011 年 3 月 16 日

说《黄河魂》

看黄河可以去好多地方，但要看黄河的精神气势，去小北干流中段的西岸最好。若从合阳县东的土塬下来，几十里宽的河滩上烟波浩渺，你会惊叹黄河出了龙门后是多么自由，自由使黄河没了暴戾，舒缓却更加壮阔深沉。一边是数百米高的黄土峡壁如暮云堆积，一边是大水走泥，稠铜滥漫；天老地荒，世事沧桑，你能不为自己的生命存在而锐声呐喊吗？如果能在这里多待些日子，黎明早起就可以饱览黄河之水为什么是“天上来”，天近傍晚又可领略长河落日是如何的圆。黄河是二十四小时里因阴晴雨雪而变换着颜色，主流道的开合聚散却以三十年的时空演绎着它或在河东或在河西的谚语。夏日里，上千米的河床会在瞬间崩岸，河中的沙峰像地毯一样卷起，那是黄河在“揭底”。秋冬两季，水底有牛吼般的声音间或响起，这是黄河又在“地哭”。什么是魂魄，附气之神为魂，附形之灵为魄；太多的瑰丽太多的雄浑和太多的神秘，使黄河在这里构成了天下最独特的声与色的奇观，所以我称这里是“黄河魂”景区。